KB005851

달항아리

발행일
2020년 11월 23일   초판 1쇄

지은이   ● 이명경
펴낸이   ● 김종해
펴낸곳   ● 문학세계사
출판등록   ● 1979. 5. 16. 제21-108호

주소   ● 서울시 마포구 신수로 59-1(04087)
대표전화   ● 02-702-1800
팩스   ● 02-702-0084
이메일   ● mail@msp21.co.kr
홈페이지   ● www.msp21.co.kr
페이스북   ● www.facebook.com/munsebooks

ⓒ 이명경, 2020
ISBN 978-89-7075-970-8 03810
CIP제어번호: CIP2020047631

달항아리

이명경 장편소설

문학세계사

작가의 말

오래전에 쓰기 시작한 글을 이제야 마무리해서 내놓게
되었습니다. 부끄럽습니다. 알몸으로 거리를 나선 기분입니다.
이 소설에 필연적으로 등장하는 단어들……. 전생, 이생, 내생,
업장, 인연, 팔자, 운명, 그리고 숙명……. 모든 사람들의 화두인 그
단어들을 곱씹으며 자세히 들여다보니 신비합니다.
어느 순간, 그것들이 별개가 아닌, 서로가 씨줄과 날줄로 얽혀 있
는 교직交織이라는 생각이 듭니다. 글자 너머의 형이상학인 그
신비에 매료되어 늘 끼고 삽니다.
세월의 끝날까지 천착할 신비입니다.

2020년 가을
이 명 경

억울함과 서러움에 목이 졸려 왔다.
울고 또 울며 그를 떠나보냈다. 졸업하고 유학
가서 열심히 공부해 자존감 있는 당당한
여자로 다시 태어나리라 결심하며⋯⋯..

1

윤지 아버지의 잉태 사연은 들어도 들어도 한 편의 소설만 같다.

윤지 할아버지는 독립운동가로 오랫동안 고향인 T시 집을 떠나 만주에서 활동했다. 위로 세 형님들도 마찬가지였다. 형제 중 막내인 윤지 할아버지는 일제치하였던 1913년 가을, 부친 기일忌日에 맞춰 모처럼 고향을 찾았다. 제삿날을 딱 맞출 수 있을 만큼 간단한 여정은 아니었을 것이다. 그때쯤 가 닿겠거니 했을 것이다.

할머니는 제사상에 올릴 과일 그릇을 들고 부엌문을 나서던 참이었다. 코앞으로 검은 그림자가 불쑥 나타났을 때, 할머니는 그가 오래전에 집을 떠났던 낭군이라는 사실을 알아보고는 반가움에 앞서 부끄러움 때문에 시선을 내리깔았다. 식만 올렸을 뿐 한번 품에 제대로 품어준 적 없는 무정한 낭군이었다.

"부인, 무탈하시었소?"

할아버지는 그 한 마디를 던지고 집안을 한번 둘러보고는 제사상이 차려진 안채로 향했다. 집안 식구들은 남자들을 제사상 가까이로 줄 세우다가 그 틈에서 할아버지를 발견하고는 그가 만주에서 온 막내 제주祭主라는 사실을 알고 길을 터주었다.

할머니의 손위 세 동서들이 서둘러 신방을 꾸몄다. 고루한 할아버지는 제사만 지내고 바로 길 떠날 채비를 했다. 할머니의 큰동서가 할아버지를 막고 나섰다.

"막내 서방님, 이대로 그냥은 못 가십니다. 별채 신방으로 어서 드시지요."

"허허 참. 형수님, 부친 기일에 합방이라니, 조상님들께서 크게 노하실 일입니다."

"아니옵니다, 서방님. 조상님들께서도 후손 생산에 힘을 보태실 것입니다. 만주에 계신 세 분 형님들, 나라의 독립 보기 전에 돌아올 기약 없고, 아직 자식 생산한 며느리가 없으니 잘못하다간 이씨 가문에 대가 끊어질 일입니다."

"허허 참. 아무리 그렇다고 해도……."

계속 "허허 참." 하고 있는 할아버지를 할머니의 세 동서들이 합심해 신방에 밀어넣었다. 그날 하룻밤 사랑으로 아버지가 잉태되어 태어나게 된 것이었다.

윤지 할아버지는 만주에서 아들이 태어났다는 소식만 접했을 뿐, 아들 얼굴도 못 보고 그곳에서 젊은 나이에 병사病死하셨다. 독립운동을 하다가 왜경에게 잡혀가 심한 고문을 당한 끝에 그 후유증으로 돌아가신 것이다.

　아버지는 쑥쑥 자랐다. 5년제 보통학교를 월반해 3년 만에 졸업할 정도로 아버지는 총명했다. 할머니는 청상으로 늙으며 밤샘 바느질 품삯으로 자식 뒷바라지를 했다. 아버지에 대한 할머니의 사랑은 대단한 것이었다. 일찍부터 음악에 천부적 소질을 보였던 아버지에게 할머니는 끼니 잇기조차 힘든 시절, 피아노까지 장만해 주었다. 아버지는 집안 형편상 학비가 면제되는 사범학교로 진학했다. 졸업 후 잠시 교직에 몸담았다가 많은 사람들이 까막눈이던 왜정시대에 일본으로 건너갔다. 동경 제국호텔 엘리베이터 보이로 고학하며 1939년 동경 음악학교에 입학했다가, 더 큰 세상을 원했던 아버지는 6개월 만에 진로를 바꾸어 일본 대학 법학과에 입학했다. 좋은 성적으로 졸업한 뒤, 일본 고등시험 사법과에 합격해 변호사 자격증을 따낸 그 시대 최고의 엘리트였다.

　윤지란 이름은 윤달에 태어났다고 해서 아버지가 지어준 이름이었다. 아버지는 자기를 쏙 빼닮은 딸을 무척 사랑했다. 어린 윤지를 밤마다 배 위에 올려놓고 자장가를 불러주었다. 아침에는 우렁찬 기상 노래로 딸의 잠을 깨웠다. 아버지가 아침에 불러주는, 알아들을 수 없는 외국말로 된 노래들이 오페라 아리아라는 걸 안 건 한참 나중 일이었다. 아버지는 윤지를 무릎에 앉혀놓고는 당시 T시 청년들 사이에서 널리 애창되던 "아득한 동해에 먼동이 터서 삼천리 강산에 아침이 왔네."로 시작하는 노래를 선창하며 따라 부르게 했다. 해방의 기쁨을 담은 노래였다. 노래를 따라 부르는 윤지를 보며 아버지는 배꼽을 잡고 웃었다.

"윤지야, 이 음치 녀석아!"

"음치? 아빠, 음치가 뭐야?"

"노래를 제멋대로 부르는 사람을 음치라고 해. 너는 나중에 커서 시집갈 때 꼭 노래 잘하는 신랑을 만나야 한다."

"왜?"

"자식은 부모를 닮으니 신랑이라도 노래를 잘해야지. 네 자식도 너처럼 음치면 어떡할래?"

"히히히."

1945년 8·15해방 후 남과 북이 극심한 이념 대립으로 대치해 있던 그 시절, 윤지 아버지는 민족의 분열을 염려하고 반대했던 민족주의자였다. 독립운동가의 후예로 당시 민권변호사였던 아버지는 창씨개명도 하지 않았다. 죄 없는 양민들의 무료 변론을 자청하여 나섰고 친일분자들에게 유리한 변론은 일언지하에 거절했다. 그런 관계로 친일 경찰들 눈엔 가시였지만 누구도 아버지를 건드리지 못했다.

6·25가 나기 몇 달 전이었다. 윤지 아버지는 어떤 사람의 모함으로 '대남정보공작기도사건'이라는 사건에 연루되어 좌익 혐의를 받고 재판을 받은 끝에 무혐의로 풀려난 적이 있었다. 법을 잘 아는 현직 변호사였기 때문에 아버지는 어느 누구도 다시는 그 문제로 자신을 괴롭히지 못한다는 것을 잘 알고 있었다.

그러나 북쪽의 기습 남침으로 6·25가 터져 북쪽에서 막 밀고 내려오자 초기 후퇴 과정에서 세상은 미쳐 돌아가고 있었다. 과거에 의심

10

전력을 가진 사람들은 무차별 검속과 즉결처분 대상이었다. 아버지는 사회 지도급 인사였으므로 확실하게 피신해 있어야만 했다. 미 육군 소속 방첩부대인 CIC에서 엄마를 끌고 가 권총을 들이대며 겁박하는 통에도 엄마는 아버지의 행방에 대해 끝까지 입을 열지 않았다. 식구들 모두 일체 모른다는 대답으로 일관했다. 아버지의 행방을 찾기에 혈안이 된 경찰들이 윤지의 집 주위를 늘 서성거렸다. 이곳저곳 전전하며 숨어 사는 데 지친 아버지는 어느 날 밤, 사람들 눈을 피해 집으로 숨어들었다.

다음 날 아침, 윤지가 집 앞 골목에서 친구들과 고무줄놀이를 하고 있을 때였다. 총을 멘 경찰 아저씨 세 명이 윤지에게 다가왔다. 그중 한 아저씨가 윤지 머리를 쓰다듬으며 다정하게 말을 걸었다.

"참 예쁘게 생겼네. 너, 이철민 변호사 딸이지, 그치?"

"네."

"몇 살이니?"

"일곱 살이에요."

"아버지를 쏙 빼닮았구나. 이름이 뭐니?"

"윤지, 이윤지예요."

"그래, 이름도 예쁘네. 그런데 윤지야, 우리는 아버지를 도와드리고 싶은 사람들이야. 그런데 아버지를 만날 수가 없구나. 만나야 도와드릴 수 있는데."

"도와주신다고요?"

"그래, 너는 어려서 잘 모르겠지만 지금 아버지는 우리 도움이 필요해."

윤지는 잠시 멀뚱댔다. 옆에 있던 아저씨가 말했다.

"그래서 말인데 윤지야, 너 혹시 아버지 지금 어디 계시는지 아니? 가르쳐주면 윤지가 아버지를 도와주는 거야."

또 다른 아저씨가 말했다.

"우리 윤지는 착하지, 그치? 가르쳐주면 눈깔사탕 사줄게. 한 움큼."

윤지 입에 침이 고였다. 꼴깍 삼키며 말했다.

"알긴 해요."

그 말에 경찰 아저씨들이 동시에 물었다.

"어디 계시는데?"

"집에요."

"집에?"

"네, 집 천장 다락방에요. 거기서 주무시고 계실걸요."

그 말이 떨어지자마자 경찰들은 의미 있는 눈짓을 주고받더니 쏜살같이 윤지네 집 쪽으로 달려갔다.

"으응? 눈깔사탕 사준다더니 그냥 막 내빼네."

윤지는 하던 고무줄놀이를 계속했다. 조금 후 집 쪽에서 연달아 호루라기 소리가 나고 사람들의 울음소리가 들렸다. 돌아보니 경찰들이 아버지 손에 수갑을 채워 끌고 가고 있고, 식구들은 끌려가는 아버지를 붙잡고 울고불고 난리가 났다. 할머니와 엄마가 아버지를 끝까지 붙잡고 안 놓자 경찰들이 무지막지하게 발길질을 해댔다.

그제야 윤지는 자기의 발설로 인해 아버지가 끌려가고 있다는 사실을 깨달았다. 윤지는 쫓아가지도 못한 채 아버지의 뒷모습만 바라보며 공포에 질려 엉엉 울었다. 뭔가 무서운 일이 벌어진 것이다. 경찰들은 아버지를 차에 태우고는 바람처럼 사라졌다. 그것이 윤지 기억 속 아버지의 마지막 모습이었다.

윤지는 아무에게도 자기가 가르쳐 줬다는 얘기를 하지 않았다. 무섭고 두려웠다. 어른들은 모여 앉아 쑥덕거렸다.

"참 이상한 일도 있지? 우리밖에 모르는 그 다락방을 어찌 알고 다짜고짜 들이닥쳐 거기부터 뒤졌을까?"

"누가 가르쳐 주지 않고는 그럴 수가 없어. 대체 누가 가르쳐 줬을까?"

아무도 윤지를 의심하지는 않았다. 할머니가 손등으로 눈물을 찍어내며 말했다.

"그나저나 이제 이 일을 어쩔꼬? 만일 아비한테 무슨 일 생기면 나는 못산다. 어떻게 얻은 자식이냐? 만주에서 독립운동하던 제 부친 하룻밤 바람같이 다녀가면서 떨어뜨린 금쪽같은 씨알이다."

"어머님, 너무 상심하지 마세요. 아비는 누구보다 법을 잘 아는 변호사예요. 유식하고 말 잘하니 조사받고 지난번처럼 풀려날 거예요."

"어미야, 그때하고는 다르다. 지금은 전쟁 중이다. 언제 무슨 일이 생길지 모른다."

윤지는 아버지 얘기로 집안 분위기가 흉흉해지면 슬며시 자리를 피해 동네 친구 순자네로 갔다. 혹시 어른들이 무슨 말을 물어 올까 봐 일부러 늦게까지 놀다가 저녁밥까지 얻어먹고 캄캄할 때 집에 오

곤 했다. 누가 묻지도 않는데 순자네서 저녁 먹고 왔다는 얘기를 하고
는 방으로 들어가 이불을 푹 뒤집어쓰고 조용히 잠을 청했다.

엄마는 아버지가 수감돼 있다는 형무소로 면회를 다녔다. 두어 번
짧은 면회로 아버지 얼굴만 보았을 뿐, 제대로 대화를 해보지 못했다
고 했다. 식구들 모두 가슴 졸이며 숨도 제대로 못 쉬고 지냈다.

아버지가 수감된 지 한 달쯤 되었을 때 흉흉한 소문이 나돌았다.
엄마는 서둘러 옷가지를 챙겨 아버지 면회를 갔다. 몇 시간 후 엄마는
얼굴이 석고처럼 하얗게 돼 돌아왔다. 들어서자마자 방바닥을 치며
통곡했다.

"아이고, 아이고! 이 일을 어찌할꼬? 앞이 캄캄절벽이다. 이제 나는
어찌 살꼬?"

방에 있던 할머니가 쫓아 나왔다.

"어미야, 무슨 일이냐?"

"어머님, 아비가, 아비가 기어이 변을 당하고 말았어요."

"변을 당하다니? 죽었단 말이냐?"

"네, 사흘 전 수감돼 있던 사람들 몽땅 다 가창골로 끌고 가 한꺼번
에 총살했대요. 재판도 없이 즉결처분했대요."

"누가 그러더냐?"

"새로 온 간수가요. 아비 나이 이제 서른일곱인데, 아깝고 원통하
고 불쌍해라. 아이고, 아이고!"

할머니는 그만 풀썩 쓰러지더니 가슴을 쥐어뜯으며 온 방을 굴렀다.

"아이고, 가슴이야. 아이고, 가슴이야!"

계속 가슴을 쥐어뜯으며 통곡하던 할머니는 실신해 자리에 눕고 말았다. 그 길로 곡기를 끊었다. 엄마가 죽이라도 떠먹이려고 하면 그릇을 엎어버렸다.

"애쓰지 마라. 살 만큼 살았다. 아비가 외롭다고 한다. 얼른 따라가야 한다."

할머니는 가슴 통증을 호소하고 또 호소하다 곡기 끊은 지 한 달이 못 되어 눈을 감았다. 눈 감기 전에 식구들에게 말했다.

"화장을 해라. 그런 뒤에 들여다봐라. 내 이 육신은 다 타 없어져도, 내 가슴은, 이 가슴은, 타지 않고 남아 있을 것이니."

할머니의 유언대로 화장을 했다. 윤지는 화장이 끝난 할머니를 보려고 쫓아가 보았다. 타지 않고 남아 있을 할머니의 가슴이 어떻게 생겼나 보기 위해서였다. 그러나 할머니의 가슴은 없었다. 타고 남은 재가 있을 뿐이었다.

"아이고, 원통하고 절통하다. 의지할 데 없는 세상에 억울한 누명까지 썼으니 어린 자식들의 앞날을 어찌할꼬. 이제 무얼 먹고 어찌 살꼬? 아이고, 아이고!"

엄마는 시도 때도 없이 통곡했다. 갓 돌을 지난 남동생 준이도 말라붙은 엄마의 젖꼭지를 물고 울어댔다. 끝없이 이어지는 울음과 통곡 속에서, 돌처럼 무겁게 짓누르는 죄책감 속에서 윤지는 저절로 철이 들어버렸다. 아버지가 총살당한 순간, 할머니가 곡기를 끊고 세상을 뜬 순간, 철부지 윤지는 죽어버린 것이다. 그뿐이 아니었다. 학교에 가도, 골목에 나가도 '이윤지'는 없었다. 빨갱이 딸, 과부의 딸이 있을 뿐이었다. 어린 마음에도 세상에 잘못 태어났다는 생각이 들었다. 어쩌다가 마주친 친구들은 어김없이 손가락질하며 쑥덕댔다.

"윤지, 쟤 아빠 빨갱이래. 총살당했대."

"우리 윤지랑 놀지 말자."

윤지는 그 소리를 안 들으려고 귀를 틀어막았다. 빨갱이가 뭔지 모르는 윤지는 빨갱이는 얼굴이 빨간 줄 알았다.

'우리 아버지는 얼굴이 빨갛지 않아! 그런데 왜 빨갱이래?'

아버지는 하얀 피부에 짙은 눈썹, 부리부리한 눈, 잘 자리잡은 코에 광대뼈가 두드러진 잘생긴 호남형의 얼굴이었다. 왜 잘생긴 아버지를 빨갱이라고 놀려대는 건지 윤지는 알 수 없었다. 묻고 싶지도 않았다. 누구와도 이야기 나누고 싶지 않았다.

2

하늘은 아버지를 데려가는 대가로 엄마에게 비상한 재주를 선물했다. 어린 두 자식과 아들 없이 일찍 혼자된 윤지 외할머니의 생계 책임을 떠맡은 엄마는 바로 음식 장사에 나섰다. T시 교동시장에 세 평 남짓한 가게를 얻어 여름에는 냉국수와 팥빙수를, 겨울에는 뜨끈뜨끈한 가락국수와 어묵탕을 메뉴로 내놓았다. 일고여덟 명 남짓 앉을 수 있는 가게는 언제나 손님으로 가득 찼다. 밥 먹을 시간도, 변소에 갈 시간도 없이 엄마는 하루 종일 바빴다. 엄마도 본인에게 돈 버는 재주가 있는 줄 그때 처음 알았다고 했다.

윤지가 초등학교 4학년이 되었을 때, 엄마는 T시 철도청 직원들 도시락 납품 건을 따냈다. 생전에 아버지가 철도청 고문 변호사로 근무하던 시절, 잘 알고 지내던 사람의 입김이 작용한 것이다. 엄마는 가게를 넓혀 칸을 막고 일가친척들을 동원해 한쪽에서는 하던 장사를, 다른 한쪽에서는 납품받은 도시락을 만들었다. 입소문을 타고 주문이 쇄도하면서 더 많은 친척들이 엄마를 돕기 위해 나섰다. 일손은 열 명으로 불어났다.

아버지의 명성名聲 덕에 점점 돈방석에 올라앉게 된 엄마의 가슴에 아버지는 영원한 불사조였다. 그때까지 엄마는 아버지가 돌아가셨다는 사실을 믿지 않고 있었다. 엄마는 외할머니와 함께 용하다는 점쟁이를 찾아다니며 아버지의 생사를 물었다. 그때마다 하나같이 살아 있다고 대답해 주었다는 것이다.

"점쟁이 말이 맞아. 붙잡혀 가는 것만 봤지 주검을 눈으로 확인한 적은 없잖아. 유치장 철책을 부수고라도 도망쳤을 거고, 아니면 간수가 너희 아버지를 알아보고 따로 빼내줬을 거야. 틀림없이 살아서 어디 피해 있다니까."

시신을 직접 본 적 없었기에 엄마는 아버지가 살아 있다는 믿음을 결코 저버릴 수 없었다. 그래서 엄마는 아버지 제사도 지내지 않았다. 살아 있는 사람의 제사를 뭣 하러 지내느냐고 하면서. 엄마의 믿음은 부질없는 것이었지만 윤지도 엄마의 그 믿음에 올라탔다. 그렇게라도 하지 않으면 죄책감의 무게에 짓눌려 압사할 판이었다.

윤지가 초등학교 6학년이 되자 남동생 준이가 같은 학교에 입학했다. 윤지는 바쁜 엄마를 대신해 준이를 알아서 입학시키고 왔다. 엄마에게 효도하는 착한 딸로 살아야 할 운명을 타고난 윤지는 준이에게 공부도 가르쳐주고 숙제도 거들어줬다. 윤지의 헌신적 보살핌 속에서 다섯 살 적은 준이는 반은 자식 같은 존재였다.

그들 남매는 어릴 때 엄마의 얼굴을 잘 보지 못했다. 엄마는 자식들이 잘 때 가게에서 돌아왔고 남매가 학교에 갈 때 엄마는 자고 있었다. 서로 살아 있다는 사실만 감지하는 수준이었다. 엄마의 빈자리는 외할머니가 채웠다. 어른스럽기로 둘째가라면 서러운 윤지였지만 밤이면 아기가 됐다. 밤이면 외할머니의 젖가슴을 만지고 빨았다. 주름진 외할머니 젖가슴은 바람 빠진 고무풍선이었고 자꾸 빨면 덜큰한 물이 나오는 신기한 젖병이었다. 외할머니는 윤지의 궁둥이를 두드리며 말씀하셨다.

"아이고, 내 새끼! 이렇게 크도록 하도 빨아대니 애 낳은 지 삼십 년이 넘었는데 멀건 젖이 다 나오네. 참 희한한 일이지."

외할머니의 품속에서 윤지는 구순기의 유아처럼 행복했다. 아무도 모르는 자신의 죄책감을 덮어 정서적 안정감을 유지케 해준 외할머니의 존재는 마음 밑바닥에 깔린 대지였다.

외할머니가 들려주던 옛날얘기는 곳간에 차곡차곡 쌓아둔 크고 작은 곡식자루처럼 꺼내고 꺼내도 끝이 없었고 외할머니 작사 작곡의 '관세음보살님, 도와주소서'는 아버지의 자장가를 대신해 그녀를 평화로운 잠의 세계로 인도했다.

관세음보살님, 도와주소서.
내 새끼 잠 잘 자게 도와주소서.
앞집 개도 짖지 말고 뒷집 개도 짖지 말게 제발 덕분 도와주소서.
자장, 자장, 자장, 자장······.

외할머니는 매달 음력 초하루와 보름, 윤지를 데리고 절에 다녔다. 버스에서 내려서도 한참을 철길 따라 걸어야 절이 나왔다. 윤지는 철로 위를 양팔을 벌리고 곡예하며 걸었다. 갖은 나물에 들기름을 넣어 비벼 먹었던 절밥의 고소한 맛과 절 마당에 매여 있던 그네를 다른 애들 눈치 볼 것 없이 혼자 차지해 마음껏 구르며 하늘을 훨훨 날았던 기억은 모두 외할머니가 만들어준 것이었다.

엄마는 계속 돈을 벌었고 시내 중심지 큰 백화점에 가게를 얻어 포목상으로 변신했다. 엄마는 가게를 열자마자 가장 좋은 천을 골라 자식들 옷부터 지어 입혔다. 근사한 옷을 입고 다니는 그들 남매를 친구들은 부러워했다.

포목점은 음식 장사와 비교할 수 없을 정도의 부를 엄마에게 안겼다. 윤지네는 적산 가옥 생활을 청산하고 T시 중심지에 으리으리한 한옥으로 이사 갔다. 천장 대들보를 중심으로 여러 개의 서까래가 죽죽 가지를 뻗은 위풍당당한 한옥이었다.

엄마는 이사 가던 날, 마루 기둥을 어루만지며 눈물을 흘렸다. 한 남자의 여자로만 살았던 엄마였다. 남편을 앞세우고 혼자 힘으로 번듯한 집까지 장만한 자신이 대견해서, 그리고 먼저 간 남편이 그리워서 흘리는 눈물이었다. 아니, 어딘가에 살아 있을 남편, 말 못할 사정이 있어 나타나지 못하는 남편을 그리며 흘리는 눈물이었다.

새집으로 이사 간 엄마는 강박에 가까울 만큼 청소에 집착했다. 외할머니와 식모가 이미 쓸고 닦은 집인데도 닦고 또 닦았다. 심지어 마루에 사다리를 놓고 올라가 대들보와 서까래도 닦았다. 동네 사람들이 그 모습을 구경하며 혀를 내둘렀다.

"세상에 집 천장 닦는 사람은 처음 보겠네. 우리는 평생 가도 그럴 생각 안 하고 사는데."

엄마의 충천하는 에너지는 누구도 말릴 수 없었다. 윤지가 착한 행동으로써 죄책감에서 벗어나려 했다면, 엄마는 청소로서 한恨을 걷어 내려는 것 같았다.

"다 닦아야지. 전부 먼진데. 세상 먼지라는 먼지는 다 닦는 것이 옳지. 돈도 눈이 달려 있어 깨끗한 집을 골라 들어오는 법이고."

윤지는 어느 날, 그런 엄마의 청소강박증 결정판을 보게 되었다. 그날은 15일이었고 매달 15일은 엄마의 가게가 쉬는 날이었다. 학교에서 돌아온 그녀는 엄마가 빗자루를 들고 지붕 위에 올라가 있는 것을 보았다. 외할머니는 누가 자기 딸의 해괴한 모습을 볼세라 마루에 앉아 안절부절이었다.

"할머니, 엄마 지금 뭐 하는 거야?"

"지붕 먼지 털어내는 모양이다. 저러다가 기왓장 내려앉는 건 아닌지, 떨어져 죽는 건 아닌지. 못 올라가게 말렸건만 저 고집을 누가 막을까. 지붕 먼지를 터는 게 아니라 구석구석 쌓인 제 한恨을 털어내는 거다. 관세음보살, 관세음보살……."

정말 돈이 깨끗한 집만 골라 들어오는지 엄마는 계속해서 돈을 벌어댔고 앞집까지 사버렸다. 그 집을 민속주점으로 꾸며 세놓았다. 당연히 부자로 정평 났다. 이웃 사람들은 모두들 부러워했고 그럴 때마다 엄마는 윤지를 붙잡고 아버지에 대한 그리움과 환상을 일깨웠다.

"네 아버지는 진정으로 나라와 민족의 장래를 걱정하는 애국지사였어. 시대를 잘못 만난 영웅이었지. 인물도 너무 잘나 얼굴에는 광채가 번쩍번쩍했어. 길을 가던 사람들이 지나가는 네 아버지를 보고는 가던 길을 멈춰 서서 뒤돌아보곤 했지. 노래는 또 얼마나 잘했냐. 그 잘하던 노래 녹음기가 있었으면 녹음이라도 해뒀으련만. 녹음기 없는 세상을 산 것도 한恨이야."

한번 얘기가 시작되면 끝이 없는 엄마였다. 윤지는 괴로웠다. 그리움보다 더 큰 무게의 죄책감이 윤지를 짓눌렀기 때문이다.

"나는 너희들을 위해 엎어져도 돈을, 자빠져도 돈을 쥐고 일어났어. 고생은 나 하나로 족해. 너희 아버지가 하늘에서 도와주고 있는지 꿈에 그 양반이 나타난 날은 꼭 혼수 손님이 오더라고."

포목점을 하는 엄마에게 부잣집 혼수 손님 이상 반가운 손님은 없었다. 아버지의 후광으로 높은 관직에 있는 남편을 둔 사모님들이 주로 엄마의 단골들이었다. 그런 집 딸이 결혼하게 되면 엄마는 혼수와 예단 일체를 하루 종일 끊어냈다. 진종일 천들을 풀었다 개켰다 하며 권하면 그들은 엄마의 안목을 믿고 욕심껏 구입해 갔다. 돈을 쥔 엄마의 자식에 대한 기대와 애착도 깊어졌다. 엄마는 1등만 요구했다. 1등은 한 반에 한 명뿐이었으니 매번 1등만 할 수는 없는 노릇이었다. 그럴 때마다 엄마는 아버지 이야기를 꺼냈다.

"이철민 변호사 딸이 왜 그것밖에 못하지?"

엄마의 그런 증세는 커가면서 윤지에겐 현실적 부담으로 나타났다. 엄마는 윤지가 중학생이 되자 월반해 빨리 고등학교 가라고 가정교사를 붙여 잠도 제대로 안 재우고 공부를 시켰다. 아버지 자식이니 아버지처럼 월반해야 한다며. 한 달 만에 얼굴이 노래진 윤지가 코피를 줄줄 쏟자 그제야 딸을 월반 감옥에서 놓아주었다. 그 꼴을 보고 자란 준이는 거꾸로 갔다. 윤지가 착한 아이 콤플렉스에 시달렸다면 준이는 청개구리 콤플렉스로 입지를 굳혔다.

"엄마, 나한테 자꾸 공부, 공부, 하면 나 진짜로 꼴등해 버릴 거다."

"지금 너, 엄마한테 대드는 거냐? 누나는 여자니까 봐주지만 너는 사내대장부야! 공부로 애먹이면 무서운 가정교사 붙여 매로 다스릴 거다."

"엄마, 나 집 나가는 꼴 볼래? 너무 그러면 진짜 집 나간다."

"청개구리 삼신이 쓰였나, 이 녀석이 어디서!"

그럴 때마다 외할머니가 방패막이가 되어주었다.

"가만 놔둬라. 착한 것만 해도 어디냐. 아비 없는 자식들 불쌍하지도 않냐? 그만 닦달해라."

준이는 만 한 살 때 아버지를 잃었다. 아버지에 대한 기억도, 아버지 얼굴도 기억할 수 없는 나이였다. 한 번도 아버지에 대한 얘기를 하지 않던 준이가, 아이 티를 막 벗고 점점 아버지 얼굴을 닮아가던 초등학교 6학년 때 고2인 윤지에게 물었다.

"누나, 누나는 아버지 생각나?"

"물론이지. 아버지 생각만 하면 가슴이 저려. 너무 보고 싶고, 또 죽도록 미안하고……."

얼결에 터져 나온 죄책감이었다. 영악한 동생이 놓칠 리가 없다.

"죽도록 미안하다고? 왜?"

윤지는 간이 덜컹했다. 다 말해 버리고 싶은 것을 가까스로 참고 동생의 눈치를 살폈다.

"얼른 대답 못 하는 거 보니 뭐 잘못한 거 있었구나?"

"……."

"알았어. 말 안 해도 돼. 어린애가 잘못해 봤자 뭐……."

다행히 잘 넘어갔다.

"아버지 어떤 사람이었어?"

"음…… 유명했지. 변호사였으니. 잘생겼고 노래도 잘하고 장난꾸러기고."

"장난꾸러기?"

"응, 비 오는 날이면 마당에 지렁이들이 기어다니거든. 그 징그러운 놈을 손으로 주워 엄마 옷 속으로 슬쩍 집어넣은 거야. 엄마가 까무러치듯 놀라서 소리를 지르면 그 모습을 보면서 배를 잡고 껄껄대셨어. 내 손을 잡고 길을 가다가도 골목길로 들어서면 슬그머니 손을 놓고 숨어버리기도 했지. 내가 어떻게 하나 살피다 영영 울면 어디서 툭 튀어나와 호탕하게 웃으며 안고 달래주셨어. 그리고 이건 좀 창피한 얘긴데……."

"말해 봐, 어서."

"음…… 내가 곶감을 잔뜩 먹고 변비에 걸렸을 때, 아버지가 비눗물을 주사기에 넣어 관장을 시켜주셨어. 나를 껴안다시피 요강에 앉히고는 힘을 주며 응가를 누게 해주었지. 따뜻하고 푸근하고 세심하셨어. 잘 땐 나를 배 위에 올려놓고 자장가를 불러주셨지. 지금도 귀에 쟁쟁해. 하느작하느작 나비 춤춘다……. 매일 안겨서 노래도 부르고 껴안고 씨름도 하고. 씨름할 땐 일부러 져주셨는데 나는 그것도 모르고 좋아서 깡충깡충 뛰었어. 아, 보고 싶다. 못 본 지 10년도 더 됐네."

"누난 좋겠다. 기억이라도 있으니. 나는 아버지 얼굴도 기억 안 나."

"그런데 갑자기 아버지 얘기는 왜……?"

"내가 말 안 한다고 속이 없는 줄 알아? 내 친구들도 다 알고 있던데."

"뭘?"

"우리 아버지 6·25 때 '빨갱이'로 몰려 가창골에 끌려가 총살당했다며. 구덩이 파서 한꺼번에 다 묻어버리는 바람에 시신도 못 찾았다며?"

윤지의 가슴이 쿵, 했다. 갑자기 세상이 무섭게 느껴졌다. 빨갱이가 뭔지도 모르는 아이들이, 준이를 '빨갱이 자식'이라고 조롱하고 있었다니. 어른들에게 들은 대로 내뱉은 것이라지만 6·25전쟁의 트라우마에서 자유롭지 못하기는 너나없는데.

"연좌제 얘기도 했어. 아버지 빨갱이 꼬리표가 늘 나를 따라다닐 거라고. 나도 알고 있었지만 친구들한테 그런 소리 들으니 기분이 묘하더라고. 일찌감치 꽉 죽어버리고 말까, 그런 생각도 했어."

어린것이 죽는다는 생각을 하다니, 동생의 슬픔과 두려움의 무게까지 얹혀 윤지는 더더욱 자신의 죄가 견디기 힘들었다. 너무나 그리운 아버지였지만 차라리 아버지를 잊고 싶을 때도 있었다. 그리움도 죄책감도 모두 벗어던지고 싶었다. 가능하다면 준이에게서도 아버지라는 존재를 지워주고 싶었다. 엄마는 엄마의 운명과 열심히 싸우고 있었지만 엄마의 힘으로 다 덜어낼 수 없는 남매의 업장은 그들 것이었다.

3

엄마가 살림집과 붙어 있는 대로변의 2층짜리 상가 한 채를 더 마련한 것은 윤지가 서울 소재 모 대학 불어불문과에 입학할 즈음이었다. 그 상가 1층에는 분식센터, 2층에는 옷가게가 들어왔다. 매달 들어오는 월세가 적지 않았다.

윤지는 명륜동 당숙모 집에 기거하며 프랑스 유학의 꿈을 키워갔다. 아버지가 외아들인 관계로 그녀에겐 삼촌도 사촌도 없었다. 가장 가까운 친척이 오촌 당숙이고 육촌 형제였다. 음악엔 소질이 없었지만 윤지는 그림을 잘 그렸다. 그녀는 프랑스로 유학 가면 불문학과와 병행해 미술을 공부할 작정으로 미술학원에서 그림 공부도 열심히 했다.

딸의 꿈을 알지 못하는 엄마는 그저 딸을 좋은 곳에 시집보낼 궁리만 했다. 엄마에게 있어 여자의 가장 큰 행복은 좋은 남편 만나 아들딸 낳고 검은 머리 파뿌리 될 때까지 부부가 백년해로하는 거였다.

하늘 같은 남편을 턱없이 일찍 떠나보낸 한이 뼛속 깊이 사무친 엄마에게 아버지는 죽어도 하늘이었고 자기는 죽어도 땅이었다. 그래서 엄마는 윤지에게 남자는 하늘, 여자는 땅이라는 사실을 각인, 또 각인 시켰다. 엄마는 말했다.

"하늘 같은 너의 아버지와의 10년 남짓 결혼생활은 참으로 꿈같은 것이었어. 10년이 하루로 느껴지는 그런 세월이었지. 나는 네게 하늘 같은 남편을 찾아주어 내가 못다 한 행복이 너를 통해 주욱 이어졌으면 해."

엄마가 원하는 사위의 기준은 단순하면서도 은근히 까다로웠다. 학벌 좋고, 장남 아니고, 인물 빠지지 않고, 착한 사람. 엄마는 포목점을 하며 알게 된 사람들을 통해 그 조건을 모두 갖춘 신랑감을 열심히 찾고 있었다. 엄마는 윤지가 졸업하면 바로 결혼시킬 작정을 하고 있었다. 그러나 엄마가 그럴수록 유학에 대한 윤지의 결심은 더욱 확고해졌고 서둘러 결혼할 생각은 더더구나 없었다. 나름 이유가 있었다.

대학교 2학년 때 윤지는 우연히 같은 과 친구 혜선이 엄마 따라 왕십리에 있는 사주쟁이, 정 영감 집에 간 적이 있었다. 윤지의 사주를 본 정 영감이 말했다.

"결혼은 일찍 하지 마시오. 공부를 많이 하면 좋고 결혼은 늦을수록 좋소. 그리고 결혼할 때는 꼭 와서 궁합을 보시구려. 사람과 사람 사이에는 반드시 궁합이라는 것이 있소이다. 당신은 한여름 흙이오. 가뭄에 바짝 말라붙은 흙이란 말이오. 그런데 사주에 물이 없으니 꼭 물 많은 사람을 만나야 할 팔자요."

점쟁이의 말을 다 알아듣지는 못했지만, 일찍 결혼하지 말라는 말은 옳은 것 같았다. 윤지는 그 말을 늘 가슴에 새기며 자신에게 다짐했다. 일찍 결혼하려면 자기보다 약점이 더 많은 보잘것없는 남자를 만나 세상에 드러나지 않는 조용한 삶을 살아야 한다고, 그렇지 않으려면 공부를 열심히 더 해 자아가 영글고 확실한 자존감이 생겼을 때 결혼해야 한다고.

그녀가 줄곧 그런 생각을 하며 산 데는 혼자 간직해야 할 애달픈 사연이 있었다.

4

M······.

윤지의 첫사랑이었던 M.

윤지의 평생 화두였던 M.

M의 얘기를 하자면 고등학교 3학년 때 윤지의 기억 속 M의 부모 얘기부터 해야 한다. M의 아버지는 당시 미국에 살면서 국내에도 알려져 있던 테너 민영욱이었다. 그의 내한 공연이 학교 강당에서 있었다. 그때는 M을 알기 전이어서 그가 M의 아버지라는 사실은 몰랐었다. 무대에 연미복 차림의 민영욱과 앙증맞은 흰 드레스를 입은 열 살 남짓한 딸, 그리고 한복 차림의 어머니가 올라왔다. 우레와 같은 박수 속에 아버지는 노래를, 딸은 피아노 반주를, 어머니는 딸 옆에서 악보를 넘겨주었다.

그런데 민영욱이 부르는 노래가 귀에 익다 싶더니 바로 자신의 아버지가 아침마다 기상 노래로 불러주던 오페라 아리아 〈아! 나의 에우리디체를 돌려주오〉가 아닌가. 민영욱은 어쩌면 외모까지 윤지 아버지를 닮아 있었다. 하얀 피부에 짙은 눈썹, 부리부리한 눈, 잘 자리잡은 코, 우람한 체격까지. 사춘기 그녀의 감성은 우렁찬 목소리로 노래하는 민영욱과 흰 드레스를 입고 피아노를 치는 어린 딸의 모습이 아버지의 무릎에 앉아 노래하던 자신의 모습으로 바뀌는 환영幻影을 경험하게 했다.

'아! 불쌍한 아버지……. 아버지가 살아계셨더라면! 그때 만약 아버지가 있는 곳을 가르쳐주지 않았더라면 아버지가 그렇게 돌아가시지는 않았을 텐데…….'

윤지는 그리움과 죄책감, 회한이 한꺼번에 몰려와 도무지 그 자리에 앉아 있을 수가 없었다. 박차고 나가고 싶은 충동을 억누르며 눈물을 흘리는 윤지를, 친구들이 힐긋 쳐다보았다.

윤지가 민영욱이라는 이름을 다시 떠올리게 된 것은 그녀가 다니는 미술학원에 M이 등록하면서부터였다. 대학교 2학년 가을, 원장님이 신입회원이라며 M을 소개했다. 서울대 의대 본과 2학년이고, 부친은 미국에서 활동 중인 테너 민영욱이라고.

아니, 민영욱의 아들이라고? 그리고 보니 M의 외모가 민영욱과 흡사했다. 아니, 기억 속 자신의 아버지와 꼭 닮아 있었다. 이목구비와 체격까지도. 아버지가 살아서 돌아온 것만 같았다.

원장님이 원생들의 이름을 일일이 부르며 그에게 소개시켰다. 윤지 차례가 되어 그를 소개받는 순간, 아버지를 만난 것 같은 반가움에 그녀의 굵은 눈망울에는 눈물이 가득 괴었고 금방 눈물방울이 떨어질 듯했다. M의 시선이 그녀에게 한참 머물렀다.

윤지의 가슴앓이가 시작됐다. 그를 보기 위해 하루도 빠지지 않고 학원에 나갔다. M이 와 있으면 마음을 들키지 않으려고 냉담을 가장하며 그림에 열중했다. 물감을 더 개기 위해 팔레트에 오일을 붓고 있는데 문득 뒤에서 사람의 숨소리가 들렸다. 돌아보니 그였다.

"색상이 좋네요. 톤이 은은한데요."

그가 자신의 그림을 보고 말을 거는 게 아닌가. 윤지의 가슴이 두 방망이질 쳤다. 윤지는 30호짜리 유화 추상화를 그리고 있었다. 묻지도 않았는데 그가 말했다.

"이번 학기부터 인체 해부 실습을 하고 있어요. 해부학 시험에 실패하면 유급이거든요. 화실에 오면 시체 만지면서 받은 스트레스가 풀려요. 저쪽에서 스케치하다 윤지 씨 쪽을 보니 그림에 열중하고 있는 모습이 어찌나 아름답던지 저절로 발길이 향했지 뭐예요. 어서 그려요."

윤지는 행여 심장 뛰는 소리가 가슴을 뚫고 그에게 가 닿을까 봐 얼른 손으로 가슴을 눌렀다.

"불문과에 다닌다고 들었는데 그림 솜씨가 미대생 못지않네요."

윤지는 말없이 고맙다는 눈인사를 했다. 그가 계속해서 말을 이었다.

"불문학과 미술! 멋진 앙상블이네요. 다음 코스는 프랑스 유학?"

그의 예리함에 윤지는 깜짝 놀라고 말았다. 프랑스 유학을 염두에 두고 시작한 미술 공부라는 걸 그가 어떻게 알았을까. 윤지가 시인도

부인도 하지 않자 그가 실례했다는 듯 윙크를 건네고는 제자리로 갔다.

가을비가 추적추적 내리던 늦가을 어느 날. 우산 없이 학원을 나서는데 뒤에서 인기척이 느껴졌다. 그였다. 집까지 데려다주겠다고 했다. 윤지는 마다하지 않았다. 둘은 우산을 나눠 쓰고 빗속을 걸었다.

"바싹 붙어요. 비 맞으면 감기 걸려요. 팔짱을 껴도 용서해 줄게요."

윤지가 주저하자 그가 자기 멋대로 윤지 팔을 자기 팔에다 감았다. 윤지는 뿌리치지 않았다. 그에게서 아버지의 체온이 느껴졌다. 당숙모 댁까지는 걸어서 15분 거리였다. 처음으로 그 거리가 더 멀었으면 좋았을 거라는 생각이 들었다.

"이렇게 비 오는 날은 불현듯 더 외롭답니다. 저는 지금 가회동 친척 집에서 살고 있어요. 가족들은 모두 미국에 가 있고요."

"사실은, 알고 있었어요."

그가 눈을 크게 떴다.

"어떻게요? 원장님이 말씀하셨구나. 우리 아버지와 잘 아시는 사이 거든요."

"그런 게 아니라, 실은 가족 분들을 고등학교 때 다 뵈었어요."

"고등학교 때요? 다 만났다고요?"

"네, 저희 학교 강당에서 아버님 독창회가 열렸는데 그때 여동생과 어머님도 계셨거든요."

"아, 그랬군요."

"어머님이 무척 젊어 보이시더라고요. 여동생도 깜찍하고."

"아, 네."

"아버지가 성악가셔서 좋으시겠어요. 저는 노래 잘하는 사람이 세상에서 제일 대단해 보여요."

"그래요? 나도 아버지만큼은 아니지만 노래는 좀 하는데……. 나중에 불러드릴게요. 노래란 게 반주가 있거나 분위기가 잡혀야 나오거든요. 오페라 아리아 좋아하세요?"

그의 입에서 아리아라는 단어가 나오자 윤지는 너무 반가워서 소리를 지를 뻔했다.

"네, 좋아해요. 그런데 가족들이 멀리 계시니 정말 외로우시겠어요."

"그래서라기보다 근원적 외로움이죠."

매사에 활기차고 자신감 넘치는 사람도 외로움이라는 게 있는 걸까. 그런 사람이 갖고 있는 근원적 외로움이란 어떤 걸까. 윤지는 그냥 고개를 끄덕였다.

"원장님한테 들었는데 윤지 씨, 객지 생활하고 계시다고. 그런데 물어보고 싶은 게 있어요."

윤지는 침을 꼴깍 삼켰다.

"처음 소개받던 날, 나를 쳐다보면서 울 것 같은 표정이었는데 무슨 의미라도 있었나요?"

들키고 말았다. 당신을 보면 아버지를 보고 있는 것 같다고, 아버지가 살아 돌아온 것 같다고, 그래서 눈물이 났다고. 하지만 그 얘기를 할 수는 없었다.

"미안해요. 좀 짓궂은 질문이었나 봐요. 혹시 윤지 씨도 나처럼 첫눈에 나한테 반한 건 아닐까, 했지요."

"……."

"윤지 씨의 해맑은 피부, 촉촉한 눈매, 적은 말수, 다 매력적이에요. 윤지 씨는 달 같아요. 그윽하고 고즈넉해서요."

어느덧 집 앞이었다.

"저어, 여기예요. 당숙모 댁인데 당숙모는 대학 교수님이세요."

"네에, 아주 훌륭한 당숙모를 두셨군요."

"그런데 당숙은 6·25 때 돌아가셨어요. 우리 아버지처럼……."

아버지가 없다는 사실을 말해 둬야 할 것 같아 슬쩍 고백했다.

"아, 그렇군요. 아버님께서 일찍 돌아가셨군요."

그는 별로 실망하는 것 같지 않았다. 무슨 생각을 하는지 계속 고개를 끄덕였다.

"그럼 학원에서 만나요."

그는 우산을 쓴 채 뒷걸음치며 손을 흔들었다. 그리고 돌아서 갔다. 그를 볼 때마다 아버지가 떠오르는 건 어쩐 일일까. 윤지는 그가 보이지 않을 때까지 그 자리에 서 있었다. 기쁨인지 슬픔인지 모를 감정이 목구멍 저 아래에서 솟구쳤다. 보고 싶은 아버지, 불쌍한 아버지!

그 뒤로 두 사람은 자주 만났다. M은 미술수업이 끝날 때쯤 눈으로 사인을 보냈다. 주로 학원 근방을 걸으며 서로를 알아갔다.

"윤지 씨는 무슨 띠예요?"

숙녀에게 나이를 묻는 건 실례라고 생각한 걸까. 그가 나이 대신 띠를 물었다.

"원숭이띤데요."

윤지는 말해 놓고 왠지 창피했다. 원숭이가 바나나를 까먹는 모습이 떠올랐던 것이다.

"아, 그렇군요. 나는 토끼띤데. 그럼 다섯 살 차이네요."

순간, 불길한 예감이 스쳤다. 엄마가 늘 하던 말이 생각났다. 너무 들어 귀에 못이 박힌 그 말, 원숭이띠는 토끼띠하고 절대로 결혼해서는 안 된다는. 엄마는 왜 이렇게 중요한 순간에 훼방을 놓는 것일까. 그 말을 지워버리려고 윤지는 체머리를 흔들었다. 그가 말했다.

"생일은 음력 7월 21일이고 새벽에 태어났어요. 사주쟁이가 태어난 시時가 좋다고 했대요. 윤지 씨는요?"

"저는 음력 윤 4월……."

"아, 알겠다. 윤지 씨 이름에 왜 '윤'자가 들어갔는지. 윤달에 태어나서 그런 거죠?"

윤지는 그의 영민함에 탄복했다. 좀 섬뜩하기도 했다.

마로니에가 푸른 그늘을 드리우는 동숭동 카페에서였다. 그가 선물을 줄 게 있다고 했다. 재킷 주머니에서 꺼내든 것은 흰 사각봉투였다. 조심스럽게 열어보니 봉투 안에는 가야금 타는 춘향이 옆에 이 도령이 앉아 있는 그림이 들어 있었다. 사인펜으로 꼼꼼하게 칠한 것이 공을 들인 흔적이 역력했다. 그림 밑에 '사랑하는 윤지 씨께 내 마음을 전합니다.'라고 쓰여 있었다. 얼굴이 발그레해진 윤지는 설레는 가슴을 살며시 눌렀다.

'사랑한다는 말을 벌써 해도 되는 건가?'

"내 그림 솜씨 어때요? 그림 공부 더 해서 다음에는 더 잘 그려 줄게요".

윤지는 웃기만 했다.

"윤지 씨에게 할 얘기가 있어요. 저 장차 전공을 산부인과로 하려고요. 산부인과, 괜찮죠?"

그가 너무 빨리 다가서고 있었다. 장래를 의논해 오다니.

"여자들 애기 낳는 거 보면 측은해서 도와주고 싶다는 생각이 들더라고요. 종족 보존이라는 엄숙한 사명 앞에 여자만 너무 힘든 것 같아요."

"착하신 말씀이에요."

"고마워요. 윤지 씨, 그런데 담배 연기 때문에 카페가 좀 답답하네요. 우리 밖에 나가 시원한 공기 쐬면서 걸으면 어떨까요?"

둘은 밖으로 나왔다. M이 윤지의 손을 꼭 잡았다. 조금 걷다가 그가 느티나무 밑을 가리켰다.

"벤치가 있네요. 좀 앉읍시다."

M이 얼른 손수건을 꺼내 같이 앉을 자리를 닦았다. 둘은 나란히 앉았다. 어느새 어두워져 있었다.

"윤지 씨, 하늘을 봐요. 별들이 하나, 둘, 셋……. 앞다투어 튀어나오네요. 반짝이는 다이아몬드 같아요."

"그러네요, 정말."

"아! 노래하기 딱 좋은 분위기네요. 한 곡조 뽑아도 되겠죠?"

"네, 들어보고 싶어요."

"푸치니의 '토스카'에 나오는 〈별은 빛나건만〉이에요."

M이 나지막하게 아리아를 부르기 시작했다.

E lucevan le stelle

Ed olezzava la terra

Stridea l'uscio dell'orto

E un passo sfiorava la rena

Entrava ella, fragrante

Mi cadea fra le braccia……

과연 테너 가수의 아들다웠다. 발성, 발음 어느 것 하나 흠잡을 데가 없었다. 노래 솜씨가 민영욱보다 아버지와 더 비슷하게 느껴졌다. 윤지는 그와 헤어진 뒤 서점에 들러 오페라 관련 서적을 몇 권 샀다. 오페라에 대한 지식을 쌓고 싶었다. 돌아가신 아버지 말씀이 생각났다. 커서 결혼할 때 꼭 노래 잘하는 신랑과 결혼하라던.

'아버지가 M을 내게 이끈 것일까.'

그는 자기 아버지가 쓴 오페라 관련 책을 보여주었고 수시로 그녀를 음악회에 데려갔다. 그는 언제나 연미복에 나비넥타이 차림이었고 오페라글라스까지 갖추고 있었다. 그처럼 격식을 중요시하는 사람과 만나려니 윤지는 옷이라도 잘 챙겨 입어야겠다는 생각이 들었다. 친한 고향 친구 수미에게 고민을 털어놓았다. 그러자 그녀가 깔깔 웃었다.

"포목점 딸이 웬 옷 걱정이라니. 마침 내일 T시에 내려갈 일 있으니 너희 엄마에게 들러 예쁜 천 잔뜩 얻어 근사한 옷 몇 벌 지어 올게. 네 치수는 내가 정확히 알아. 내 안목 믿지?"

"고마워."

수미는 윤지 손을 꼭 잡으며 말했다.

"윤지야, 그 사람하고 절대 헤어져선 안 돼. 좋은 사람 만났는데 끝까지 가야 해. 너도 예쁘고 공부도 잘하잖아. 절대 기죽지 마. 알았지?"

수미의 격려에도 불구하고 윤지는 아무리 생각해도 자신이 없었다. 그를 만나면, 윤지는 그가 다가온 거리의 두 배를 도망치느라 바빴다.

어느 날, M이 작정하고 데이트 신청을 해왔다. 그는 명동 사보이 호텔 레스토랑에서 윤지를 기다리고 있었다. 웨이터에게 메뉴판의 이것저것을 가리키며 능숙하게 주문하는 그를 윤지는 넋을 놓고 바라보았다. 윤지로선 이름조차 들어보지 못한 메뉴들이었다. 식탁에 놓인 나이프와 포크는 왜 그렇게 많은지. 음식은 줄줄이 나오는데 윤지는 어느 것부터 써야 할지 몰라 눈치만 보고 있었다. 그가 넌지시 일러주었다.

"바깥쪽 것부터 써요. 나이프는 오른손에, 포크는 왼손에. 자, 날 봐요. 이렇게! 맛있게 많이 먹기예요."

어찌나 긴장했는지 그 비싼 음식들의 맛이 제대로 느껴지지 않을 지경이었다. 식사 후 M은 호텔 스카이라운지로 윤지를 데려갔다. 웨이터가 다시 메뉴판을 내미는데, 봐도 뭐가 뭔지 모르기는 마찬가지였다. 그가 체리 빛 칵테일 두 잔을 주문했다. 도수는 있었지만 향긋하고 달콤했다.

마지막 코스는 남산이었다. 윤지는 그날 케이블카를 처음 타봤다. 서울 꼭대기에서 바라보는 서울 야경은 말할 수 없이 아름다웠다. 택시로 윤지를 집앞까지 바래다주는 것으로 M은 하루 임무를 잘 끝냈다는 표정을 짓는 것이었다. 윤지는 그의 완벽한 신사도에 마음이 무거 워졌다. 솔직해지기로 했다.

"즐거운 하루였어요. 하지만 부담돼서 혼났어요. 저, 냉면이나 만 두 같은 거 좋아하는데……."

"아, 그래요? 그럼 다음에는 그렇게 할게요. 고향이 이북이라 나도 그런 거 좋아해요."

"고향이 이북이라고요?"

"네, 전쟁 통에 피난 왔어요. 빨갱이들에게 그 많던 재산 다 몰수당 하고 죽을 고생 끝에 겨우 몸만 빠져나왔어요. 난 아주 빨갱이라면 치 가 떨려요."

그 얘기를 듣는 순간, 윤지는 자신의 존재 전체가 허물어지는 아찔 함을 맛보았다. 빨갱이 누명을 쓰고 돌아가신 아버지. 그에게 자신의 사정을 어떻게 설명할 것인가. 윤지는 애써 명랑한 목소리로 말했다.

"너무 고마웠어요, 안녕히 가세요."

"잘 자요. 나도 고마웠어요. 사랑해요, 윤지 씨!"

그는 키스 사인을 보낸 뒤 어둠 속으로 사라졌다. 아무 생각 없이 내뱉은 자신의 말이 쉽게 건너지 못할 강을 만들어주고 만 것을 꿈에 도 생각지 못한 채…….

그날 이후 M은 냉면, 만두 잘하는 집을 여러 곳 알아났다가 윤지를 데리고 갔다. 가끔 빈대떡을 곁들이기도 했고 후식으로는 꼭 아이스 크림을 먹었다.

"이래도 되는 줄 알았으면 더 자주 만날 수 있었는데."

"돈 많이 쓰시는 거, 솔직히 마음 편치 않았어요."

"고마워요, 정말. 윤지 씨는 가슴이 따뜻한 천사예요."

"그런 말, 부담되는데……."

그는 양팔을 벌려 하트를 그리며 윙크했다.

사랑하지 않을 수 없는 사람, 두고 떠나면 평생 가슴에 담고 살아야할 사람.

둘의 만남은 윤지가 대학교 졸업반이 되도록 이어졌다. 일찌감치 저녁식사를 마친 두 사람은 성북동 산중턱을 향해 걸어갔다. 입구는 포장이 되어 있어 걸을 만했다. 비포장된 산길에 이르자 구두가 발을 옥죄고 숨이 차 윤지의 얼굴엔 땀이 송송 뱄다. 그런 윤지를 본 M이 갑자기 그녀를 번쩍 들어 안았다. 그리고 그 상태로 성큼성큼 걷기 시작했다. 놀란 그녀가 그의 팔을 꼬집었다.

"내려줘요, 제발."

그도 숨이 찼는지 얼마 못 가 웃으며 윤지를 내려놓았다.

"대체 몸무게 얼마예요? 60킬로는 안 되고 58킬로 정도 되겠는데요."

정확한 얘기에 윤지는 깜짝 놀랐다. 솔직히 창피했다. 166센티에 정확히 58킬로그램. 어떻게 한 번 들어보고 여자 몸무게를 맞힐 수 있지? 윤지는 거짓말을 했다.

"저 55인데요."

그가 고개를 갸우뚱했다.

"아닌데. 조금 더 나가는데."

그냥 넘어가 줄 것이지, 여자 나이 묻는 것을 조심스러워하던 사람이 왜 몸무게 발설하는 데는 가차 없을까.

"그런데 여자 몸무게를 어떻게 그렇게 잘 아세요? 많이 안아 보셨나 보죠?"

"척 보기만 해도 아는데 들어보고 몰라요? 저 여자 몸무게 재는 게 일이에요. 매일 임산부 상대하잖아요."

그리고 보니 어느덧 그도 본과 4학년이었다. 윤지 표정이 심상치 않은 것을 보고 그가 급하게 수습에 나섰다.

"미안, 미안! 장난기가 발동했네요. 윤지 씨가 너무 조용해서 충격 요법 썼지요. 소리지르는 거 보니까 살아 있네요. 미안!"

어느덧 해가 뉘엿뉘엿 기울었다. 두 사람은 소나무로 둘러싸인 평평한 바위에 나란히 걸터앉았다. 스치는 바람결에 솔 향기가 묻어 있었다. M이 윤지의 어깨에 살며시 손을 올렸다. 둘 다 아무 말 하지 않았다. 먼저 침묵을 깬 건 M이었다.

"대학 마치고 군대 갔다 전문의 과정까지 마치려면 시간이 걸리는데 윤지 씨는 내년 봄이면 졸업이잖아요. 힘들더라도……."

M은 말꼬리를 흐리며 윤지를 바라보았다. 아마도 M은 "참고 기다려 줄 수 있죠?"라는 말을 하려 했을 것이다. 윤지는 M의 입에 손가락을 갖다 대고 다음 말을 막았다. 그런 뒤 살며시 그의 품에 기댔다. M은 윤지를 꼬옥 껴안아주었다.

얼마나 시간이 흘렀을까? 사위四圍가 어둠에 잠겨들었다. 하늘에는 둥근 달이 떠올랐다. M이 달을 가리켰다.

"둥글고 넉넉한 저 달이 꼭 윤지 씨 같아요."

"저더러 달 같다고 하신 게 두 번째예요."

"그런가요? 진짜 윤지 씨는 달을 닮았어요."

산 아래 저만치 고여 있는 도시의 불빛이 참 화려하다고 느낀 순간, 갑자기 온 세상이 암흑천지로 변했다. 일시에 정전이 된 것이다. 둘은 깜짝 놀랐다.

"웬 정전이죠? 꼭 내가 불을 끈 것 같아요. 내 마음을 어떻게 알았을까요?"

M이 윤지의 뺨에 입술을 갖다 댔다. 입술로써 입술을 더듬었다. 윤지는 저항하지 않았다. 그의 숨결에서 솔 향기가 느껴졌다. 그 향기를 윤지는 가슴에, 머릿속에 한껏 저장했다. 젊은 날의 한 페이지가 그렇게 넘어가고 있었다. 산을 내려오면서 M이 말했다.

"다음 일요일에 우리 인천 송도에 놀러 가요. 호수에서 배를 탈 수 있고 바다도 볼 수 있어요."

윤지도 바다가 보고 싶었다. 물만 보면 답답하던 가슴이 뻥 뚫렸었다. 아버지의 죽음과 관련된 죄책감도, 친구들에게 놀림당했던 기억도 물을 바라보고 있으면 말끔히 씻겨나갔다. 혼자만의 생각에 젖어 있는 윤지를 향해 M이 큰 소리로 물었다.

"대답해요, 얼른! 싫다, 좋다?"

"좋아요!"

"브라보!"

신이 난 M이 윤지의 손을 꼭 잡고 베르디의 '라 트라비아타'에 나오는 〈축배의 노래〉를 부르기 시작했다.

Libiamo, libiamo ne′ lieti calici

che la bellezza infiora

E la fuggevol, fuggevol ora

s′ inebrii a volutta

Libiamo ne′ dolci fremiti

che suscita l′ amore,

poiche quell′ occhio al core onnipotente va

Libiamo, amore fra i calici

piu caldi baci avra…….

부쩍 귀가가 늦어지는 윤지를 보고 당숙모가 걱정을 했다.

"늦었구나. 일찍 다녀라. 너를 맡고 있는 내 입장을 생각해서. 너의 어머니께서 누누이 당부하셨다. 과년한 딸을 믿고 맡긴다고."

"알겠습니다, 숙모님. 다음부턴 늦지 않겠습니다."

방으로 들어간 윤지는 생각에 잠겼다. M은 점점 가까이 다가오고 있다. 그를 무작정 밀어낼 자신이 없다. 솔직히 그가 좋아지고 있다. 그러나 그와의 결혼을 감당할 자신이 없었다. 그를 둘러싼 사람들과 지혜롭게 살아갈 자신이 없다. 빨갱이를 싫어하다 못해 저주하는 M에게, 자신의 아버지는 빨갱이가 아니라고, 누명을 쓰고 돌아가셨을 뿐이라고 어떻게 설명할 것인가.

'늦게 결혼할수록 좋다던 점쟁이 말은 그가 내 짝이 아니라는 것을 의미하는 게 아닐까. 모르겠다, 정말 뭐가 뭔지…….'

달항아리

송도는 늦여름의 정취를 만끽하려는 사람들로 인산인해를 이루었다. 둘은 호숫가로 가서 보트를 빌렸다. 그가 노를 젓는 동안 윤지는 반짝이는 물결에 시선을 던져두었다. 어김없이 노랫소리가 들렸다. 푸치니의 '라보엠' 중 〈그대의 찬 손〉이었다.

Che gelida manina,

se la lasci riscaldar.

Cercar che giova?

Al buio non si trova.

Ma per fortuna

e una notte di luna,

e qui la luna……

갑자기 배가 흔들렸다. 자기 노래에 대책 없이 빨려든 윤지의 모습을 보다 M이 한쪽 노를 놓친 것이다. 배가 뒤집힐 뻔했다. 놀란 그가 정신 차려 얼른 노를 다시 잡았다. 걱정하지 말라는 눈짓을 하고는 결국 노래를 마치더니 갑자기 개구쟁이 눈빛으로 윤지를 바라보았다. 혹시 노래해 보라고 하는 게 아닌가, 조마조마했다. 그런데 이번에는 영락없이 딱 걸리고 말았다.

"윤지 씨, 노래해 봐요. 열심히 듣는 거 보면 노래도 잘할 것 같은데. 만날 나만 하니까 재미없잖아요. 해봐요, 어서."

"싫어요."

"빼지 마요. 노래도 꾸물대다 할 거예요?"

그에게 음치라는 사실을 들키긴 죽어도 싫었다.

"저기요, 노래하라고 하면 다시는 안 만날 거예요."

"그런 게 어디 있어요?"

"진짜예요."

"진짜라고요?"

"네."

"겁을 줘도 너무 주네요. 알았어요, 졌어요."

"대신 아름다운 시를 읊어드릴게요."

"굿!"

윤지는 기욤 아폴리네르의 〈미라보 다리〉를 읊었다.

미라보 다리 아래 센 강은 흐르고 우리의 사랑도 흘러내린다

내 마음 깊이 아로새기리 기쁨은 늘 고통 뒤에 온다는 것을

밤이여 오라, 종아 울려라, 세월은 가고 나는 남는다

손에 손을 맞잡고 얼굴을 마주보자

우리 팔 아래 다리 밑으로

영원의 눈길을 한 지친 물결이

저렇듯 천천히 흐르는 동안⋯⋯

나날은 흘러가고 달도 흐르고 지나간 세월도 흘러만 간다

우리들 사랑은 돌아오지 않는데 미라보 다리 아래 센 강은 흐른다⋯⋯

그 앞에만 서면 늘 작아지는 자신을 위로하기 위해 한껏 멋을 부려 읊었다. 왜 하필 그런 분위기에서 슬픈 이별의 시를 읊었는지 자신도 모를 일이었다. 아마도 그에게 미리 이별 연습을 시키고 있었던 건 아닌지. 그는 시의 매력에 도취되어 있었다.

"시가 참 아름답네요. 낭만적인 시라서 더 그런가. 그런데 윤지 씨 미라보 다리에 가본 적 있어요?"

"아뇨, 아직……."

"그런데 꼭 미라보 다리에 가본 사람처럼 실감 나게 읊네요. 하나 더 들려줘요. 이왕이면 불어로요."

윤지는 진심을 담아 레미 드 구르몽의 〈낙엽〉을 읊었다. 우리말로 해석도 해주었다.

Simone, allons au bois: les feuilles sont tombées;

Elles recouvrent la mousse, les pierres et les sentiers.

Simone, aimes-tu le bruit des pas sur les feuilles mortes? (······)

시몬, 나뭇잎이 떨어진 숲으로 가자.

낙엽은 이끼와 돌과 오솔길을 덮고 있다.

시몬, 너는 좋으냐 낙엽 밟는 소리가?

Elles ont l'air si dolent à l'heure du crépuscule,

Elles crient si tendrement, quand le vent les bouscule!

Simone, aimes-tu le bruit des pas sur les feuilles mortes? (······)

황혼 녘 낙엽의 모습은 너무도 슬프다.

바람이 휘몰아칠 때면, 낙엽은 아주 부드럽게 소리친다!

시몬, 너는 좋으냐 낙엽 밟는 소리가? (……)

Viens: nous serons un jour de pauvres feuilles mortes.

Viens: deéjà la nuit tombe et le vent nous emporte.

Simone, aimes-tu le bruit des pas sur les feuilles mortes?

가까이 오렴. 우리도 언젠가는 가련한 낙엽이 되리라.

가까이 오렴. 벌써 밤이 되고 바람이 우리를 데려간다.

시몬, 너는 좋으냐 낙엽 밟는 소리가?

시 낭송을 마치자 그가 격렬하게 고개를 끄덕였다.

"아는 시예요. 유명한 시잖아요? 불어로 들으니 더 멋지네요."

시의 운율이 멋지다고 탄성을 지르던 그가 곧 슬픈 얼굴로 물었다.

"우리는 이 밤을 어디서 보내죠?"

여자의 순결은 목숨과 같은 것이라던 엄마의 말이 떠오르면서 윤지는 아득해졌다. 엄마는 왜 중요한 순간이면 나타나는 걸까.

"우리 같이 밤을 보내도 되는 사이 아니에요?"

"오늘은 숙모님께 외박 허락을 받지 않아서……."

그가 고개를 끄덕였다. 보트를 한쪽으로 세우고 둘은 배에서 내렸다. 어느덧 노을이 서쪽 하늘을 곱게 물들이고 있었다.

"사진 찍어 줄까요?"

윤지는 고개를 끄덕였다. 그가 윤지를 향해 카메라 셔터를 눌렀다. 지나가는 사람에게 부탁해 그녀의 어깨를 감싼 자기 모습을 찍게 했다. 젊은 날의 한 페이지를 사진으로 남겼다.

초가을로 접어들면서 윤지는 바빠졌다. 졸업반 불어 연극 발표일이 다가오고 있었다. 전 출연진이 합숙하며 마지막 예행연습에 열중하고 있었다. 그녀로부터 열흘 넘게 연락이 없자 M이 밤늦게 합숙소로 찾아왔다. 유리창 너머로 그가 손을 흔들었다. 윤지는 사람들이 볼까 봐 연극 의상을 입은 채 그대로 밖으로 뛰쳐나왔다.

"약속도 없이 밤늦게 불쑥 찾아오면 어떻게 해요? 놀랐잖아요."

"미안, 미안. 그렇지만 재미있잖아요. 그런데 입고 있는 그 옷은 뭐예요? 무슨 역할이에요?"

"18세기 프랑스 왕녀예요."

"아, 그렇구나. 문학 하는 사람들은 좋겠다, 이런 경험도 하고. 정말 부러운데요."

그러고 보니 그는 흰 가운에 버버리 코트 차림이었다. 포켓에는 청진기가 꽂혀 있었다.

"일하다 나오신 거예요?"

"병원이 너무 갑갑해서 잠시 얼굴 보고 가려고요. 윤지 씨 보면 충전되거든요."

"충전이요?"

"윤지 씨가 내 충전기인 거 몰랐어요? 성능 좋은 충전기요. 빨리 걸으니 10분밖에 안 걸리던데요."

"그런데 누가 보면 어떻게 해요. 들키는 거 싫단 말예요."

"알았어요, 미안해요. 이제 봤으니 됐어요."

서둘리 뒷걸음치던 그가 어두움 때문에 돌부리에 채여 엉덩방아를 찧었다. 창피한지 얼른 털고 일어나더니 잽싸게 내빼며 말했다.

"뛰어가면 7분 만에 갈 수 있어요."

그런 그의 모습이 친근하게 느껴졌다. 그도 보통 사람인 것이다. 덕분에 추억의 일기장에 상상치 못한 그림 한 장이 더 보태졌다.

연극 발표회 장소는 남산 드라마센터였다. 공연은 하루에 두 번, 이틀간 계속되었다. M은 둘째 날, 두 번째 공연에 친구와 함께 왔다. 맨 앞자리에 앉은 그는 연극을 보면서 친구와 소곤소곤 무슨 말을 주고받으며 윤지를 지켜봐 주었다. 막이 내리고 전 출연진의 무대인사가 있었다. 곧이어 주연급들이 한 발짝 앞으로 나와 인사를 할 때 M이 빨간 장미 꽃다발을 윤지 품에 안겨주었다. 객석에서 박수소리와 함께 '와아!' 하는 함성이 들렸다. 둘의 사이가 공식화되는 순간이었다.

며칠 후 미술학원에서 둘은 원장실로 불려갔다. 원장이 빙그레 웃으며 물었다.

"민 군, 언제쯤 국수를 먹게 해줄 건가?"

M이 윤지를 보며 머리를 긁었다. 원장이 이번에는 윤지를 보며 말했다.

"국수를 먹긴 먹는 거지? 주례는 내가 홍 박사한테 책임지고 부탁해 놓을 테니."

홍 박사는 당시 유명한 언론인이었다. M의 부친과 막역한 사이였고 미술에 취미가 있어 가끔 학원에 들러 원장과 세상 돌아가는 얘기도 하고 스케치도 즐기던 분이다. 둘은 대답 대신 서로 마주 보며 웃었다.

"웃는 것 보니까 국수 삶을 물은 올려놓은 거로군. 좋을 때지."

둘은 원장실을 나와 무작정 걷기 시작했다. 서로에게 확실한 의사 표현을 해야 하는 날이 닥친 것이다. 이제껏 결혼이라는 현실 앞에서 추상화만 그려대던 두 사람이었다.

M은 윤지가 내년 봄이면 졸업한다는 것, 6·25 때 아버지가 돌아가셨다는 것, 남동생이 한 명 있고, 경제적으로 궁색하지 않으며, 당숙모가 대학 교수라는 사실 정도를 알고 있었다. 윤지도 그의 집안이 유명하다는 것, 식구들이 미국에 있다는 것, 그가 친척 집에서 살고 있다는 것, 졸업하고 군대 갔다 전문의 자격 딸 때까지 상당한 시간이 필요하다는 것 정도를 알고 있었다. 왜 혼자 떨어져 살고 있는지, 가족 얘기를 왜 안 하는지, 언젠가 말했던 근원적 외로움의 뜻이 무엇이지 묻고 싶었지만 그런 것을 물으려면 자신이 먼저 아버지의 죽음에 대해 실토해야 했다.

얼마나 걸었을까? 원남동 창경원 앞이었다. 그가 표를 샀다. 한 잎 두 잎씩 낙엽이 지고 있는 창경원 벤치에 가 앉았다. 앞으로 팔각정이 보였고 그 주위 물 위로도 가끔씩 낙엽이 나뒹굴었다.

"봄 벚꽃놀이에 왔을 때하곤 사뭇 분위기가 다르네요."

"그러네요."

"지난번 송도에 갔을 때 들려줬던 그 시, 참 운치 있던데……. 오늘 분위기에 딱이잖아요. 한 번 더 들려줘요."

윤지는 조용히 구르몽의 〈낙엽〉을 읊었다. 가을 정취에 흠뻑 빠진

M이 갑작스러운 제안을 했다.

"우리 주말에 수원에 놀러 가요."

"수원에요?"

"네, 그곳 농과대학 연습림이 경치가 좋고 단풍도, 낙엽의 운치도 볼만하대요. 가까워서 좋고요. 하지만 당일로 돌아오기는 힘들어요."

용기를 내서 한 말이었을 것이고 자신은 마음을 결정했다는 뜻이다. 윤지도 결정해야 할 때가 온 것이다. 윤지는 뒷일을 생각지 않고 일을 저질러 본 적이 없다. 그런데 이번에는 왠지 먼저 저질러놓고 보자는 생각이 들었다.

"가요, 우리."

"고마워요."

그가 행복한 표정으로 윤지의 어깨를 감싸안았다.

그날 저녁, 윤지는 당숙모에게 거짓말을 했다. 주말에 친구들이랑 수원에 있는 같은 과 친구 오빠 집에 놀러 가기로 했다고 한 것이다. 다음 날에는 명동에 들러 예쁜 잠옷과 속옷을 샀다. 목욕하고 미장원에 들러 머리단장도 했다. 집에 돌아와 화장품과 세면도구를 챙기고 지갑에 현금을 넉넉히 넣어두었다. 운명을 하늘에 맡기기로 하고 일찍 잠자리에 들었다.

주말인지라 오전의 서울역은 사람들로 북적였다. M은 열차 안에서 홍익회 직원이 파는 음료수, 오징어, 땅콩, 초콜릿, 비스킷, 껌 등을 샀다. 차창 밖으로는 파란 하늘과 황금빛 들판이 지나갔다. 수원역에서 내려 택시를 탔다. 두 사람은 가을을 느끼기 위해 농대 교내 진입로 입구에서 내려 걷기로 했다. 진입로 양쪽에 단풍나무 빨간색과 은행나무 노란색이 묘한 대조를 이루며 둘을 맞이했다.

반대편에서 통학버스가 학생들을 태우고 지나갔다. 둘은 남의 시선을 의식하지 않고 서로의 허리를 껴안고 걸었고 어떤 남학생이 차창 밖으로 손을 흔들며 그들을 환영해 주었다. 그러자 M이 그 학생을 향해 양팔로 하트를 그리며 윤지에게 윙크했다. 학교 정문에 도착했다.

"학교 한 바퀴 돌고 근처 연습림으로 가요."

그가 시계를 보며 말했다.

"그런데 점심 먹을 시간이 지났네요. 배고프지 않아요?"

"기차 안에서 군것질 많이 했잖아요. 나중에 학교식당에서 먹으면 좋겠네요."

학교식당이란 말에 그의 얼굴이 환해졌다.

"땡큐!"

그는 갑자기 양팔을 벌리고 운동장을 빙글빙글 돌았다. 윤지가 소리쳤다.

"노래 안 해요? 노래해야 하잖아요?"

"알았어요. 무슨 노래할까요?"

"제일 부르고 싶은 걸로요."

그는 이번에는 오페라 아리아가 아니라 영화 《황태자의 첫사랑》 속 〈축배의 노래〉를 불렀다. 당시 젊은이들 사이에서 널리 사랑받던 곡이었다.

Drink, Drink, Drink!

To eyes that are bright as stars when they're shining on me!

Drink, Drink, drink!

To lips that are red and sweet as the fruit on the tree!

노랫소리를 듣고 여기저기서 흩어져 있던 학생들이 모여들었다. 가사를 아는 학생은 따라 부르기도 했다. 적지 않은 수의 청중이 자신을 에워싸자 그도 어리둥절한 모양이었다. 노래가 끝났을 때, 누군가 '앙코르!' 하고 외쳤다. 그럴 만했다. 그의 목소리는 세상 어느 성악가보다 아름다웠고, 어느 시인보다 풍부한 감성으로 가득 차 있었다.

그가 '토스카'의 〈별은 빛나건만〉을 부르기 시작하자 점점 더 많은 학생들이 주위로 모여들었다. 졸지에 스타가 되어버린 그를 바라보며 윤지는 남모를 슬픔을 삼켰다.

'사랑할 수밖에 없는 사람, 사랑받아야 할 사람, 하지만 내 기억 속 보물로 남아야 할 사람……'

농대 연습림 답사까지 마친 두 사람은 민박집을 찾아 나섰다. 마침 좀 떨어진 곳에 '민박합니다' 푯말이 서 있었다.

"다행히 쉽게 찾았네요."

처음 방문하는 민박집이었다. 방이 단조롭다 못해 초라했다. 키 낮은 넓은 침대 하나가 가구의 전부였다. 세면대와 화장실이 딸려 있기는 했지만 샤워 시설은 없었다. M이 한숨을 쉬며 말했다.

"미안해요. 우리들의 첫 밤이 너무 초라하지요?"

윤지는 첫 밤이라는 말에 긴장으로 온몸이 굳어지는 듯했다.

"아뇨, 괜찮아요."

"그렇게 말해 주니 고마워요."

주인 여자가 문을 두드리고는 조촐한 시골 저녁상을 들여놓았다. 상을 물리고 나니 밤 9시가 지나 있었다. 침묵이 찾아들었다. 주뼛주뼛하고 있는 윤지를 보고 M이 침묵을 깼다.

"먼저 씻어요."

윤지는 잠옷을 가지고 화장실로 들어갔다. 간단히 씻고 옷을 갈아입고 나왔다. 그도 똑같이 했다. 갈아입을 옷을 들고 들어갔고, 바뀐 차림으로 나왔다.

"미안해요. 나중에 왕비마마처럼 잘 모실게요."

윤지는 말없이 웃었다.

"그런데 시간이 필요한 건 이해하죠?"

그는 손가락을 꼽으며 계산했다.

"군대 3년, 인턴, 레지던트, 그다음에……. 하여튼 자립할 때까지 고생 참아줄 수 있죠?"

그는 윤지의 눈을 깊이 들여다보았다. 윤지는 그런 걱정은 말라는 표정으로 미소를 보냈다. M은 부끄러운 듯 소리 죽여 말했다.

"군대를 가도 장교로 가니까 월급은 나와요."

M이 먼저 침대에 누워 팔을 벌렸다. 윤지가 따라 눕자 그가 팔베개를 해줬다. 그러고는 작심한 듯 고해성사 같은 언약식을 시작했다.

"아버지가 5년 전 미국으로 떠나시며 말씀하셨어요. 장래 의사가 될 사람은 강해야 한다, 본과 마칠 때까지만 학비 시원할 테니 그다음은 무슨 일이든 다 네가 알아서 해라, 쉽게 한국에 돌아올 수 없을 것 같다, 결혼하게 되면 그때 연락해라, 그렇게 말씀하셨고 나는 알았다고 했어요. 이런 얘기 미리 하지 못한 거, 미안해요. 이해해 주는 거죠?"

윤지는 대답 없이 고개를 끄덕였다.

그가 윤지의 몸을 조심스럽게 더듬기 시작했다. 아버지의 체취가 느껴졌다. 그의 숨소리가 조금씩 가빠지고 있었다. 엄마가 말하던 목숨과도 같다던 순결, 그것과 이별해야 하는 순간이 닥친 것이다. 순간, 윤지는 이불을 박차고 벌떡 일어났다.

"현규 씨!"

윤지는 처음으로 그의 이름을 불렀다. 너무 커보여 차마 부를 수 없었던, 불러보지 못해 서러웠던 그의 이름을 용기 내어 크게 불렀다. 윤지도 자기 차례의 고해성사를 한 뒤 그의 여자가 되고 싶었다.

"왜 그래요? 갑자기……."

"미안해요."

"내가 싫은 거예요?"

"그런 게 아니고……."

"나, 다 알아요. 지금 윤지 씨가 무슨 생각하고 있는지. 걱정 말아요. 나, 윤지 씨 책임져요. 윤지 씨가 먼저 날 버리지 않는 한 책임진다고요. 맹세해요."

"그런 게 아니고, 우리 아버지, 6·25때 돌아가신 우리 아버지는……."

윤지의 고해성사 첫머리에 그가 벌컥 화를 냈다. 그답지 않은 행동에 윤지는 당혹감을 느꼈다.

"6·25 얘기는 하지 말아요. 지금 그런 얘기가 왜 필요해요?"

"……."

"부탁이에요, 제발. 6·25 때 생각만 하면 그 피난길의 악몽, 빨갱이가 떠올라요. 그 처절했던 기억을 잊느라 얼마나 힘들었는데, 얼마나 울었는데. 무슨 얘기건 그때 얘기는 하지 말아요. 듣고 싶지 않아요."

정작 윤지가 하고 싶은 이야기는 우리 아버지는 독립운동가의 아들로 진정 나라와 민족의 장래를 걱정하는 애국자였고, 정말 억울한 누명을 쓰고 돌아가셨고, 현규 씨 덕분에 아버지를 느끼며 살 수 있어서 고맙다는 것, 그리고 분위기에 따라서는 엄마의 경제력까지도 얘기하고 싶었는데 6·25라는 말만 듣고 바로 빨갱이 얘기를 꺼내는 그를 보며 윤지는 더 이상 아무 말도 할 수가 없었다. 윤지는 모든 것이 헝클어진 혼돈 속에서 심하게 움츠러드는 자신을 발견했다. 그가 이불 속으로 들어가 다시 윤지를 안으며 말했다.

"약속해 줘요. 6·25 얘기, 빨갱이 얘기, 다시는 안 하겠다고. 빨갱이는 다 쏴 죽이고 싶어요. 갈기갈기 찢어죽이고 싶다고요."

갈기갈기 찢어진 건 윤지의 가슴이라는 것을 그는 모르고 있었다. 총을 맞고 피를 흘리며 쓰러져가는 아버지의 모습이 스쳤다. 심층 깊숙이 숨어 있던 죄책감이 솟아오르며 아버지의 원혼이 그녀를 부르고 있었다.

'윤지야, 이 아빠는 오직 나라의 장래와 민족의 분열을 걱정했었어.

정말 억울하다.'

엄마의 목소리도 들렸다.

'애야, 원숭이띠는 토끼띠와 절대로 결혼해서는 안 된다.'

사주쟁이 정 영감까지 가세했다.

'결혼은 일찍 하지 마시오. 공부를 많이 하면 좋고 결혼은 늦을수록 좋겠소.'

모두들 일제히 그녀와 그의 결합을 방해하고 있었다. 그의 여자가 될 수 없었다. 되어서는 안 되었다. 윤지는 벌떡 일어나 앉았다.

"미안해요, 현규 씨! 나, 프랑스 가야 해요. 엄마가 결혼하지 말고 유학 가래요. 공부 더 하래요."

윤지는 애꿎은 엄마를 끌어들였다. 정작 엄마는 유학을 반대하는 입장이 아닌가. 그가 벌떡 일어나 앉았다.

"지금 유학이라고 했어요?"

"네, 아무래도 유학 가야 해요. 공부 더 해야 해요. 사실 저는 엄마 말을 들어야 하는 운명을 타고났어요."

"아니, 윤지 씨한테 자유의지는 없어요? 유학 가고 안 가고는 본인 의지지, 왜 엄마가 가라면 가야 되고 엄마 말 들어야 하는 운명 타고났다는 건 또 무슨 소리예요? 진짜 하고 싶은 얘기가 뭐냐고요? 혼란스러워 죽겠어요."

윤지는 멍청이가 되어 눈만 껌벅였다.

"왜 아무 말 안 해요? 이상한 소리 그만하고 바로 말해요. 유학 갈 작정이었다면 미리 말했을 거고 윤지 씨 오늘 여기 오지도 않았어요.

윤지 씨 지금 뭔가 숨기고 있어요."

"숨기고 있는 게 아니라 말해야 하는데…… 말이 되어 나오지를 않아요. 말이 만들어지지 않아요. 전 바본가 봐요. 진짜 바보예요, 저는……."

윤지는 흐느끼기 시작했다.

"울지 마요. 울지 말고 얘기해요. 누구에게나 말로 할 수 없는 얘기가 있긴 해요."

윤지의 흐느낌은 점점 깊어졌고 M은 어안이 벙벙해졌다.

"허허 참! 윤지 씨, 제발 그만 울어요. 말 안 하고 싶으면 안 해도 돼요. 자꾸 우니 내 가슴이 미어져요."

M은 윤지를 살포시 안고 달래듯 말했다.

"윤지 씨, 무슨 말 못할 사연이 있나 본데 나, 윤지 씨 사정 더 알려고 하지 않을게요. 그렇지만 무슨 말이든 해봐요. 원하는 대로 다 해줄게요."

그래도 윤지가 말없이 울기만 하자 M은 무너지고 말았다.

"윤지 씨, 꼭 유학 가야겠으면 가세요. 내 가슴은 윤지 씨를 놓지 못하지만 공부 더 하겠다는데 말릴 권리, 내겐 없어요. 기쁜 마음으로 보내줘야죠. 첫 정이고 철석같이 믿고 의지하며 마음 다 줬어요. 윤지 씨를 보내는 건 심장 도려내는 아픔이지만, 이제 우리들의 추억은 가슴에 묻어야 할까 봐요. 이 세상에서 가장 아름다운 사랑이었다고 생각할게요."

윤지의 흐느낌은 오히려 더 커져 갔다.

"너무 이러니까 나, 진짜 이쩔 줄 모르겠어요. 빈털터리 학생 수제에 욕심낸 거, 자립할 때까지 고생 참아달라고 한 거, 다 잘못했어요. 미안해요. 지금 자책하고 있어요."

M은 완전 잘못 생각하고 있었다. 윤지의 가슴 밑바닥으로부터 용암 같은 눈물 줄기가 분출했다. 감당할 길 없어 울음소리를 죽이기 위해 M의 품에서 빠져나와 옆에 있던 여분의 이불로 얼굴을 감싸고 돌아누웠다. 시간을 의식하지 못한 채 눈물샘이 말라붙을 때까지 울고 또 울었다.

멀리서 새벽닭 울음소리가 들렸다. 정신을 차리고 둘러보니 M은 모로 돌아누운 채 깊은 잠에 빠져 있었다. 윤지는 조용히 짐을 챙겼다. 몇 마디 쪽지라도 남길까 하는 생각이 들기도 했지만 새벽길을 걸으며 그냥 나오기를 잘했다, 싶었다. 자신의 마음을 정확히 대변해 줄 말도, 글도 이 세상에는 없었다. 젊은 날의 마지막 페이지를 백지로 남겼다.

정신없이 한참을 걷다가 택시를 탔다. 당숙모께는 밤늦게나 돌아온다고 했기 때문에 이른 시간에 바로 집으로 갈 수 없었다. 윤지는 그 길로 왕십리 사주쟁이 정 영감 집으로 가기로 했다.

정 영감 집엔 그날따라 손님이 많지 않았다. 무슨 아쉬움이 남아 이곳을 찾아온 걸까. 이별의 정당성을 확인받고 싶어서일까. 윤지 차례가 되었다.

"궁합을 보려고요."

"말씀하시오."

윤지는 자신과 M의 음력 생년월일시를 말했다. 열심히 사주를 풀던 정 영감의 얼굴이 환해졌다.

"잘 맞네. 천생연분이오. 제 인연이외다. 당신은 사주에 물이 없어 건조하고 더운데 이 사람은 사주에 물이 많아요. 더구나 두 사람 일주日柱가 갑진甲辰과 기유己酉니 천간天干과 지지地支가 다정하게 합合을 하고 있소. 보기 드문 상 궁합이외다. 무조건 잡으시오. 놓치면 후회해요. 큰 인물 될 사람이외다."

"토끼띠하고 원숭이띠는 절대로 결혼해서는 안 된다던데……."

"누가 그런 소리를 함부로 해요? 제대로 보지 못하는 사람들 때문에 사주가 미신이라는 소리를 들어요."

"그럼, 저더러 결혼 늦게 하라는 얘기는 왜 하셨어요?"

"혹시 이 사주의 남자와 헤어지기라도 했소?"

"……."

"허허, 참. 결혼 운이 늦다는 얘기지 연애를 하지 말라는 얘기는 아니었는데……."

정 영감한테서 이별에 대한 정당성을 구할 생각이었는데 오히려 평생을 두고 후회할 거리를 만들고 말았다는 자조만 얻었다. 윤지는 정 영감 집을 나와 넋을 잃은 사람처럼 걸었다. 하루 종일 걷고 또 걸어서 다 서녁때 달진해 집에 도착했다.

사흘 동안 두문불출했다. 미술학원을 그만두기로 했다. 원장님께 작별인사도 드릴 겸 짐을 챙기기 위해 학원에 들렀다. 원장님이 조용한 방으로 윤지를 데리고 갔다.

"어떻게 된 일이야?"

윤지는 말없이 고개를 숙였다.

"민 군이 다녀갔는데 곧 입대할 거라는 소릴 하곤 가버리더라고. 헤어진 거요?"

"……."

"쯧쯧, 씩씩해 보이지만 외로운 사람이야. 1·4후퇴 때 그 추운 겨울 피난 오다가 빨갱이가 쏜 총에 엄마가 돌아가셨어. 바로 눈앞에서 말야. 그때가 열두 살 땐데 그 충격이 지금껏 남아 있지. 시신조차 수습 못 하고 살아온 것에 대한 죄책감도 크고. 아버지가 바로 나이 어린 여자와 재혼해 계모 밑에서 컸어. 계모가 낳은 여동생이 하나 있지. 명랑해 보이지만 숨은 외로움이 많은 사람이야. 계모와의 갈등 때문에 끝내 식구들 따라 미국으로 가는 것도 거부하고 혼자 남았어. 다행히 잘 어울리는 짝을 만난 것 같아 이제 됐다, 싶었는데……."

원장의 말을 듣고 나니 윤지는 모든 의문이 다 풀렸다. 그가 말한 근원적 외로움의 의미도, 가족 얘기를 하지 않던 이유도, 6·25 얘기를 죽도록 싫어했던 이유도.

'그랬구나, 그랬었구나. 그도 지독한 전쟁 피해자였구나. 진작 서로 속내를 털어놓았다면 서로에게 위로가 될 수 있었을까. 어쩌면 더 일찍 헤어졌을지도 모르겠다.'

윤지는 결국 인연이 아니었다는 생각을 하며 얼른 짐을 챙겨 작별 인사를 하고 학원을 나왔다.

윤지는 성북동 산에 올라가 함께 앉았던 바위에 앉았다. 그의 노랫

소리가 들려왔다. 엄마가 그리워서, 엄마에게 너무 미안해서 그렇게 열심히 노래를 불렀던 것일까…….

억울함과 서러움에 목이 졸려 왔다. 울고 또 울며 그를 떠나보냈다. 졸업하고 유학 가서 열심히 공부해 자존감 있는 당당한 여자로 다시 태어나리라 결심하며…….

그러나 엄마에겐 한 번도 M의 얘기를 해본 적도, 하려고 마음먹은 적도 없었다. 슬픈 사랑이라 얘기할 수 없었고 슬픈 사랑일 수밖에 없었던 이유를 설명할 수도 없어서 하지 못했다.

5

이듬해인 1966년 봄, 윤지는 문과대 수석으로 학교를 졸업했다. 불문과에서 톱이 나왔다고 교수들은 좋아했다. 대학신문 주간이었던 모교수는 가을에 있을 유학시험에 합격한다면 학비를 지원하겠다며 윤지에게 프랑스 유학행을 독려했다.

'그래 떠나는 거야.'

유학시험에 실패한다고 해도 자비 유학을 떠나면 그만이었다. 문제는 엄마의 승낙이었다.

윤지는 틀림없이 막고 나설 게 빤한 엄마에게 유학 결심을 바로 토로할 용기가 없어 계속 방 책상 앞에 눌어붙어 공부에 열중하며 엄마에게 묵언默言의 시위를 했다. 엄마가 자신의 의중을 헤아려 승낙해주길 간절히 바라며……

그런데 엄마의 움직임이 곧바로 부산해지기 시작하더니 어느 날 방문이 벌컥 열리며 엄마가 격앙된 어조로 말했다.

"얘야, 드디어 찾았다. 진짜 엄마 마음에 쏙 드는 일류 신랑감이야. 이번 주 내로 날을 잡을 테니 선을 보도록 해라."

"엄마, 나 시집 안 갈래. 프랑스로 유학 갈 거야, 파리로……. 공부 1등 한 것도 유학 가기 위해서였어. 엄마, 나는 공부 더 해야 해. 유학 시험에 실패해도 오십만 원만 있으면 갈 수 있어. 엄마, 부탁이야. 제발 허락해 줘."

"공부 1등은 좋은 배필 만나기 위한 거고, 지금 그깟 돈 오십만 원이 문제야? 여자가 프랑스고 파리고 다 뭐야? 남편이 프랑스고 파리지. 유학 갔다가 코쟁이 신랑감 데리고 나타나 누굴 기절초풍 시키려고 그러냐?"

"엄마, 절대로 그럴 일 없어. 맹세할게."

"맹세? 난 그런 거 안 믿는다. 네 아버지하고도 검은 머리 파뿌리 될 때까지 같이 살자고 맹세하고 또 했었어. 그래 놓고 그렇게 혼자 허망하게 가버렸잖니. 씨알 안 먹히는 소릴랑 말고 좋은 신랑감 나타났을 때 얼른 시집 가. 신랑감이 어디 하나 빠지는 데가 없어. 인물 좋고, 사람 좋고, 서울대 정치과 출신에다 더구나 6남매 중 셋째라잖니. 이보다 좋은 자리는 없다. 나는 내 딸 손에 물 한 번 안 묻히고 키웠어. 절대 장남한테는 안 보낸다. 나이가 일곱 살 많은 게 좀 어떨까 싶다만 열 살까지는 괜찮아."

엄마는 그 남자에 대해 확신을 갖고 있었다. 어떤 말로도 흠집 낼 수 없는 확신이었다. 윤지는 점쟁이를 끌어들이는 수밖에 없었다. 겁주려고 거짓말까지 했다.

"엄마, 점쟁이가 절대 일찍 결혼하지 말래. 일찍 결혼하면 남편이 죽는대."

"얘가, 얘가……. 어떤 점쟁이가 그런 소릴 해? 나도 점 봤어. 궁합도 잘 맞고 둘이서 아주 잘살겠대. 내가 맞다면 맞는 줄 알아."

"엄마가 보는 점집 순 엉터리 같아. 토끼띠하고 원숭이띠는 절대로 안 된다고 했다며? 그거 아니라던데……."

"누가 그래? 그건 맞아."

"엄마가 본 건 맞다면서 내가 본 건 왜 안 맞아?"

"시끄럽다. 더 이상 잔말 마!"

집을 뛰쳐나가지 않는 한 엄마의 명을 거역할 방법은 없었다. 죽었다 깨어나도 그럴 용기가 없는 윤지는 그럼 한 번 보기나 하겠다고 했다. 만나본 뒤에 마음에 안 든다고 하면 그만일 테니. 엄마는 그럴 줄 알았다는 듯 흐뭇한 미소를 지었다.

"당연히 그래야지."

맞선 장소는 윤지네 집 안방이었다.

'커피숍도 많은데 왜 하필 우리 집 안방이야?'

엄마는 이미 자기 집 식구라고 생각하고 있는 듯했다. 윤지는 엄마가 마련해 준 옥색 투피스 차림으로 다소곳이 앉아 있었다. 살며시 방문이 열리더니 남자 셋이 들어와 앉았고 엄마가 뒤따라 들어왔다. 셋 중 어떤 사람이 신랑감인지 알 수가 없었다.

왼쪽 남자는 담담한 표정이었고, 가운데 남자는 수줍음이 많은지,

쑥스러운지 고개를 숙인 채 자기 손만 자꾸 주물러댔다. 오른쪽 남자
는 관찰하는 눈으로 윤지를 흘금흘금 쳐다보았다. 누가 신랑감인지
감을 못 잡고 있는데 엄마가 웃으며 일러주었다.

"얘야, 가운데 분이시다. 왼쪽은 절친한 친구 황 검사님이시고 오
른쪽은 바로 위 형님이시다."

자꾸 손만 주물러대는 사람이 신랑감이라는 말에 윤지는 일른 슬
쩍 한 번 쳐다보고는 고개를 숙였다. 자세히 보지도 못했다. 그런데
형님이라는 사람과 친구는 왜 남의 선보는 자리에 따라온 걸까.

나중에 안 일이지만 친구 황 검사는 서울 동숭동 하숙집 시절, 4년
간 한방을 썼던 사이로 신랑감과 절친한 사이였다. 친한 친구의 색싯
감이니만큼 자기가 꼭 봐야 한다며 따라온 것이다. 형님은 형님대로
여자가 잘못 들어와 형제간의 우애를 끊어놓을까 봐 색싯감의 관상을
보기 위해 따라온 거라고 했다.

"신랑감이 첫눈에 네가 마음에 들었는지 한 번 더 보자고 한단다."

"엄마, 약속대로 한 번 봤잖아, 안 보면 안 돼?"

"무슨 소리야? 상대방의 호의를 무시해서는 안 되는 법이다. 그리
고 사람을 어떻게 선보는 자리에서 딱 한 번 보고 판단할 수 있니. 한
번만 더 만나 봐라. 너도 틀림없이 좋아하게 될 거야. 사람 상대를 많
이 해본 내 안목은 틀림없어. 그렇게 하겠다고 전하마."

아무 느낌 없는 사람을 다시 만나야 하다니. 하지만 엄마의 착한
딸로 살아야 할 운명을 타고난 윤지는 언제나 그랬듯 엄마 말을 거역
하려는 순간, 아버지 죽음에 대한 죄책감이 밀려와 저항할 힘을 잃고

만다. 윤지는 딱 한 번만 더 본 뒤 거절할 말을 찾기로 했다.

말하자면 첫 데이트인 셈이었다. 윤지네 집에서 걸어서 10분 거리에 있는 극장 앞에서 만나기로 했다. 극장 간판에는 외국 여배우가 총구를 정면으로 향한 채 앞을 노려보고 서 있는 그림이 그려져 있었다. 그가 멀리서 바쁘게 걸어와 아는 체를 했다. 극장 간판을 한번 올려다본 후 표를 사기 위해 줄을 섰다. 그런데 주머니를 다 뒤져도 지갑이 없는 모양이었다.

"으응? 이상하다, 지갑을 두고 왔네요. 어쩌지?"

윤지는 기가 막히다 못해 어처구니없었다. M과 저절로 비교가 됐다. 같은 남자가 어쩌면 이렇게 다를 수 있을까. 자존심도 상했다. 영화를 보자고 한 것도 그였고 더구나 첫 데이트가 아닌가.

윤지는 이건 아닌데 하면서도 상대방이 민망해할까 봐 얼른 핸드백에서 돈을 꺼내 표를 샀다. 그는 조금 멋쩍어했지만 그다지 곤란한 표정은 아니었다. 극장표 정도는 누구든 돈을 가진 사람이 사면 된다는 식이랄까. 그에게 돈이란 있을 수도 있고, 없을 수도 있는 어떤 것처럼 느껴졌다.

윤지는 영화를 보면서도 머릿속이 복잡해 내용은 하나도 들어오지 않았다. 한숨만 나왔다. 자꾸 윤지 쪽을 흘끔거리는 게 언제쯤 여자 손을 잡아야 할지 기회를 엿보는 눈치였다. 그러다가 윤지가 다시 한숨을 쉬자 슬쩍 손을 잡았다.

윤지는 잡힌 손을 살며시 뺐다. 여자가 헤프면 안 된다는 엄마의 말이 생각났고, 뜨끈뜨끈한 느낌이 싫기도 했다. 그가 얼른 몸을 다른

쪽으로 비트는 것으로 봐서 몹시 자존심이 상한 것 같았다.

극장에서 나온 뒤 두 사람은 똑같이 꿀 먹은 벙어리가 되었다. 남자의 주머니가 비어 있는 상태에서 데이트를 계속하긴 어려웠다. 조금 걷다가 그가 쑥스러운 표정으로 입을 열었다.

"저어, 꼭 다시 만나고 싶은데 언제쯤……."

"죄송합니다. 저, 그만 가보겠습니다."

윤지는 민망한지 자존심이 상했는지 멀뚱대고 있는 그를 향해 꾸벅 절하고 돌아서서 종종걸음으로 집으로 향했다.

엄마가 기대에 찬 눈으로 물었다.

"어땠어, 생긴 대로 사람이 착하지?"

"착한 건지 바본 건지 첫 데이트에 돈도 안 갖고 나왔어. 자존심은 센 것 같고 경제관념은 꽝이야. 완전 다른 세상에서 온 사람 같아. 그런 사람을 엄마는 왜 그렇게 좋아해?"

엄마의 반응은 의외였다. 깔깔대며 웃었다.

"세상에, 얼마나 순진하냐. 요새 남자치고 그런 사람 찾기 힘들다. 잘못하다가는 사기꾼 만난다. 돈이야 벌면 되는 거지. 군대까지 갔다와 대학원 공부도 마쳤단다."

"그럼 석사학위는 땄대?"

"잘 모르겠네. 마쳤다는 얘기만 들었지. 아무럼 어때?"

"이름은 뭐래?"

"아니, 이름도 안 가르쳐 주든?"

"저쪽에서 말 안 하는데 내가 먼저 물어?"

"박 무슨 용이라고 했지, 아마? 그거야 물어보면 되고."

"어디 사람이고 직업은 뭐래?"

"원래 고향은 여긴데 집안 사업 때문에 일찍 전남 S시로 이사했단다. 신랑감은 어릴 때 거기서 태어나 자랐지만 고등학교는 여기 숙부댁에서 다녔대. 직업이야 서울대 출신이니 어렵지 않게 가질 테고."

윤지는 이름도 직업도 제대로 모르는 사람에게 완전히 콩깍지가 씌어버린 엄마가 도리어 이상해 보였다.

"엄마 참 이상하다. 내가 보기엔 영 아닌데. 뭐, 전생에 진 빚이라도 있나 보네."

"얘가, 얘가…… 무슨 그런 말도 안 되는 소리를 지껄여? 그 사람 놓쳤다간 평생 후회한다. 불효자식 안 되려거든 내 말 들어!"

윤지는 전생이라는 단어를 뱉어놓고 스스로 깜짝 놀랐다.

'나는 전생에 무슨 일이 있었기에 아버지를 죽음으로 내몰고, 엄마에게 죄인으로 살아야 하는 걸까.'

"엄마, 나 시집 안 갈래. 공부 더 하게 해줘. 그리고 그렇게 형제들이 버글버글하는 집에 가서 어떻게 살아? 사람들 사이에 부대끼는 거, 난 죽어도 싫단 말이야."

"그러니 셋째를 골랐잖아. 따로 살 거고 아무 책임도 부담도 없어. 엄마 말이 맞다니까."

윤지는 목을 놓고 울어버렸다. 며칠을 울었지만 엄마는 포기하지 않았다.

"저쪽에서 자꾸 매달리니 그럼 딱 한 번만 더 만나보고 그때 판단해.

남자 여자는 만나다 보면 좋아지게 돼 있어. 그게 조물주의 조화야."

그렇게 윤지는 엄마의 성화를 감당하지 못하고 두 번째 데이트에 나섰다. 버스를 타고 시내를 벗어나 근교 강가로 갔다.

해가 저물고 있었다. 윤지는 잔디에 앉아 강 건너편 마을과 흘러가는 강물을 하염없이 바라보았다. 물을 보자 답답하던 가슴이 좀 트였다. 그는 계속 말이 없었다. 심각한 표정으로 봐서는 데이트하러 온 게 아니라 어려운 문제를 풀다가 머리를 식히러 온 사람 같았다. 늘 활기찬 표정으로 먼저 말을 걸어오던 M과 딴판이었다. 답답한 나머지 윤지가 먼저 입을 열었다.

"저어, 석사학위는 받으셨어요?"

"아뇨, 아직 논문을 끝내지 못했어요."

그가 그 이유를 열심히 설명했다.

"자유와 평등의 문제가 도무지 정리가 안 되네요. 평등을 택하면 자유가 억제되고 자유를 택하면 평등이 깨지는 모순을 어떻게든 정리해야 되겠는데……. 평등을 주장하면 진보주의가 되고 자유를 주장하면 보수주의가 되는데 서로 양립할 수 있는 방법을 좀처럼 찾을 수가 없네요. 자유 속에서 세상이 평등해지는 방법은 없는 것일까요?"

'이게 무슨 뜬금없는 소리?'

윤지가 어리둥절해하거나 말거나 그는 자기 말을 계속했다.

"어릴 때부터 시장터를 지나다가 몇 푼 안 되는 채소를 놓고 팔고 있는 주름살 자글자글한 할머니를 보면서 세상이 왜 이렇게 불평등한가, 하는 생각을 했어요. 태어날 때부터 부자와 가난뱅이가 정해져 있다는 것이 영 마땅찮았기든요."

"……."

"아무래도 래스키 교수의 책을 좀 더 읽어야 할까 봐요."

"래스키 교수라고 하셨어요? 처음 듣는 이름인데……."

"문학 하는 사람들은 잘 모를 거예요. 해럴드 래스키라고 런던대 교수예요. 한국 정치학에 영미권의 자유주의를 불어넣은 분이죠. 감수성 예민하던 대학 시절 정신적 지주나 다름없던 분인데 1950년 3월에 죽었어요. 많이 그리워요, 그분이……."

죽은 달까지 기억하다니. 그의 사상에 푹 빠진 모양이라고 윤지는 생각했다.

"유有는 유有에서만 창출되는 거지, 무無에서 유有를 창출할 수는 없는 거거든요."

하는 얘기마다 너무 무겁고 부담스러웠다. 윤지는 잘못하다간 자신의 무식이 탄로 날까 봐 얼른 주제를 딴 데로 돌렸다. 직장이 있다는 전제하에 물었다.

"다니시는 직장은 마음에 드세요?"

"음…… '유솜'이라고, 우리말로 '주한미국경제협조처'라는 곳에 공개 채용되었는데 월남으로 발령이 났어요. 아버지가 전쟁터에 가면 죽는다고 죽자 살자 못 가게 말리는 바람에 포기했어요. 아버지는 형제들 중에 저를 제일 아끼시거든요. 기대도 크시고요."

"그럼 아직……."

그는 약간 기가 죽어 명함을 꺼내 건넸다. 'KS화학 영업과장, 박병용'이라고 씌어 있었다. 사무실 주소가 서울 종로 5가였다.

"화공약품 취급하는 회산가 봐요."

"네, 각종 화공약품 원료를 수입해 가공해서 판매하는 회사예요. 영업이란 게 생각과 달리 영 어렵더라고요."

가족관계가 궁금했다.

"지난번에 뵌 둘째 형님은 이곳에서 날염 공장을 하신다고 들었어요. 부모님은 고향에서 식료품 사업을 하신다던데 큰형님께서 모시고 계세요?"

"부모님은 막내가 모시고 있어요. 큰형님은 따로 살면서 조미료 대리점과 참기름 공장을 하고 있고요. 바로 아래 남동생도 고향에서 아버지 일을 돕고 있고 여동생은 결혼해 부산에서 약국을 하고 있어요."

가족관계가 대충 파악되었다. 엄마 말처럼 셋째 아들이라 아무 책임도 부담도 없을 것 같았다. 어차피 시댁 덕 볼 생각 같은 건 아예 없이 시작한 일이다. 엄마의 경제력으로 그의 조건만 취하면 될 일이다. 서민적인 집안이라 기죽을 일도 없다.

"나, 돌아가신 윤지 씨 아버지에 대해 잘 알고 있어요."

윤지는 피식 웃음이 났다.

'그래도 내 이름은 알고 있네.'

"민족의 장래를 걱정하셨던 애국지사였고 사상적으로 저하고 비슷한 생각을 갖고 계셨던 분 같아요."

윤지는 아버지에 대해 호감을 갖고 있는 그가 고맙고 가깝게 느껴졌다.

"일찍 혼자되신 어머니를 내 어머니처럼 생각하겠어요. 모시고 살고 싶으면 그렇게 해도 되고요."

계속해서 그는 아량 넓은 사람이구나, 하는 느낌을 주는 얘기를 했다.

"남동생이 있다던데 몇 살이지요?"

"열여덟이에요."

"그럼 나하고 띠동갑이네요. 소띠죠?"

"네."

"K고를 다닌다니 저랑 동문이네요. 12년 후배. 아버지를 일찍 여의었으니 잘 돌봐주고 싶어요. 친구처럼 삼촌처럼. 사람은 누구든 어울려서 서로 돕고 의지하며 살아야 해요. 특히 가진 자는 못 가진 자를 도와야 하고요."

처음으로 윤지는 그가 좋은 사람이라는 생각이 들었다. 그가 잔디에 벌렁 드러누우며 말했다.

"누워요. 지는 해가 아름답네요. 미네르바의 부엉이가 날개를 펼 시간이에요."

그는 문학적 기질인지, 미학적 기질인지, 철학적 기질인지 가늠할 수 없는 묘한 발설을 했다. 서울대 출신이라 역시 아는 건 많구나.

윤지가 눕자 그가 손을 꼭 잡아주었고 자연스레 포옹으로 이어졌다. 서민적인 집안의 셋째 아들이라는 조건에 마음이 편해졌다. 생리적 욕구가 꿈틀거렸다. 남녀 사이의 일을 조물주의 조화라 표현하던 엄마 말이 생각났다.

윤지는 엄마의 그 말을 받아들일 시점에 자신이 와 있다는 사실을 간단히 인정하고 말았다. 유학행도 현실적 짐이다. 무거운 짐을 벗어 던져 버리고 편안한 결혼행에 몸을 싣자. 엄마의 착한 딸로 살고 말자. 어차피 넘을 수 없는 태산준령인 엄마는 숙명이니까.

그가 갑자기 프러포즈를 해왔다.

"윤지 씨, 우리 결혼해요. 그래주는 거죠?"

윤지는 가볍게 고개를 끄덕였다. 그의 얼굴빛이 환해졌다.

밤늦게 귀가한 딸을 본 엄마는 웃음을 흘렸다. 그뿐이었다. 그 이후는 모든 것이 일사천리로 진행되었다. 약혼식은 생략하고 결혼식은 가을에 올린다는 것, 신혼 살림집은 엄마가 알아서 얻는다는 것, 함은 결혼식 이틀 전에 받는다는 등의 자잘한 세부 계획까지 약속한 후 그는 서울로 올라갔다.

엄마는 주변 사람들에게 딸이 결혼하게 됐다는 사실을 재빨리 알렸고 그 소식을 들은 외가 쪽 먼 친척 할머니가 찾아왔다. 그 할머니는 점쟁이였다. '촛불점쟁이'라는 이름의 그 할머니는 용하기로 소문나 있었고, 자신의 죽은 남편의 신神을 선생님으로 모셔놓고 점을 봐주고 있었다. 그 할머니가 꼭 엄마를 만나야겠다며 집으로 찾아왔다. 연락을 받은 엄마는 장사를 하다가 무슨 일인가, 하고 급히 집에 들어왔다. 그 할머니를 보더니 시큰둥해하는 표정이었다.

"가게 비워놓고 와서 얼른 가봐야 해요. 말해 보세요, 왜 보자고 하셨는지."

"윤지 엄마, 선생님이 이 결혼을 말리시네요. 하도 강하게 말리셔서 찾아왔어요."

"그래요? 걱정해 주셔서 고마운데 내 일은 내가 알아서 합니다. 그러니 다시는 이런 말씀하러 오시지 마세요."

엄마는 매정하게 한 마디를 내던지고 다시 가게로 나갔고, 그 점쟁이 할머니는 엄마의 강경한 태도에 속이 타는지 외할머니에게 물 한 잔을 청했다. 물을 마신 뒤 외할머니와 윤지를 보며 말했다.

"선생님이 하도 말려서 찾아왔는데 말을 듣지 않네요."

외할머니가 걱정스러운 눈으로 말했다.

"이미 결정한 일이라 말려도 소용없을 거요. 내 딸이라 내가 잘 아는데 그 고집을 꺾을 사람은 아무도 없어요. 그런데 혼인 전에 그런 소리를 듣고 나니 왠지 걱정되네요."

외할머니는 윤지의 손을 쓰다듬으며 걱정스러운 눈길로 쳐다보았다. 그러자 점쟁이 할머니가 말했다.

"윤지 할머니, 그렇다면 내 말을 들으시겠소?"

"무슨 말인지 말씀해 보세요."

"꼭 이 결혼을 해야겠으면 반드시 푸닥거리를 하고 하세요."

"푸닥거리요?"

"액 막음이라도 하자는 거지요. 제물祭物은 내가 준비할 테니 모레 신시申時에 내가 사는 동네 둑 다리 밑으로 윤지를 데리고 오세요. 오후 3시 반까지 오시면 돼요. 시간을 꼭 지키시고요."

"알았어요. 그런데 내 딸에게는 비밀로 합시다."

"그럽시다."

무슨 수상한 공모가 외할머니와 그 점쟁이 사이에 이루어졌고 윤지는 약속 날짜에 맞춰 외할머니를 따라나섰다. 점쟁이는 강가에 준비된 제물을 늘어놓고 두 사람을 기다리고 있었다. 그녀는 하늘에 뭐라고 뭐라고 빌더니 한지를 불살랐다. 점쟁이가 윤지에게 말했다.

"이제 됐다. 절대로 뒤를 돌아보면 안 된다. 곧장 앞만 보고 가거라. 알았지?"

"네."

외할머니는 집으로 오는 버스 속에서 계속 '관세음보살'을 외웠다.

결혼식이 가까워지자 엄마는 신랑 측 노부모의 경제적 입장을 고려해 신랑에게 미리 신부 예물은 5부 다이아몬드반지 하나와 손목시계 하나면 된다는 귀띔을 해주었다. 신랑에게는 고급 시계와 반지, 그리고 의복 일체를 갖춰 주었고, 시부모와 가까운 친척들 예단으로 가게에서 가장 비싼 비단을 준비했다.

드디어 함 오는 날이 되었다. T시에 사는 둘째 형님네에서 함을 마련해 일찍 출세한 친구 황 검사가 짊어지고 왔다. 동네방네가 떠들썩했고 엄마는 신이 났다. 집안에 의지할 남자가 없던 터라 신랑의 존재는 윤지네 식구들에게 희망이었다. 고등학생인 남동생 준이는 서울대 출신 매형을 보게 돼 덩달아 어깨가 우쭐했다.

결혼식 날 윤지는 T시 여자고등학교 교장 선생님으로 재직 중인 당숙의 손을 잡고 입장했다. 그 당숙은 할아버지 바로 위 형님의 외아들로 아버지보다 두 살 아래였다. 엄마는 당숙의 손을 잡고 입장하는 윤지를 보며 눈물을 찍어냈다. 그런데 갑자기 결혼식장이 웃음바다가 되어 고개를 들어보니 신부를 인도받기 위해 대기 중이던 신랑이 시선을 땅에 떨어뜨린 채 싱글벙글 웃으며 연신 손을 주물러대고 있는 게 아닌가. 엄마는 이번에는 그 모습을 보고 웃느라 다시 눈물을 찍어 냈다. 하객들은 신랑이 너무 웃어서 딸을 많이 낳게 생겼다고들 했다.

결혼식은 성황리에 끝났고 사진 촬영할 때 보니 신랑 친구들의 숫자가 어림잡아 60명은 되었다. 엄마는 멀리서 온 신랑 친구들에게 일일이 돌아갈 차비를 챙겨 주었다. 자연스레 신랑이 부잣집으로 장가 갔다는 소문이 쫙 퍼졌다.

윤지는 첫날밤을 호텔에서 홀가분하게 보내고 싶었다. 그러나 엄마는 친정집 안방에다 눈부시게 하얀 요와 비단 이불로 신방을 차려 주었다. 베개도 둘이서 벨 수 있게 하나로 된 긴 것을 마련해 주었다. 첫날밤에 베개를 따로 베면 부부가 헤어진다는 얘기를 철석같이 믿고 있는 엄마 식의 제식祭式이었다. 여자는 첫 경험에 출혈이 있다는 얘기를 들은 적은 있지만 요 위에 깔 시트를 따로 준비하는 지혜가 윤지에겐 없었고 엄마도 가르쳐 주지 않았다. 마음이 편해야 일이 진행될 텐데 신방은 서투른 남녀가 제대로 합궁하기에는 뭔가 마땅찮은 분위기였다. 신랑은 누울 생각은 않고 이부자리를 감상하고 있었다.

"이부자리가 너무 고급스럽고 깨끗하네요. 베개도 특이하고요. 이런 호강은 처음인데……. 장모님 성격 알 만해요."

"저는 베개 누구랑 같이 베면 답답해요. 혼자 베시는 게 좋겠어요."

"아뇨, 나는 베개 없어도 괜찮아요. 윤지 씨가 베요."

"아니에요, 남자가 베는 게 옳아요."

"아니에요, 윤지 씨가 베요."

둘은 서로 베개를 밀었다 당겼다 하며 실랑이를 했다.

"할 수 없네요. 내가 베죠. 그런데 잘못하다간 이 정갈한 이부자리 다 버리게 생겼어요. 그건 민망한 일이라. 괜찮으면 옆으로 밀어놓읍시다. 나는 맨바닥에서도 잘 자요. 방이 뜨끈뜨끈하네요."

"그러지 말고 그냥 편안하게 요 깔고 누우세요. 제가 바닥에 누울게요."

"그건 아니고. 윤지 씨, 이러다 우리 오늘 밤새우겠어요. 아무래도 첫날밤은 내일 신혼여행 가서 치르는 게 좋겠어요. 오늘 밤엔 그냥 얌전하게 자는 걸로 합시다. 피곤하기도 하니."

"그러죠."

신랑이 요 위로 올라가 누웠다.

"얼른 내 옆으로 와 누워요."

윤지도 요 위로 올라가 누웠다.

"베개 같이 베 봐요. 장모님 성의니 정답게 붙어 자 봅시다."

"아뇨, 저는 그냥 잘게요. 그만 주무세요."

"그럼, 잘 자요."

신랑은 곧바로 코를 골며 곯아떨어졌다. 윤지는 자기 팔을 베개 삼아 몸을 이리저리 뒤척여 보았지만 편치 않았다. 엎드려 잠을 청하고 있는데 갑자기 신랑의 다리가 윤지 등을 탁! 쳤다. 깜짝 놀라 살며시 일어나 신랑 다리를 내려놓았다. 신랑은 정신없이 곯아떨어져 있었지만 또 무슨 일이 일어날까 봐 신경 쓰여 윤지는 잠을 자는 둥, 마는 둥 악몽 같은 밤을 보냈다. 엄마는 비단 이부자리와 베개 덕에 아주 행복한 밤을 보낸 것으로 단단히 믿는 눈치였다.

이튿날 남편의 여동생이 살고 있는 부산으로 기차를 타고 신혼여행을 가게 됐다. 남편은 여행 가방을 들고 앞서가고, 윤지는 뒤를 쫓았다. 편치 않은 타이트스커트에 뾰족구두라 남편의 속도를 맞추기가 벅찼다. 빈 택시가 지나가는 걸 남편은 보고만 있었다.

"버스 타고 갑시다."

아주 간단명료하게 말했다. 신혼 여행길에 편안한 기분을 느끼고 싶은 여자 마음에 대한 배려 같은 건 없었다. 그저 택시나 버스나 다 같은 교통수단일 뿐이었다. 확실히 보통사람과는 달랐다. 윤지는 M을 떠올리지 않을 수 없었다. 확실하게 떠나보냈다고 생각했는데 M은 웅크리고 있다가 기회가 되자 머리를 디밀었다. 억지로 밀어넣었다.

"빨리 와요, 버스 왔어요."

그 소리에 놀라 얼른 뛰어가 버스에 올랐다. 역에 도착해 부산행 기차를 탔다. 열차 속에서 남편은 부산에서 약국을 경영하며 충실하게 결혼생활을 하고 있는 여동생 얘기를 했다. 그녀는 서울대 정치과 출신 오빠가 언젠가는 출세해 집안 전체를 일으켜 세울 것이라고 단단히 믿고 있다고 했다.

역으로 마중 나온 여동생은 오빠 내외를 해운대에 있는 소박한 호텔로 인도하고 물러갔다. 짐을 풀고 양식당에 내려가 식사를 마친 뒤 다시 방으로 올라와 침대 옆 화장대 의자에 앉아 숨을 돌리며 끼고 있던 결혼반지를 벗어놓으려다가 윤지는 깜짝 놀랐다. 예물로 받은 다이아몬드반지 알맹이가 사라지고 없는 게 아닌가!

'이럴 수가! 알맹이가 어디 갔지?'

불길한 예감이 스쳤다. 불행의 전주곡처럼 느껴졌다. 푸닥거리까지 했는데 어떻게 이런 일이 일어났지? 방을 아무리 샅샅이 둘러보고 뒤져봐도 알맹이는 나오지 않았다. 남편이 물었다.

"뭘 그렇게 찾는 거요?"

"저기, 예물 반지 알맹이가 없어졌어요."

"네?"

"귀신이 곡할 노릇이에요."

"잘 생각해 봐요, 어디 부딪혔는지."

"아뇨, 아무 데도 부딪히지 않았어요."

둘은 소용없는 줄 알면서 오갔던 길이란 길은 다 훑어보았지만 그 작은 알맹이를 찾을 수가 없었다. 생각할수록 기가 막혔다.

얼마나 헤맸는지 호텔 방으로 돌아왔을 때 두 사람 다 기진맥진한 상태였다. 그 사건으로 신혼여행은 잿빛이 되었고 합궁도 불발되었다. 윤지는 문득 촛불점쟁이 할머니가 결혼을 말렸던 기억이 나며 기분이 묘해졌다. 얼른 집으로 가고 싶은 생각뿐이었다.

"여기 더 있고 싶지 않아요. 얼른 집으로 가요."

"그럽시다. 나도 이곳을 벗어나야 나쁜 기억을 지울 수 있을 것 같네요. 집에 가더라도 비밀로 합시다. 일은 이미 벌어졌고 장모님께 아무 소용없는 걱정 끼쳐드리고 싶지 않아요."

돌아오는 기차 속에서 남편은 내내 잠들어 있었다. 윤지는 남편에게 죄지은 기분이 들었다.

엄미는 서둘러 신혼여행에서 돌아온 딸 내외를 보고 화들짝 놀랐다.

"박 서방, 왜 벌써 돌아오셨는가? 안 좋은 일이라도 있으셨는가?"

남편이 망설이자 윤지가 나섰다.

"사실은 얘기 안 하기로 했는데…….."

"무슨 일인데? 얼른 말해 봐."

"엄마, 귀신이 곡할 노릇이야. 다이아몬드반지 알맹이가 어디 부딪힌 일도 없었고 빼놓은 적도 없었는데 저 혼자 도망갔어."

"도망갔다면 반지 알맹이가 빠져 없어졌단 말이냐?"

"응."

"어떻게 그런 일이……?"

엄마는 연신 자기 손을 주무르고 있는 남편을 보며 말했다.

"박 서방! 많이 놀라셨겠네. 기왕지사 벌어진 일, 괘념치 마시게. 신혼 여행길에 교통사고 당한 사람도 보았다네. 이건 아무것도 아닐세."

딸에게도 단단히 일러두었다.

"너도 마음에 두지 말고 깨끗이 잊어버려라. 절대로 시댁 식구들에게는 모르게 하고. 괜한 말들 날까 두려우니. 내 반지 알을 빼줄게. 똑같은 5부짜리니 말 안 하면 아무도 몰라. 알았지?"

"응, 그런데 엄마 부탁이 있어. 오늘 밤엔 이부자리랑 베게 다 내가 알아서 챙길게. 그리고 안방 말고 건넛방에서 잘래. 그게 마음 편할 것 같아."

"나는 또 무슨 어려운 부탁인가 했네. 그거야 좋을 대로 해."

윤지 부부는 결혼식 올린 지 사흘이 지나서야 초야를 치렀다.

6

신접살림은 남편의 회사 사무실이 있는 종로 5가 근방에 차렸다.
제법 규모 있는 한옥 별채로 대문이 따로 나 있었다. 2층집이었는데 1
층에 방 두 개, 2층에 방 한 개가 있었다. 1층에 재래식 부엌이 있었지
만 수도 시설은 없었다. 수돗물을 쓰려면 본채 부엌까지 가야 했고 큰
방을 통해 마당을 가로질러야 재래식 화장실이 나왔다.

신접살림을 차린다고 엄마와 시어머니가 따라왔다. 시어머니는 평
생을 6남매 뒷바라지에 일가친척들 치다꺼리까지 하느라 진이 다 빠
졌는지 말이라고는 도무지 할 생각을 않는 노인네였다. 뭐든지 다른
사람의 의견을 따랐고, 뭐든지 알아서 하라는 식이었다. 시어머니는
연탄 100장을 들여놓아 준 뒤 집이 있는 S시로 바로 내려갔다. 엄마는
쌀 한 가마니를 사주고 따로 2만 원을 윤지 손에 쥐어주었다. 콩나물
한 주먹이 5원이니 2만 원은 거의 한 달 치 생활비였다. 엄마는 또 들

르겠다고 하고 바로 내려갔다.

"다음 달 가게 쉬는 날 오마. 소제 깨끗이 하고 살아라."

남편은 결혼 전에 서대문구 현저동 사촌 형 집에서 살았다. 옷가지랑 책이랑 가져올 게 많다며 나서더니 짐은커녕 달랑 『장자』라는 책 한 권만 들고 왔다.

"다른 짐은 없어요?"

"가져올 게 없던데요."

"옷가지는요?"

"누가 다 입고 갔나 봐요."

"속옷도요?"

"친척들이 많아서 아무나 올라오면 보이는 대로 그냥 주워 입어요."

속옷까지 네 것 내 것 없이 산 모양이다. 이해가 잘 안 되었지만 그런 사람들도 있구나, 했다. 남편은 걸어서 출근했다. 30분 가까이 걸린다고 했다. 좀 부담되는 거리지만 교통비는 안 들었다.

한 달이 다 되어 가는데도 남편은 월급에 대한 말이 없었다. 돈 얘기를 먼저 하는 쪽이 속물로 간주될 것 같은 분위기가 은연중 형성되어 아무 말도 꺼내지 못했다. 엄마가 주고 간 돈으로 그럭저럭 꾸려갔다. 가까운 데 시장이 있어서 콩나물, 시금치, 오이를 사다가 반찬을 만들고, 얼큰한 육개장도 끓여놓고 남편의 퇴근을 기다리는 것으로 소일했다. 소제하고 연탄불 갈고 빨래하고 반찬 만들다 보면 어느새 하루가 지나가곤 했다. 윤지는 아무도 보지 않는데도 한복을 입고 일했다. 엄마가 그래야 한다며 일할 때 입을 허드레 한복 두 벌을 지어

주었다.

김장철이 되자 시어머니가 그 지방 특산물이라며 고들빼기김치를 부쳐주었다. 엄마는 갈치 넣고 담근 배추김치를 보내주었다.

그런데 어느 날부턴가 저녁때 남편이 손님들을 몰고 들이닥쳤다.

골목 입구에서부터 와자지껄하는 소리가 들리더니 곧이어 초인종이 울렸다. 쫓아나가 대문을 열어보니 대여섯 명의 남자들이 넙죽 절했다. 윤지는 당황했다. 둘이 먹을 것만 준비해 둔 탓이다. 전화가 없었기 때문에 미리 연락할 수 없었단다. 전화는 부잣집에나 있는 귀한 물건이었다.

"제수씨, 들어가도 됩니까?"

"형수님, 저희들도 왔습니다. 형님께서 형수님 자랑을 어찌나 하시던지……."

손님들은 넉살 좋게 밀고 들어오고, 남편이 호기롭게 큰소리를 쳤다.

"어서들 들어가자고. 못 올 데 왔나, 왜들 머뭇거리나?"

"형수님이 반겨주지 않으시니……."

윤지는 그때서야 정신이 들었다.

"죄송해요, 얼른 들어오세요."

윤지는 부엌으로 들어가 쌀을 씻어 밥을 더 안쳤다. 끓여 놓은 국에 물을 더 붓고 간장과 조미료를 뿌려 간을 맞추었다. 나물은 조금씩 나누어 두 접시씩 만들어놓고 계란말이를 했다. 급히 짓느라 고두밥이 되었지만 다행히 김치가 두 가지 있어 그런대로 상을 차릴 수 있었다. 부엌에 쪼그리고 앉아 동정만 살피는데 굵직한 목소리가 들렸다.

"제수씨, 술이 없습니다!"

"형수님, 형님 부잣집으로 장가들었다고 해서 그냥 왔습니다."

윤지는 가슴이 콩닥콩닥했다. 남자 없는 집에서 자란 데다, 남자는 하늘이고 여자는 땅이라던 엄마의 교육 탓에 그녀는 자기보다 나이 많은 남자들의 나무람에 잘 놀랐다. 집 앞 구멍가게로 달려가 정종을 됫병으로 사왔다. 큰 주전자에 중탕해 주전자째 들여보냈다. 조금 있으려니 또 소리가 들려왔다.

"형님, 안주가 부족해요, 안주가!"

윤지는 발을 동동 굴렀다. 밤중에 시장 문도 닫았고, 어쩌란 말인가. 찬장을 뒤지니 마른오징어와 땅콩이 나와 그거라도 내갔다. 보잘 것없는 안주에 과음한 탓인지 그들은 빨리 취했고 하나씩 둘씩 비틀대며 집을 나섰다.

방문을 열고 들여다보니 남편은 술에 취해 옆으로 누워 잠들어 있었다. 상을 물리고 방을 치워야 이부자리를 깔 텐데 흔들어도 깨지 않고 코를 골았다. 손을 내저으며 큰소리로 잠꼬대까지 해댔다.

"그래, 좋다 이거야. 더러운 세상! 힘 있는 놈들 세상이다 이거지. 없는 놈들은 다 죽어라, 이거 아니냐고! 그래, 잘 먹고 잘 살아라. 더럽다, 이놈의 세상. 정말 지겹고 서럽다!"

남편은 계속 '더러운 세상'을 읊어대다가 자기 소리에 놀라 깼다. 사람을 보고도 정신이 안 드는 모양이었다.

"여기가 어디지? 아, 집이구나. 그런데 이 친구들 다 어디 갔어?"

윤지는 묵묵히 상을 치운 뒤 방을 훔치고 이부자리를 깔아주었다.

수도가 본채 부엌에 있어 물을 길어다 설거지를 하는데 겨울이라 손이 뼛속까지 시렸다.

M 생각이 고개를 쳐들었다. 그녀를 세심하게 배려하던 그가 그리웠다. 그는 지금 천당에서 지옥으로 바로 직행한 윤지의 모습을 상상도 못할 것이다. 프랑스에 가 있는 줄 알 것이다. 윤지는 그리움과 자책감으로 가슴이 터질 것 같았다. 자상한 아버지를 떠올리면 꼭 그렇게 가슴이 아팠는데…….

남편은 돈을 갖다 줄 생각은 안 하면서 퇴근 때마다 사람들을 몰고 왔다. 도깨비 방망이로 "밥 나와라 뚝딱!" 하면 밥이 나오는 줄 아는 사람이었다. 일가친척들이 득시글거리는 집에 끼니때마다 사람들이 찾아오는 그런 집에서 자란 남편은 숟가락 하나만 더 놓으면 모든 게 끝나는 줄 알고 있었다. 윤지는 언제 사람들이 들이닥칠지 몰라 마른 반찬을 넉넉히 준비해 두어야 했다. 부엌에는 빈 정종병이 수북이 쌓여갔다.

윤지는 안 되겠다 싶어 꼭 필요할 때 연락하라고 주인집 전화번호를 가르쳐 주었다. 그랬더니 아는 사람들에게 전부 가르쳐 주었는지 하루에도 몇 통씩 남편 찾는 전화가 걸려와 고 3인 주인집 아들이 공부에 큰 방해를 받게 되었다. 하루는 주인 남자가 말했다.

"새댁, 전화 따로 놓아야겠어요. 아저씨 전화 더 이상 안 받아 줄 테니 그렇게 알아요. 우리 애가 전화 받느라 공부에 집중을 못 해요."

"알았습니다. 다시는 그런 일 없도록 얘기하겠습니다. 죄송합니다."

정말 죄송하고 미안했다. 저녁에 들어온 남편에게 그 얘기를 했다.

"부자들은 별것도 아닌 일에 트집이네요."

"트집이라뇨? 공부하다가 전화 받으려면 당연히 공부에 지장 있는 거 아니에요? 그리고 이런 일에 부자와 가난뱅이를 왜 갈라요? 나는 미안해 죽겠던데."

"알았어요, 알았다고요!"

혜선이와 신영이가 놀러 왔다. 유학 포기하고 결혼한 윤지의 신혼 재미가 어떤지 궁금했던 모양이다. 혜선이는 고들빼기김치에 밥 두 공기를 비웠다. 신영이는 돼지고기를 삶아주면 좋아하는데 형편상 그러지를 못했다. 두 친구 다 윤지가 결혼 전 M과 사귄 것을 잘 알고 있었다. 헤어진 이유가 궁금한 눈치였지만 윤지는 그냥 인연이 아니었던 거라고만 했다.

이런저런 얘기를 하고 있는데 해도 저물기 전에 갑자기 대문 앞이 시끌벅적하더니 남편이 손님들을 데리고 들이닥쳤다. 전에 못 보던 사람들이었다. 혜선이와 신영이는 질겁하고 내뺐다. 윤지는 늘 하던 데로 저녁상을 준비했다.

그렇게 한 달이 지났다. 엄마가 주고 간 돈이 얼마 남아 있지 않을 즈음, 또 한 명의 손님이 밤 늦게 찾아왔다. 사촌동생 명용이었다. 들어오지도 않고 문 앞에서 남편과 한참 속닥거리더니 남편이 들어와 대뜸 물었다.

"당신, 돈 가진 거 있어요? 명용이가 이 밤중에 여자 친구랑 같이 왔네요. 데이트 비가 떨어졌는지 3천 원만 달라는데……."

"이 밤중에 무슨 돈을 3천 원씩이나요?"

"현저동에서 같이 살 때, 네 돈 내 돈 할 것 없이 나눠 쓰던 사이라……."

"3천 원은 없고……."

"그럼, 되는대로 얼마라도 줍시다. 젊은 놈이 불쌍하잖아요. 얼마나 급하면 이 밤중에 찾아왔겠어요?"

윤지는 불쌍하다는 말이 끝내 마음에 걸려 2천 원을 내주고 말았다.

그날 밤 드디어 눈물이 터졌다. 모로 누워 펑펑 울었다. 남편은 아무것도 모르고 코를 골며 잠만 잤다. 이튿날 출근하는 남편을 붙잡고 드디어 월급 이야기를 꺼냈다. 당연한 것을 묻는데 죄짓는 기분이었다.

"저어, 월급은 언제 받아요?"

남편은 주춤하더니 간단히 말했다.

"벌써 가불해서 거의 다 썼어요. 시골서 올라온 친구들, 후배들 밥 사주고, 차비 주고. 월급이 얼마 되지를 않아요. 당장 쓸 돈 조금밖에 안 남았어요."

그뿐이었다. 이럴 줄 알았으면 명용이에게 준 2천 원이라도 주지 말고 보관하고 있을걸.

엄마가 올라왔다. 외할머니가 챙겨준 밑반찬이랑 이것저것 먹을 것들을 잔뜩 가지고 왔다. 엄마는 팔을 걷어붙이고 구석구석 한바탕 소제부터 했다. 그러다가 부엌 한쪽에 서 있는 빈 술병을 세어보았다.

"큰 됫병이 열다섯 개나 되네. 손님들이 어지간히 다녀갔구나. 남자는 주위에 사람들이 들끓어야 해. 나도 옛날에 너희 아버지 계실 때 시골서 소문 듣고 재판 맡기러 온 손님들이 시도 때도 없이 들이닥쳤어. 밥해 대느라 고생은 했어도 그게 사는 재미였지."

마침 그날 저녁, 명용이가 찾아왔다. 사돈어른이 있건 말건 집을 둘러보더니 다짜고짜 말했다.

"형수요, 나 여기 와서 좀 삽시다. 빈방 있네요."

그 말에 엄마가 얼른 막고 나섰다.

"미안해요, 사돈총각. 우리 애 남동생이 곧 여기 와서 살아야 해요. 빈방은 곧 채워질 거요."

엄마가 용케 잘라주었다. 이제 엄마도 남편 집안 분위기를 조금 알게 된 것이다. 명용이가 돌아간 뒤 말했다.

"마침 내가 있을 때라 다행이었다. 준이가 곧 올라와 대학 다닐 판에 사돈총각이 미리 짐 싸 들고 와 있으면 쫓아내지도 못하고 난처할 뻔했다."

"그러게. 나 거절 같은 거 잘 못하는데. 그런데 준이는 잘 있어? 원서 어디다 넣기로 했어?"

"법대 갔으면 좋겠는데 의대 넣겠단다. 의사도 좋지."

엄마의 그 말에 또 M 생각이 났다. 엄마가 의사를 좋아한다는 얘기는 처음 듣는 것이었다.

"엄마, 언제부터 의사 좋아했어?"

"얘는, 의사 싫어하는 사람이 어디 있어? 틀림없는 직업인데."

"그렇구나, 그랬었구나."

"뭐가 그렇다는 거야?"

"아니, 뭐 그런 거 있어. 그런데 준이는 공부 열심히 했나 보네, 의대 간다는 거 보면."

엄마는 그 말에는 대답하지 않고 가방에서 돈을 꺼냈다.

"이거 받아 둬. 먹고 싶은 거 있으면 사먹어."

윤지는 또 돈을 받기 미안했지만 생활비가 다 떨어져 안 받을 수가 없었다. 엄마가 쥐어준 돈은 2만 원이었다.

"미안해, 엄마. 자꾸 신세져서……."

"신세는 무슨, 박 서방은 직장 잘 다니지?"

"응."

남편에 대해서는 더 이상 아무 얘기도 하고 싶지 않았다. 아니, 설명할 재간이 없었다. 엄마가 시계를 쳐다봤다.

"박 서방은 늦나 보네. 내일 혼수 손님 오기로 해서 밤차로 내려가야 하는데."

"그럼 얼른 저녁상 봐 올게."

"그래, 장조림이랑 멸치볶음 해온 거 있으니 김치랑 그냥 한술 뜨자."

윤지는 얼른 부엌으로 들어가 상을 봐 들여왔다. 그 사이 엄마는 짐을 꾸려놓고 있었다.

"얼른 먹자. 그런데 숟가락이 하나네. 나 혼자 먹으라고?"

"응, 나는 이따 박 서방 들어오면 같이 먹을게."

엄마는 밥 한 그릇을 후딱 비우고 집을 나섰다. 택시를 잡아타며 말했다.

"남자는 바빠야 한다. 박 서방 들어오면 안부나 전해라. 또 오마."

7

해를 넘기자 남동생 준이가 식모를 데리고 상경했다. 엄마는 외할머니와 단둘이 살게 되어 식모가 필요 없다고 했다. 준이는 Y대 의대를 지원했다가 낙방하고 서울에서 학원에 다니면서 재수할 생각이었다.

"너, 정말 Y대 의대 지원했던 거야?"

윤지가 아는 준이는 공부에 흥미가 많은 애가 아니었다.

"누나는 참, 그런 걸 어떻게 거짓말을 해?"

"반에서 몇 등이었는데?"

"묻지 마, 창피해. 내가 놀기 좋아하는 거 누나도 잘 알면서."

"놀아? 뭐 하면서?"

"당구장에 가서 담배도 피우고 자장면도 시켜 먹고. 나 당구가 300이야. 누난 무슨 소린지 모르지?"

"응, 300이면 잘 치는 거야?"

"거의 프로급이지."

"엄마가 너 그렇게 심하게 논 거 알아?"

"모르지. 알면 용돈 끊지."

"Y대 의대 지원했다니 그래도 반에서 10등 안엔 들었겠지."

"10등? 하하, 최고 잘했을 때 25등쯤 했지."

"기가 막힌다. 그 성적으로 담임이 원서를 써주디?"

"말도 마. 엄마가 담임하고 대판 싸웠어. 우리 아들은 틀림없이 붙을 테니 무조건 써 달라고. 엄마 때문에 창피해 죽는 줄 알았어. 나는 떨어질 줄 알고 있었어."

"그럼 처음부터 재수할 작정이었어? 도대체 이해가 안 되네."

"우리 엄마를 누가 말려? 처음에는 법대 나와 아버지 대를 이어 변호사나 판사 되라고 하데. 그런데 그건 내가 무조건 싫다고 했어. 엄마한텐 말 안 했지만 아버지 빨갱이 꼬리표가 늘 내 마음속 장애물이거든. 그랬더니 의대를 가라는 거야. 성적이 안 된다고 해도 안 믿어. 도무지 말이 안 통해."

엄마식의 환상이 있었다. 아버지 아들이니 아버지를 닮아 머리가 좋을 거라는 환상. 아버지가 어딘가에 살아 있다고 굳게 믿고 제사도 지내지 않는 엄마였다. 서울대 나온 사위는 꼭 장래에 출세하고 말 거라는 믿음도 그 환상의 계보 아래 있는 것이다.

준이는 2층 방을, 식모는 1층 작은 방을 쓰게 되었다. 자주 연락해야 한다며 엄마가 전화를 놓아주었고, 준이 식비조로 매달 3만 원씩 부쳐주었다.

남편은 월급을 혼자서 다 쓰면서도 늘 돈에 쪼들리는 기색이었다. 무심코 손목을 보니 결혼 예물로 받은 시계를 안 차고 있었다.

"시계 어디다 뒀어요? 왜 안 차고 있어요?"

"그렇게 됐어요. 혼자만 알고 있어요. 장모님 아실까 걱정이에요."

"무슨 일이에요?"

"전당포에 잡혔어요."

"왜요?"

"사정 딱한 친한 친구가 있어서요. 와이프가 애를 낳다 죽었는데 우유값이 없대요. 내 앞에서 철철 우는데 불쌍해서 도저히 안 되겠더라고요. 시계 잡힌 돈 3만 원에 2만 원 보태서 5만 원 해줬어요. 장모님께는 꼭 비밀로 해줘요."

"아무리 그래도 예물 시곈데. 그리고 그 친구 또 찾아오면 어떻게 해요?"

"다시는 이런 일로 안 찾아오겠다고 했어요. 그런데 장모님 오시기 전에 시계는 찾아야 할 텐데. 장모님 아실까 걱정이에요."

"나더러 시계 찾을 돈 내놓으라는 얘기네요."

"꼭 그런 건 아니지만……."

거절하고 싶은 마음이 굴뚝같았지만 윤지는 엄마가 알까 봐 신혼여행 때 남겨둔 돈 중에서 3만 원을 내주고 말았다.

"이거로 시계 찾아요. 그리고 다시는 잡히지 말아요."

"알았어요, 미안해요."

윤지는 앞으로 어떻게 살아야 할지 걱정이었다. 식비를 줄이는 수밖에 없었다. 뭐든지 조금씩 샀다. 콩나물을 10원어치는 사야 네 식구가 먹는데 5원어치를 사다 무치니 한 접시밖에 안 됐다. 다른 반찬들도 상을 두 번 볼 수가 없어 한 상만 봐놓고 온 식구가 남편 올 때까지 기다리곤 했다. 돌아가는 형편상 식모 반찬은 콩나물 무친 양푼에 남아 있는 양념찌꺼기가 다였다. 거기다 밥 비벼 먹고 물 마시고 만다.

준이는 제대로 얻어먹지 못해 갈수록 몸무게가 줄었다. 매일 저녁, 준이는 홀쭉한 배를 움켜잡고 아래층으로 내려왔다.

"누나, 밥 줘. 배고파 죽겠어."

"매형 올 때까지 조금만 기다려."

"먼저 먹으면 안 돼?"

"같이 먹어야 돼. 반찬이 조금뿐이야."

"그런데 왜 매일 이렇게 늦어? 돈을 벌어 오기는 해?"

윤지는 대답 대신 한숨을 쉬었다. 동생은 다시 2층으로 올라갔다. 부자 엄마에 서울대 나온 남편을 둔 그녀는 그렇게 살고 있었다.

엄마가 갑자기 올라와 이사를 가야 한다고 했다. 엄마는 딸이 아닌 사위를 붙잡고 의논을 했다.

"박 서방, 이 집이 팔렸다네. 이 집 본채에서 더부살이하던 주인 여자 여동생 내외 있잖은가. 그 사람들이랑 같이 바로 길 건넛집을 200만 원에 전세 얻었네. 우리가 150만 원에 방 세 칸을 쓰고, 그 부부가 50만 원에 나머지 한 칸을 쓰기로 했네. 양철지붕이라 여름 지내기가 좀 어려울 것 같긴 하네만."

"저는 아무래도 상관없습니다."

"어쩌겠나, 조금만 참으시게. 그런데……."

엄마가 윤지 눈치를 살피며 말을 꺼냈다.

"너는 아직 소식 없나?"

윤지는 이미 임신 3개월이었다. 입덧을 안 해서 아무도 눈치채지 못했다. 윤지가 그냥 웃자 엄마가 반색을 했다.

"아이고, 소식 있나 보네!"

남편이 미소를 흘렸다.

"그래, 낳아라. 얼마든지 낳아라. 열을 낳아도 내가 다 키워 줄 테니. 세상에 태어나는 놈은 다 제 먹을 건 갖고 나오는 법이다."

엄마의 주체할 수 없는 에너지가 이번에는 손자 욕심으로 옮겨가고 있었다. 이제 막 첫 아이를 가졌을 뿐인데 열 명을 낳으라니. 엄마의 자식 욕심은 어제오늘 일이 아니다. 윤지가 어릴 때부터 엄마는 늘 말했다. 자식이 둘뿐인 것이 한이라고. 아버지가 계셨고 터울이 잦았다면 열 명이라도 낳았을 거라고.

엄마는 서둘러 내려갔고 새집으로 이사했다. 두 가구 여섯 식구가 같은 대문을 쓰며 별다른 마찰 없이 의좋게 지냈다. 다만 여름이 되면서 양철지붕이 달아올라 더위를 견디기 힘든 게 문제였다. 자주 씻기라도 해야 하는데 마당 한가운데 있는 수도가 목욕 시설의 전부였다. 형편상 매번 목욕탕에 갈 수도 없고 방법을 찾아야 했다. 두 집 남자가 상의 끝에 불을 끄고 집 전체를 캄캄하게 만든 다음 남자들이 먼저 수돗가로 나가 씻고 나서 신호를 보내면 여자들이 나와 씻는 걸로 하자고 결론을 냈다. 그 방법은 생각보다 괜찮아서 여름 내내 그렇게 샤워 문제를 해결했다.

준이만 단체 목욕에서 빠졌다. 온 집안에 불이 꺼지면 준이는 슬며시 밖으로 사라졌고 한밤중에나 돌아오곤 했다. 점점 더 공부에 취미를 붙이지 못했다.

가을로 접어들었다. 윤지의 배는 점점 불러왔고 자식들 사는 모습을 점검하러 매달 올라오는 엄마는 까칠해진 준이의 얼굴을 보며 걱정을 했다. 준이가 얻어먹지 못해 그렇다는 사실은 꿈에도 몰랐다.

"쟤가 밤잠 안 자고 공부에만 매달렸는지 영 꼴이 말이 아니다. 저도 이번에는 꼭 붙겠다고 결심한 모양이다. 기특한 일이니 윤지야, 네가 잘 좀 거두어라. 누나가 돼 가지고 하나 있는 동생 잘 보살펴야지."

가만히 듣고 있던 동생 입에서 동문서답이 나왔다.

"나 참, 유학 가겠다고 할 때 그만 보내줄 것이지 시집은 왜 보내 가지고. 나 같으면 지금이라도 툴툴 털고 확 떠나버리겠다."

준이의 뚱딴지같은 말에 엄마가 성을 냈다.

"너 지금 무슨 소리 하는 거야? 누나가 어때서? 조금 있으면 천금 같은 자식 낳을 거고, 자나 깨나 자식 사정 살피고 있는 나 같은 어미가 버티고 있는데?"

준이는 더 이상 아무 말 않고 얼른 제 방으로 들어가 시끄러운 음악을 틀어댔다.

퇴근한 남편이 싱글벙글 웃으며 대문을 들어섰다. 남편은 사람만 보면 싱글벙글 웃는 버릇이 있었다. 엄마가 반갑게 맞아들였다.

"박 서방, 이제 오는가? 신수가 좋아 보이네."

"다 장모님 덕분 아닙니까?"

"내가 뭘 했다고?"

두 사람은 모든 게 척척 잘 맞았다. 쳐다만 봐도 좋은지 자신을 위해서는 한 푼도 아까워하는 엄마는 사위만 보면 못 해줘서 안달이었다.

"이럴 게 아니라 애 몸풀기 전에 집부터 마련해야겠네. 월급쟁이 돈 모아 집 사려면 어느 세월이 될지 모르겠고."

엄마는 월급이 얼만지, 잘 갖다 주는지에는 관심도 없었다. 당신이 계속 벌고 있으니 월급쟁이 푼돈 따위 관심 없다는 투였다. 혹시 물었다가 실망스러운 대답을 들을까 봐 겁을 먹고 있는지도 모를 일이었다.

"답답한 사람이 샘 판다고. 내 딸 때문에 내가 더 답답한 거라. 자식들 주려고 버는 돈인데 사위도 자식 아닌가? 박 서방, 집을 어디다 사면 좋겠는지 좀 알아보시게."

집을 장만해 주겠다는 말에 남편이 연신 자기 손을 주물러댔다. 엄마는 착하고 순진한 사람이 돼서 그렇다며 사위의 그런 모습을 더없이 좋아했다.

8

얼마 후 엄마는 마포구 동교동에 남편 이름으로 집을 마련해 주었
다. 대지 50평에 건평 30평, 방이 네 개인 양옥이었다. 윤지 부부가 안
방, 동생과 식모가 각각 방 하나씩을 쓰고도 건넛방 하나가 남았다.
집을 사서 이사한다는 소식에 친구들이 와서 도와주었다. 친구들 모
두 부자 엄마를 두어 좋겠다며 부러워했다. 겉으로 봐서는 누가 봐도
부자다. 하지만 덩그러니 집만 있지 커튼을 마련할 돈도, 고기 사먹을
돈도 없다는 것을 아무도 몰랐다.

남편의 직장에 변화가 생겼다. 회사 사장이 대기업 전무로 옮겨 가면
서 회사 문을 닫게 된 것이다. 남편은 다른 직장을 구해야 한다고 했다.

"이제 어떻게 해요?"

"사실은 옛날부터 생각해 온 일인데 사업을 해볼까 해요."

"사업을요? 갑자기 사업은 무슨……."

"정의선이라고 시울대 공대 출신 친구가 있는데, 사촌동생 의홍이가 청계천에서 조명기구 가게를 하고 있어요. 의홍이 말이 조명기구 제조회사를 하면 반드시 돈을 벌 거래요. 지금 시내 곳곳에 높은 빌딩들이 들어서고 있잖아요. 조명기구가 수요에 비해 공급이 따라주질 못한대요. 잘하면 금방 일어설 수 있대요. 월급쟁이 해봤지만 할 수 없어서 했지 정말 더럽더라고요."

"둘이서요?"

"또 있어요, 오정환이라고. 군대 친군데 그 친구도 서울대 물리학과 대학원까지 나왔어요. 서울대 출신 셋이 뭉쳐 돈 좀 벌어보려고요."

"서울대 출신 셋이 뭉치면 돈이 더 잘 벌리나요? 그런 논리라면 서울대 여섯이면 두 배, 아홉이면 세 배 벌겠네요."

"말을 꼭 그런 식으로 해야겠어요?"

"현실적으로 생각해요. 사업하려면 자금이 있어야 하잖아요."

"얘기했잖아요, 유有는 유有에서만 창출되는 거라고. 무無에서는 유有를 창출할 수 없는 거예요."

"그런 알아듣지 못하는 얘기 그만하고요. 대체 밑천이 어디 있냐고요?"

"다 알아서 할 테니 남자가 소신 갖고 하는 일에 여자가 나서지 말아요."

윤지는 여자를 비하하는 말이 거슬린 데다 그의 소신이라는 것이 못 미더웠지만, 남편을 말릴 방도가 없어 더 이상 말을 하지 않았다.

다음 날, 복덕방에서 찾아와 방을 보고 갔고, 그 다음 날에는 은행에서 나왔다며 집을 둘러보고 갔다. 걱정 말라고, 다 알아서 한다고 한 남편의 말은 비어 있던 방 한 칸을 전세 놓아 받은 100만 원과 집을 담보로 받은 은행 대출금 200만 원으로 친구들과 합자해 조명기구 제조회사를 설립하는 것이었다.

종로구 장사동에 세를 얻어 정의선이 사장, 남편이 전무, 오정환이 기술이사로 마침내 '영진산업'이 출범했다. 건넛방에 신혼부부가 세들어 살게 되었다. 화장실이 하나뿐이라서 아침이면 어른 6명이 서로 눈치를 보며 이용해야 했다. 준이는 아예 집 앞 놀이터 공중화장실로 뛰어갔다. 좁은 부엌에서 두 집이 복닥거리려니 그것도 불편했다.

출산 예정일이 가까워오고 있었다. 외할머니가 산후조리를 위해 미리 올라오셨다. 식모랑 같은 방을 쓰게 된 것을 알고 놀랐다.

"방 한 칸 세 준 거 엄마가 아냐?"

"아직. 천천히 얘기하려고."

"그래, 그래라. 네 엄마는 돈 버는 데 혼이 팔려 누가 무슨 소리를 하건 잘 안 들리는 사람이다."

외할머니는 손주들과 같이 살게 되어 행복해했다. 어린 윤지의 소풍을 따라다닌 것도, 비 오는 날 우산과 장화를 갖다 준 것도, 삶은 밤 껍질을 벗겨 밥그릇 가득 담아놓고 윤지를 기다린 것도 외할머니였다. 어린 준이를 업어 키운 것도, 찻길 위험하다며 준이를 초등학교 4학년 때까지 손 붙잡고 데려가고 데려온 것도 외할머니였다. 준이가 5학년이 되었을 때 친구들이 할머니를 달고 다닌다고 놀려대자 그제서야 할머니는 준이 따라다니기를 그만두었다.

외할머니는 옥수수를 한 솥 쪄더기 윤지 앞에 내밀었다.

"뭐든지 잘 먹고 기운을 차려야 애기 낳을 때 힘을 쓸 수 있어. 이것 좀 먹어봐. 찐 옥수수다. 말랑말랑하고 따끈따끈해."

"할머니, 나 옥수수 좋아하는 거 어떻게 알았어?"

"내가 키운 내 새낀데 그걸 몰라? 어서 먹어."

예정일을 일주일 앞두고 진통이 시작되었다. 윤지는 가까운 대학 병원에 입원했다. 꼬박 하루 동안 죽고 싶을 만큼의 진통 끝에, 아기 머리카락이 잡히는데도 아기가 나오지 않자 외할머니는 발을 동동 구르며 관세음보살을 불렀다. 외할머니 기도 덕인지 바로 아기가 나왔다. 딸이었다.

딸을 낳았다는 소식에 엄마는 은근 섭섭한 기색이었다. 그러나 아들은 다음에 낳으면 된다며 입원비를 부쳐주었다. 시어머니도 손자들만 득시글한 집안에 딸을 낳았으니 오히려 잘됐다며 미역과 마른 홍합을 보내주었다. 남편은 자기 손을 주물러대며 자꾸 웃었고 자기를 꼭 빼닮은 딸에게 지현이라는 이름을 붙여주었다.

퇴원해 집에 와 젖을 물렸는데 젖이 너무 많이 쏟아져 아기가 빨다가 숨이 꼴깍 넘어가곤 했다. 그래서 젖을 먹이기 전에 한참 짜내 버려야 하기 때문에 윤지는 쉴 틈 없이 젖을 짜냈고 외할머니는 짜놓은 젖을 마셨다.

"할머니, 마시지 마. 버려."

"무슨 소리, 이 아까운 것을 버리다니? 사람 젖인데 소젖에다 대? 내 손녀 젖이니 얼마나 깨끗하고 몸에도 좋겠어?"

"그런데 할머니, 나한테는 젖이 웬수야. 이부자리 다 적시는 바람에 아기 기저귀로 가슴을 둘둘 말고 자. 잠을 제대로 잘 수도 없어. 하수구에 버리면 젖이 줄어든다고 해서 할머니 몰래 내다도 버렸어. 그런데 그건 거짓말이더라고. 밤이나 낮이나 젖 짜는 젖소 꼴이야."

"옛날 같으면 젖동냥으로 적선이라도 하면 좋으련만. 그 많은 젖 아깝다. 에구, 아까워."

지현은 까탈스러워서 눕혀 놓기만 하면 금방 깨서 울어댔고, 업어야 울음을 그쳤다. 외할머니는 식구들이 잠을 잘 수 있도록 젖을 흠뻑 먹은 지현을 받아 업고 의자에 앉아 밤을 지새우곤 했다. 한량없는 수고요, 사랑이었다.

남편은 새로 시작한 사업 때문에 동분서주했다. 베개에 머리만 대면 바로 곯아떨어졌고 아침이면 툭툭 털고 일어나 출근 준비를 서둘렀다. 마치 전자동 시스템 기계 같았다. 남편은 사업이 잘 돌아가고 있다는 말로 윤지를 안심시켰다.

준이는 성적에 맞춰 원서를 냈다고 하더니 또 낙방했다. 그래놓고 세상이 싫다며 모자에 선글라스, 마스크로 얼굴을 가린 채 어디론가 떠나버렸다. 엄마의 준이에 대한 환상은 여지없이 깨졌다. 엄마는 갑자기 원인 모를 하혈을 했다. 병원에 가서 검사도 받을 겸 손녀 얼굴도 볼 겸 상경했다. 엄마는 사위가 사업자금을 마련하기 위해 건넛방을 세준 것을 알게 되었지만 어련히 알아서 하겠냐며 괘념치 않았다.

엄마를 데리고 산부인과에 갔다. 산부인과라는 데를 가본 적 없는 엄마는 의사가 남자라는 사실에 아연할 수밖에 없었다. 간호사가 속옷을 벗으라고 하자 그냥 집으로 가겠다고 떼를 썼다. 간호사가 웃으며 억지로 옷을 벗겼다.

의사가 진찰 후 말했다.

"월경입니다. 다른 이상은 없습니다."

"네? 월경 끊어진 지 삼 년인데 무슨 얘깁니까?"

"최근 정신적 충격 같은 거 없었습니까?"

그 소리에 엄마는 집히는 데가 있는 모양이었다. 윤지의 손을 잡아 끌었다.

"그만 가자."

병원을 나서며 윤지가 물었다.

"엄마, 대체 무슨 일이 있었던 거야?"

"일은 무슨, 내가 준이 일 말고 속 끓일 일이 뭐가 있냐."

"엄마, 제발 욕심 좀 내려놓으세요. 준이 걔, 공부에 취미 없어. 그런 애한테 꼭 일류대 가야 한다고 고집 피웠으니 준이가 또 떨어진 거야."

그 말에 엄마는 대꾸는 하지 않고 말머리를 돌렸다.

"넌, 다음에는 꼭 아들을 낳아야 한다. 남의 집 식구로 들어가서 아들을 낳아줘야 큰소리도 치고 여자 구실도 하는 거야, 알았지?"

"그게 마음대로 될 일이야? 엄마, 제발 내 걱정, 준이 걱정 좀 그만 해요."

외할머니는 지현이를 꼭 8개월 키워주고 내려갔다. 연세가 72세인 데 나이를 가늠할 수 없을 정도로 정정했다. 할머니가 내려갈 때 윤지 는 이미 둘째를 가진 지 3개월째였다. 모유를 먹이면 자동 피임이 된다더니 다 헛말이었다. 뱃속에 둘째가 들어서고서야 그 많던 젖이 잦아들었다.

외할머니를 통해 윤지의 두 번째 임신 사실을 알게 된 엄마가 전화를 걸어왔다.

"어미야, 이번에는 틀림없이 아들일 거다, 아들이고말고."

윤지는 듣기만 하다가 전화를 끊었다. 엄마에겐 무대응이 최고의 대응이다. 엄마의 등살을 견디다 터득한 방법이었다.

퇴근한 남편이 얼굴 가득 웃음을 물고 들어왔다. 옷을 벗으며 갑자기 반말을 했다.

"영등포에 공장을 샀어. 경매 나온 공장이라 싼값에 낙찰받았어. 마침 시내 빌딩 두 군데 납품한 것이 한꺼번에 수금이 됐지 뭐야. 은행 대출을 끼긴 했지만 곧 새 공장으로 이사하게 됐어. 그런데 말이야……."

"그런데요?"

"시골에서 정용이가 올라올 거야."

정용은 남편 바로 아래 남동생이었다. 윤지보다 한 살 많았다. 대학에서 농화학과를 졸업하고 그동안 시골 부모 밑에서 일을 거들고 있었다.

"사업이 커지니 사람이 필요해서 구매과장으로 쓰기로 했어. 청계천에서 조명기구 가게 하는 정 사장 사촌 의홍이 알지? 걔 가게를 전시장으로 활용하기로 했고. 정용이랑 의홍이가 절친한 사이거든. 서로 보탬이 될 거 같아. 험한 세상 서로 도우며 살아야지, 안 그래?"

"올라오면 어디서 지내요?"

"처남하고 한방 쓰면 되지. 둘이서 충분히 쓸 수 있잖아."

"준이는 누구랑 방 같이 쓰는 거 싫어하는데. 왜 미리 얘기 안 했어요?"

"그깟 일로 얘기는 무슨?"

그뿐, 남편은 고양이 세수를 하고는 곯아떨어졌다. 공장을 샀다고 하는 걸 보면 돈을 벌기는 번 모양인데 아직 집에 가져온 적은 없었다. 여전히 밥은 홍두깨 방망이만 두드리면 나오는 줄 아는 사람이다.

윤지에게 식구가 는다는 것은 즐거운 일이 아니었다. 조용한 환경에서 자란 탓에 북적이는 게 싫기도 했고, 생활비가 더 들어갈 것도 문제였다. 엄마가 부처주는 준이 식비로 온 식구가 근근이 살아가고 있는 마당에 남편은 군식구까지 들이겠다는 것이다.

윤지는 차마 입이 안 떨어져 준이에게 정용이랑 방을 같이 써야 한다는 얘기를 하지 못했다. 상경 당일이 돼서야 준이에게 마지못해 고백을 했다. 준이는 그런 얘기를 미리 안 했다고 심하게 투덜대며 방을 구석구석 치웠다.

정용이 온 다음 날부터 남편의 출근 시간이 빨라졌다. 식모는 새벽밥을 지어야 했다. 두 사람은 통행금지 시간이 다 돼서야 같이 들어왔다. 경제 개발 호재를 타고 건축 붐이 일고 있었다. 조명기구의 수요는 가히 폭발적이었다. '영진산업'은 신문에 크게 소개되었다. '서울대 출신 3인방의 경영 노하우로 조명기구업계의 새로운 다크호스'라는 제목이 주요 일간지를 장식했다. 얼마 안 있어 남편은 명동에 건설 중인 초고층 빌딩 납품 건을 따냈다고 했다. 기초공사가 진행 중인 빌딩으로 한 층 한 층 완성하는 대로 조명기구를 달기로 했다는 것이다. 그 작업을 위해 공대 출신 심용배라는 사람도 기술부장으로 공개 채용했다.

정용이가 올라온 지 한 달쯤 되었을 무렵 준이가 폭발했다.

"누나야, 도저히 안 되겠다. 나, 방 따로 얻어 나가야겠다. 정용이랑 서로 생활 패턴이 달라도 너무 다르다. 밤중에 공부하려고 마음잡고 책상에 앉으면 정용이 코고는 소리에 공부를 할 수 없고 아침에 늦잠을 자려고 해도 새벽부터 부스럭대서 잠을 설치게 된다. 내가 시험에 또 떨어지면 누나가 책임질래?"

"미안하다, 준아."

"누나는 가만히 있어라. 엄마한테 내가 얘기할게. 어차피 시동생이 있고, 친정 동생이 나가는 게 원칙이다."

"원칙은 무슨……."

"남 보기에도 그렇고 아무튼 내가 나갈게."

"어쨌든 네가 공부에 지장이 있다니 걱정은 걱정이다."

준이는 바로 엄마에게 사정 얘기를 했고 엄마는 윤지를 바꾸라고 했다.

"어미야, 얘기 다 들었다. 하는 수 없다. 따로 방을 얻느니 건넛방에 세든 사람들 내보내고 그 방 시동생 줘라. 사정이 급하다고 하고 속히 비우라고 해라. 보증금으로 받은 백만 원 준비하면 되지? 어차피 빚 갚는 거다."

엄마는 사위를 원망하는 말 한 마디 없이 간단한 해결책을 내놓았다. 윤지는 아무 때나 엄마 신세만 지는 자신이 슬프고 한탄스러웠다.

속수무책인 남편도 원망스러웠다. 그렇다고 늘 녹초가 되어 들어오는 사람에게 불만을 터뜨릴 만큼 모질지도 못했다. 뭐가 뭔지 모를 판단 정지 상태의 연속이었다.

세든 건넛방 여자에게 방을 비워줘야겠다고 했더니 그러잖아도 부엌을 같이 쓰자니 불편해서 다른 데를 알아보고 있던 참이었다며 돈 해주면 바로 나가겠다고 했다. 엄마가 바로 돈을 마련해 주었으므로 정용이는 건넛방을 쓰게 되었다. 그러나 정용이는 한 달이 지나도 생활비를 내놓지 않았다. 남편이 장모 돈을 자기 돈으로 생각하듯 형 돈을 자기 돈으로 생각하는 듯했다.

정용의 취직 소식을 들은 T시의 시숙부가 참한 동네 처녀가 있다며 자기 형님인 시아버지의 허락을 받아 그 처녀와 정용의 결혼을 일방적으로 진행시켰다. 정용은 형제들 중 제일 키가 작고 외모도 빠지는 편이었다. 시집오겠다는 처녀가 있을 때 장가가야 한다며 서두르는 바람에 정용은 장가를 들었고, 윤지네에 얹혀살았다. 엄마가 집을 사주는 바람에 일이 점점 엉뚱한 방향으로 흘러가고 있었다. 남편은 사업이 잘되고 있으니 조금만 참으면 엄마에게 받은 것을 다 갚을 날이 머지않아 올 거라고 했다.

정용의 입을 통해 남편 회사가 자리잡아 간다는 소문이 고향에까지 퍼졌다. S시에서 조미료 대리점과 참기름 공장을 하고 있는 큰형님이 올라왔다. 이름이 갑용이었다. T시 둘째 형님은 을용, 셋째인 남편은 당연히 병용, 그 아래로는 정용, 무용으로 이어졌다. 서당 훈장이었던 시숙부가 육십갑자를 따져 지어준 이름이라고 했다.

살짝 열린 정용의 방 문틈으로 큰형님의 울먹이는 소리가 새어 나왔다.

"병용아, 큰일 났다. 본사에서 대리점 내놓으라고 한다. 네가 본사에 가서 얘기 좀 잘해 봐라. 너 본사 최 사장하고 잘 아는 사이지?"

"아는 사이니 더 창피해요. 매출 시원찮은 대리점을 본사에서 내놓으라고 하는 건 당연해요."

"열심히 한다고 하는데 영 장사가 시원치를 않아."

"부리는 사람들 단속 못해 형님 집에서 머슴살이 3년 하면 집 한 칸씩 장만해 나간다는 얘기는 어제오늘 얘기가 아니잖소?"

"주인 재산 빼돌려 부자 된 놈들, 내 그놈들 생각만 하면 울화통이 터진다. 오래 부려먹어 믿고 있던 놈들이 글쎄, 소매점에 물건 갖다 줄 때마다 서너 개씩 더 얹어 나갔던 모양이야. 이제 와서 따질 수도 없고."

"재고 파악도 제대로 안 하고 가게 문만 열어놓았으니 그런 일이 생기지요."

"그래서 눈치채고 부랴부랴 재고 파악했더니 이번에는 물건 양에 손을 대더라고. 참기름 양을 눈치채지 못할 만큼씩 빼돌리더라니까."

"부리는 사람들이 요리조리 요령 피우는 거 보면 형님 무른 게 눈에 보이나 보죠. 그리고 형님이 한눈까지 파셨으니."

"새삼스럽게 그 얘기를 왜 해?"

"밖에다 딴 여자 얻어놓고 자식을 둘씩이나 낳아놓았으니 돈이 남아날 리 있어요? 내가 군대 갔다 와보니 집안 꼴이 기가 막히더라고

요. 온통 빚디미고 아버지가 형님 빚 갚아야 한다며 내 명의로 돼 있
던 법원 앞 땅 800평 내놓으라고 해서 두말없이 내줬잖아요. 아버지
고생해서 번 돈, 형님하고 둘째 형님에게 다 퍼부었어요. 내가 장가들
때는 이미 가세가 기울 대로 기울어 나하고 정용이는 집에서 해준 게
아무것도 없어요. 우리는 이왕 희생할 팔자를 타고났다지만 부모 덕
본 형님들이라도 잘살아야 할 것 아니오?"

"미안하다. 변명 같다만 네가 군대 있을 때 설상가상 공장 보일러
가 터져서 사람이 죽는 바람에 그 보상 해주느라 큰돈 들어갔어. 그
통에 빚이 더 늘어났고."

"아무튼 형님이 이래저래 부실해서 우리 집 재산 못 지켰어요."

"장남 팔자 너는 모른다. 온갖 집안 궂은일, 사돈의 팔촌 일까지 내
가 다 쫓아다녀야 한다. 장남에 장손인 아버지 팔자, 자식 대에도 쉽
지 않구나. 시골은 여차하면 말들이 얼마나 많은지."

"무용이 놈은 뭐 하고요?"

"그놈은 아버지 가게에 앉아 거드는 시늉만 하며 재산에만 관심 있
다. 형제간의 의리 같은 건 그놈 귀엔 소귀에 경 읽기다. 우리 집 돌연
변이다."

정용이 거들었다.

"큰형님 말이 맞아요. 내가 집에서 일 거들고 있을 때 한 달 내내 수
금해다 줘도 월급도 안 주던 놈이에요. 월급 내놓으라고 했더니 밥 먹
여주지 않느냐고, 월급 받으려면 밥값 내놓으라고 하더라고요."

막내 무용의 성토대회였다. 다시 큰형님 차례였다.

"그놈 말이, 제 위로 세 형들은 다 대학 공부했는데 자기는 고등학교 나와서 바로 아버지 일 도왔으니 아버지 재산은 전부 자기 거란다. 툭하면 공장 보일러 터져 사람 죽었을 때 옆에 있던 자기도 억울하게 죽을 뻔했다는 소리나 하고 또 하고. 자기가 제일 억울하단다. 재산 벌써 제 앞으로 다 돌려놨더라."

"형님이 남은 재산마저 다 없앨까 봐 그랬겠지요. 우리 형제들 무용이 빼고는 다 물렀어요. 둘째 형님도 무르기는 마찬가지고. 무른 중에도 형님이 제일 물렀어요."

"나는 클 때 어머니한테 너는 장남이니 베풀어야 한다, 양보해야 한다, 인심 잃지 말아야 한다, 그 소리만 듣고 컸다. 내 성격이 모질지 못한 건 그런 어머니 교육 탓도 있다."

"어머니 그 교육이야 형님뿐만 아니고 우리 형제들 모두 받았소."

"그러니 이제 와서 어쩌겠니? 아버지는 나가 죽으라고 호통이고, 네 형수는 매일 울어대고. 병용아, 이제부터는 정신 차려 잘해 볼 테니 네가 꼭 얘기 좀 잘해 다오."

"얘기는 해보겠지만 기대는 마세요. 그리고 밤차로 그만 내려가세요. 잘 방도 마땅찮고 장모가 사준 집에 정용이 내외까지 와 있잖아요. 어차피 정용이는 내 짐이에요. 나 말고 저 못난 놈을 누가 맡을 거냐고요? 형님은 형님 걱정만 하면 되잖아요. 다 쓰러진 집 기둥 일으켜 세워보겠다고 안간힘 쓰고 사는 내 팔자, 형님이 아시냐고요?"

"미안하다. 자기 팔자는 자기만 안다. 너도 내 팔자 다 안다고 생각진 마라. 하여튼 꼭 부탁한다."

큰형님은 남편을 믿겠다며 밤차로 내려갔다. 그 일로 윤지는 시댁 형편에 대해 많은 것을 알게 되었다. 남편이 정용이를 자기 짐으로 생각한다는 것도.

남편이 최 사장을 찾아가 간곡히 부탁해서 큰형님은 조미료 대리점을 1년 더 할 수 있었다. 정용 처는 몸이 무거운 윤지를 위해 지현을 잘 돌봐주었다. 윤지의 형편이 어려운 것을 알고 생활비를 조금씩 내놓기도 했다.

9

준이가 드디어 대학에 입학했다. 삼수 끝에 Y대 물리학과에 들어
간 것이다. 윤지의 둘째 출산이 가까워 오면서 이번에도 외할머니가
올라왔다. 오자마자 병원비에 쓰라며 엄마가 보낸 돈과 갖고 있던 쌈
짓돈을 찔러주었다.

출산 예정일이 열흘 이상 지났는데도 소식이 없다가 갑자기 진통
이 시작됐다. 상황은 걷잡을 수 없을 정도로 급박해져 앰뷸런스를 타
고 대학병원에 도착하자마자 바로 둘째를 출산했다. 딸이었다. 첫째
와는 달리 순산이었고 사흘 만에 퇴원해 또 젖 짜는 작업에 들어갔다.
지선이라고 이름 지었다. 엄마는 또 딸을 낳았다고 섭섭해했지만 윤
지는 흐뭇했다. 아들은 또 다음에 낳으면 되니까. 남편도 섭섭해하지
않았다. 시부모는 이번에도 손주의 성별에 큰 관심이 없었다. 그저 또
낳았나 보다 하는 것 같았다.

지선은 잘 울지도 않았고 잠도 잘 잤다. 어떤 내는 너무 자기만 해 일부러 깨워서 젖을 물려야 했다. 외할머니는 순산한 아이는 순한 법이라고 했다. 16개월 된 지현은 외할머니가 데리고 자고 윤지는 남편이 잠을 설칠까 봐 요를 따로 깔고 지선을 끼고 잤다. 남편의 사업이 잘됐으면 하는 바람뿐이었다.

지선을 낳은 지 두 달쯤 되었을 때, 남편이 술이 엉망으로 취해 정용의 부축을 받고 들어왔다. 들어오면서부터 큰 소리로 엉엉 울었다.

"이놈의 세상, 서러워서 못살겠다. 가진 것 없는 놈이 살아보겠다고 죽자 살자 노력해도 이 나를, 이 박병용이를 봐주지 않으니 그만 죽고 싶다. 죽어버릴 거다. 죽는 수밖에 없다."

계속 죽는다는 소리에 모두들 놀랐다. 정용이 저간의 사정을 설명했다.

"회사가 어렵게 되었어요. 명동에 있는 고층 빌딩에 납품한 조명등 안전기가 모두 다 녹아버렸어요."

윤지는 어이가 없었다.

"다 녹아버리다니요?"

"들어와, 잔말 말고. 다 끝났어, 다 끝났다고."

"도대체 어떻게 된 거예요?"

"심용배 그 새끼 때문에. 제깐 놈이 무슨 기술부장이라고. 그 새끼 말 믿었다가, 하여튼 다 망했어. 나는 죽고 말 테니 그렇게 알아."

"말해 봐요. 죽는다는 소리 그만하고. 기술부장이 뭘 어떻게 했는데요?"

"그 새끼가 글쎄, 일본식 방법으로 공랭식 안전기를 개발하면 원가를 20퍼센트 절감할 수 있다는 거야. 지금까지는 코아식 미국 안전기를 수입해 조립했거든. 조명등에는 안전기가 중요해. 그놈이 자신 있다고 해서 자체 개발한 일본식 안전기를 부착한 조명등을 납품해 달아놓고 스위치를 올렸더니 펑, 하면서 일시에 다 녹아버렸다고."

"왜 그런 일이 일어났는데요?"

"글쎄, 일본식은 건물이 다 지어져 전압이 안정된 상태에서는 문제가 없지만 한쪽에서는 건물 올리는 공사가 한창이고 한쪽에서는 조명등을 달고 있으니 건물 전체의 전압이 들쑥날쑥했던 거야. 그런 상태에서 스위치를 올렸으니 안전기가 탈 수밖에. 3층까지 달아놓은 전등 다 새로 교체해야 되고 18층까지 달려고 미리 제작해 놓은 것들 다 못 쓰게 됐고. 아이고, 완전히 망했어. 방법이 없어. 사람 하나 잘못 채용해 회사 문 닫게 됐네. 원가 절감해서 돈 좀 얼른 벌어보려고 했던 게 과욕이었나 봐. 앞이 캄캄해. 그 심 부장 놈 새끼, 전생에 무슨 악연으로 나한테 이러는 거냔 말이야. 죽어야 해. 그 수밖에 없어."

남편은 죽는다는 타령 끝에 곯아떨어져 코를 골았고, 수습해야 한다며 새벽에 집을 나섰다. 경매 나온 공장 샀다고 할 때 집까지 잡혔는지 며칠 후 은행에서 사는 집을 경매에 넘기겠다는 통보가 왔다. 이미 은행 이자가 많이 연체됐던 모양이었다. 죽겠다는 사람에게 더 따질 수도 없었다. 하는 수 없이 엄마에게 사정 얘기를 했다. 사정을 들은 엄마는 시간 여유가 있음에도 마음이 급했는지 비행기를 타고 김포공항에 도착했다. 윤지는 그 길로 엄마와 함께 은행을 찾아가 빚을 갚고 집을 구해냈다.

서녁에 집에 들어온 남편은 엄마를 보자마자 울먹였다.

"장모님, 죄송합니다. 정말 죽고 싶습니다."

"박 서방, 너무 상심 말게. 어쩌겠나, 운이 닿지 않는 것을. 나는 6·25 때 하늘 같은 남편 잃고, 하늘과 땅이 딱 붙는 꼴도 봤네. 거기 비하면 이건 아무것도 아닐세. 돈이야 또 벌면 되는 거고."

엄마가 늘 이런 식이니 남편의 의존성이 고쳐질 리 없었다.

"그런데 사업이라는 거 아무나 하는 건 아니네. 사업은 그만하고 공무원 같은 거 하면 좋을 텐데. 학벌 좋은 사람은 그쪽이 제 길이 아니겠는가?"

"그러잖아도 그 길로 가고 싶어 대학원 다니며 사법고시에 응시했었어요. 그런데 두 번 낙방했습니다. 그쪽하고 인연이 없는 것 같더라고요. 이제 와서 다시 공부할 형편도 안 되고 하고 싶은 생각도 없어요. 직장을 다시 찾아봐야겠어요."

"알아서 하시게. 설마 산 입에 거미줄이야 치겠나."

유有는 유有에서 창출된다던 남편의 논리는 그렇게 허망하게 무너졌다. '영진산업'이 문을 닫으면서 정용은 처를 데리고 고향으로 내려갔다.

엄마는 지금까지 딸에게 퍼부은 돈이 적지 않음에도 사위가 취직할 때까지 생활비를 주겠다고 했다. 윤지는 주는 대로만 받았고 한도에 맞춰 생활했다. 외할머니는 한 입이라도 덜어야 한다며 내려갔다.

그런 와중에 윤지의 몸에 이상이 생겼다. 매일 짜내야 할 정도로 넘치던 젖이 둘째가 태어난 지 넉 달밖에 안 됐는데 나오지를 않았다.

'설마 월경도 없었는데.'

매스꺼운 게 이상해서 병원에 갔더니 임신이었다. 8개월 후면 또 한 생명을 출산하게 된 것이다. 남편은 난감한 표정을 지었다. 실업자 신세에 셋째까지 가졌으니 누구에게 알리는 것도 염치없는 일이었다. 그래도 그렇지, 남편이 마구 쏟아내는 말은 윤지로서 용납할 수 없는 것들이었다.

"당신은 홀스타인이네. 젖 잘 나오지, 딸 잘 낳지. 홀스타인 암놈 한 마리 값이 얼마나 비싼지 알아? 수놈 두세 배는 되지. 홀스타인으로 태어났으면 대접받고 살 뻔했어. 이번에 또 딸 낳으면 홀스타인 확실한 거지."

"내 정체성이 뭔지, 왜 살고 있는지도 모르는 사람에게 위로는커녕 꼭 그런 무지막지한 말을 해야 직성이 풀려요?"

"어차피 한 임신이니 이번에는 아들 낳았으면 좋겠다는 소리요."

"시끄러워요. 정나미 떨어졌어요."

정나미 떨어진 건, 사실 윤지 자신에게도 마찬가지였다. 어쩌자고 아무 생각 없이 자꾸 아기만 가지는 건지.

월경도 시작하지 않은 상태에서 임신을 할 수 있다는 걸 몰랐을 뿐, 생명은 소중한 것이었다. 열 명을 낳으라고 한 엄마는 세 번째 임신 소식에 역시 좋아했다.

남편은 신문에 난 구인광고를 보고 여기저기 찾아다녔다. 근사한 곳인 줄 알고 찾아가보면 책장사를 하는 곳이었다. 세일즈라는 것이 아무나 할 수 있는 게 아니었지만 무엇보다 그 학벌에, 그 자존심에 할 수 있는 성질의 것이 아니었다. 남편은 몇 달을 두고 구직에 매달렸지만 마땅한 곳을 찾지 못해 허송세월을 하고 있었다.

윤지 결혼생활의 산증인인 준이가 보다 못해 얘기를 꺼냈다.

"누나야, 누나 팔자는 왜 이렇게 안 풀려? 뭐가 될 듯하다가도 주저앉고, 참 딱하다."

"모르겠다. 쥐구멍에도 볕들 날 있겠지."

"볕들 날? 내가 보기에 누나 쥐구멍은 북쪽으로 난 게 틀림없다. 북쪽으로 난 쥐구멍에는 절대로 볕 안 든다."

"악담하냐?"

"그때 그냥 유학이나 갈 것이지. 이런 식으로 살 것 같으면 뭣 하러 결혼했어? 유학 갔으면 벌써 공부 다 끝냈겠다. 누나가 너무 착한 것도 죄다. 나는 죽었다 깨나도 엄마 말은 안 들을 거다."

"그래, 네 일은 네가 알아서 해라. 네 팔자하고 내 팔자가 같아서야 되겠냐?"

"최소한 내 팔자는 누나 팔자보다는 나을 거다."

"제발 그래야지. 그런데 팔자가 마음대로 되는 건 아니다."

"두고 봐라, 팔자는 만들기 나름이다. 나는 잘 만들어 볼 거다."

어쩌다 하는 준이와의 대화는 이런 식이다. 그래도 터놓고 얘기할 상대가 있다는 것이 큰 위안이었다.

윤지도 지쳐가고 있었다. 유학도, M의 기억도 이제 아득한 전설이 되었다. 그저 세 아이의 엄마로 살아갈 현실만이 존재했다. 윤지는 처녀 때 입었던 옷들을 뜯어 아이들 옷을 만들었다. 재봉틀이 없어 손으로 박음질해 주로 바지를 만들었다. 바지는 만들기 쉬웠다. 차츰 소매 없는 윗도리도 만들었다. 엄마 신세를 덜 지기 위한 방법이라면 뭐든지 생각해 냈다. 식재료도 파장에 떨이하는 것들만 사다 먹었다. 곧 아기가 셋이 된다는 사실을 알고 식모가 가버렸다. 남편이 시어머니에게 부탁해 새 식모가 왔다.

산월이 가까워오자 엄마가 올라와 만 2년 반 된 첫째를 데리고 갔다. 곧 셋째가 태어나면 둘째만 데리고도 힘들다며…….

곧이어 외할머니가 올라오셨고 윤지는 늘 다니던 병원에서 셋째를 출산했다. 또 딸이었다. 지선은 1년 2개월도 안 되어 동생을 보게 됐다. 셋째는 지은이라 이름 지었다. 젖 짜는 세월이 또 시작되었다. 외할머니는 윤지가 짜놓은 젖을 또 마셨다. 엄마는 지쳤는지 더 이상 아들 타령을 안 했다. 시부모는 아들 손자가 많은 집인데 이상한 일도 있다고 했다.

대기업인 D그룹의 직원 공개채용 공고가 신문에 떴다. 논리적 사고력과 영어에 중점을 둔다는 내용이 적혀 있었다. 남편은 두 가지 다 자신 있다며 미리 쾌재를 불렀다. 5명을 뽑는데 무려 100명 넘게 응시했다. 경쟁이 심해 큰 기대를 안 했는데 다행히 합격통지서가 날아들었다. 남편은 기획실로 발령이 났다. 셋째가 7개월 때였다. 그때까지 엄마의 도움으로 지탱한 것이다.

"운이 없어 사업에는 실패했지만 기획에는 자신 있어. 이제 열심히 한 우물 파다 보면 좋은 일 있겠지. 한 우물 파는 거야말로 내 장기야."

큰소리를 쳤지만 첫 월급을 타보니 고작 20만 원이었다. 그중 교통비, 점심값 등을 제하고 달랑 반만 내놓았다.

"말이 안 돼요. 용돈이 반이고 생활비가 반이라는 건. 이 돈으론 생활이 불가능해요. 더 내놔요."

"미안하지만 좀 봐줘."

그 말은 '당신 집 부자잖아, 나 좀 봐줘'였다. 남편은 미안한지 애꿎은 자기 손만 주물렀다. 엄마에게는 이제 취직했으니 돈 보내지 말라고 했다. 그러자 엄마는 준이 식비는 계속 부쳐주겠다고 했다. 준이 덕분에 숨을 쉬는 형국이었다.

엄마가 지현을 데리고 올라왔다.

"얘가 엄마 찾아 하루 종일 울어대서 달래느라 장사에 지장이 많다. 이놈은 웬만큼 컸으니 여기 두고 대신 둘째를 데려가야겠다. 너는 연년생 셋 키우기가 힘들 테고 외할머니와 나는 한 놈이라도 옆에 있어야 외롭지 않을 거고."

"지선이는 이제 막 두 돌 지났어. 보내려니 마음이 아프네. 너무 착해서 잘 울지도 않아."

"착하다니 다행이다. 착한 놈은 네 외할머니 혼자서도 키울 수 있다. 더러 내가 거들면 되고. 그리고 사람들이 그러더라. 딸 셋 낳고 난 뒤는 삼신할머니도 아들 점지하신다고."

"그래, 알았어. 나도 아들 낳고 싶어. 마음대로 될 일 아니니 부담 주지 마. 재촉도 말고."

"돈 없어 키울 수 없다면 모를까 이제 박 서방도 취직했고 또 내가 돈은 아직 한참 더 벌 거고. 내 돈이 결국은 다 너희들 거 아니냐? 빨리 아들 하나 낳아라."

윤지는 늘 자기주장만 펴는 엄마와 말을 섞고 싶지 않았다. 엄마가 아무리 돈을 많이 벌고 있어도 결혼 후 윤지는 한 번도 사고 싶은 걸 사본 적도, 먹고 싶은 걸 먹어본 적도, 행복하다고 느껴본 적도 없었다. 편안해 본 적은 더구나 없었다. 그저 숨만 쉬며 주어진 현실을 감당하고 있을 뿐이다. 이렇게 살려고 결혼한 건 아닌데……

둘째 지선을 엄마 편에 내려보냈다. 지현은 엄마 옆에 있게 되어서 좋은 모양이었다. 지은을 업어주기도 하고 심부름도 곧잘 했다. 혼자 도랑 건너 가게에서 아이스크림도 사왔다. 아이들이 노는 모습을 보며 위로를 받는 것도 잠시, 윤지는 무거운 돌에 꽉 눌린 기분이었다. 유학 가려고 공부에 매달렸던 시절이 아득한 꿈 같았다. 지금 윤지에게는 아들을 낳기 위한 네 번째 임신의 의무가 기다리고 있을 뿐이었다.

셋째가 18개월이 되었을 때 넷째가 들어섰다. 이전과는 달리 입덧이 심했다. 모두들 이번에는 아들이 틀림없다고 했다. 윤지는 정말 그러기를 바랐다. 그래야 엄마에게 조금이라도 면목이 설 뿐만 아니라 엄마의 손자 욕심에서 놓여날 수 있으니까.

남편은 동기들 중 가장 먼저 보직을 받았다. 기획차장이었다. 월급이 조금 올랐다는 얘기를 할 뿐 돈을 더 내놓지는 않고 남편은 계속 '당신 집 부자잖아. 나 좀 봐줘'였다.

"월급 더 내놓으세요."

"미안해. 나쁜 데 쓰는 거 아니니 이해해 줘."

"만날 혼자 꿍꿍이. 형제들 때문이죠?"

남편은 대답하지 않았다. 대답이 없으면 긍정이다.

네 번째 임신 소식에 엄마가 올라왔다.

"박 서방은 직장 잘 다니고?"

"응."

"이제 직장에서 자리 굳혀가니 그 길로 죽 올라가면 되겠네. 좋지?"

"좋긴? 월급 더 내놓을 생각은 않고 형제들 걱정만 해."

"가만 놔둬라. 형제들 간에도 베푸는 쪽이 기를 펴는 법이다."

"엄마는 박 서방 기 펴는 것만 중요하고 나 힘든 건 몰라? 박 서방 기 펴주려고 세상에 왔어? 하는 말마다 왜 그래? 진짜 전생에 진 빚이 엄청 많은가 봐."

"너, 말하는 거 보니 힘든 모양이다. 월급 올랐다고 해도 몇 푼이나 올랐겠어? 돈 필요하면 나한테 얘기해. 박 서방 닦달하지 말고. 남자를 닦달하면 출세가 늦어. 여자로 태어나 남편 출세시키는 것보다 더한 영화는 없어."

"또, 또 그딴 소리……."

"잔소리가 아니야, 알아들어. 그런데 너는 이번에는 입덧이 심하다면서?"

"응, 예전 같지 않고 많이 힘들어. 내 친구 진숙이 알지? 걔네 엄마는 진숙이가 애 둘 낳고 나니 그만 낳으라고 했대. 자식 많이 낳으면 몸 상한다고."

"진숙이는 아들 낳았잖아. 둘씩이나."

"그럼 아들 못 낳으면 나는 죽든 말든 계속 낳아야 한단 말이야?"

서러웠다. 엄마는 딸의 건강은 안중에도 없었다. 엄마 말만 듣다가는 종당에는 목숨을 잃을지도 모른다는 생각이 들었다.

"안 하던 입덧을 하는 것 보니 이번에는 틀림없이 아들이다. 태어날 그놈은 복덩어리야. 태어나면서부터 돈을 쥐고 나오는 거지. 내 돈 중에 그놈 몫이 상당할 테니. 그나저나 큰애를 다시 데리고 가야겠다. 혼자 있는 둘째가 애처롭기도 하고, 너도 입덧 심한데 갓난쟁이 태어나면 셋째 놈 하나만 데리고도 힘들 것 같으니."

그 소리를 듣고 있던 큰애가 울음을 터뜨렸다. 윤지가 업어 달래고 과자봉지도 쥐어주자 겨우 그쳤다.

"외할머니 혼자서 애 둘 보려면 힘들 것 같아 사람을 하나 구해야겠어. 어차피 네가 출산하면 외할머니가 또 올라와야 될 테니."

지현은 할머니 손을 잡고 집을 나서며 뒤돌아보고 또 돌아보며 울먹였다.

10

1972년 초가을, 윤지는 늘 다니던 대학병원에서 네 번째 출산을 했다. 자정에서 5분 지난 시간이었다. 아기의 울음소리가 들리는가 싶더니 의사도 간호사도 한동안 말이 없었다. 아들을 애타게 기다리는 산모라는 사실을 알고 있었기 때문이다.

"수고하셨습니다. 섭섭하시겠지만 이놈 커서 틀림없이 효녀 될 겁니다."

의사가 병실을 나가자 윤지는 엉엉 울었다. 딸을 낳은 게 서러워서 운 것이 아니라 안 울면 양심 없다고 할까 봐 울었다. 복도에서 울음소리를 듣고 남편과 외할머니가 쫓아 들어왔다. 외할머니는 윤지의 꼴을 보더니 혀를 끌끌 찼고, 남편은 씁쓸한 표정이었다.

"팔자에 아들이 없는 모양이야. 됐어, 그만 울어."

그날 외할머니는 산모 옆 보조침대에서 잤고, 남편은 통행금지에 걸려 병원 마당 벤치에서 밤을 지새웠다. 소식을 들은 엄마는 무슨 이런 일이 있느냐면서 탄식했다. 시아버지도 이번에는 한 말씀했다.

"허허 참, 한 탯줄에 딸이 넷이라? 아들 못 낳는 며느리가 들어왔나 보지. 참 희한한 일도 다 있어."

다음 날 아침, 회진 시간. 간호사가 먼저 병실로 들어와 차트를 각 산모 앞에 놓고는 보호자들을 밖으로 내보냈다. 이어 담당의사가 레지 던트들을 거느리고 병실로 들어왔다. 윤지는 젖이 돌기 시작해 돌아앉 아 젖마사지를 하고 있었다. 의사들 소리가 나서 얼른 옷을 여미고 정 면으로 문 쪽을 보는데 상상도 할 수 없는 일이 눈앞에 펼쳐졌다.

레지던트 가운데 한 명이 M이 아닌가! 틀림없는 M이었다. M도 얼핏 윤지를 알아본 것 같았다. 윤지는 몸 밖으로 혼이 빠져나가는 느낌이 들 었다. 얼른 돌아앉아 정신을 가다듬었다. 담당의사가 말을 걸었다.

"이윤지 씨, 별다른 이상 없죠? 산모, 아기 다 건강하니 며칠 계시다 퇴원하시면 되겠습니다."

윤지는 돌아앉은 자세로 고개만 끄덕였다. 담당의사가 다른 산모 의 침대로 옮겨 갔지만 윤지는 계속 돌아앉아 있었다. 누군가 윤지의 침대로 와 차트를 넘겼다. 그는 산모의 신상을 확인하고 있었다. 쪼그 라든 윤지의 등 뒤로 M의 숨소리가, 충격을 수습하고 있는 M의 존재 감이 느껴졌다.

헤어진 지 꼭 7년 만이었다. 그립고 보고 싶기에 더더욱 우연이라 도 만나는 일이 없기를 바라며 살았다. 그런데 뚱뚱한 몸매, 퉁퉁 부 어 있는 얼굴, 네 딸의 엄마로 그를 만나고 말다니! 하늘은 야속하고도 잔인한 상황을 연출하고 말았다.

회진이 끝나고 병실 문 닫히는 소리가 났다. 윤지는 이제 죽었다, 정말 죽었다, 되뇌며 이불을 푹 뒤집어쓰고 누웠다. 윤지는 지금 자신이 벌을 받고 있는 거라는 생각이 들었다. 그토록 사랑한 연인을 냉정하게 뿌리치고 돌아선 것에 대한 벌.

얼마만큼 시간이 흐르자 병실 문이 열리는 소리가 나고 누군가가 자신의 침대 쪽으로 걸어오는 소리가 들렸다. 가슴이 콩닥콩닥했다. 순경이 죄인을 잡으러 오는 것 같았다.

"이윤지 씨!"

M의 나직하고도 묵직한 목소리가 들렸다. 어차피 겪어야 할 일, 윤지는 태연을 가장하고 이불을 젖히고 용감하게 일어나 씩씩하게 말했다.

"오랜만이에요."

"그래요, 정말 오랜만이네요. 아직 프랑스에 계시는 걸까, 돌아오셨을까, 늘 궁금했는데. 이렇게 소식을 알게 됐네요. 충격 안 받았다면 거짓말이겠죠?"

"……."

"몸은 괜찮아요?"

"네."

"목소리가 왜 그렇게 힘이 없어요? 잘 먹고 얼른 기운 차려야죠. 나, 많이 늦었어요. 이제 겨우 레지던트 2년 차예요."

"……."

"3년이면 되는 군대생활을 5년이나 했거든요. 자포자기하는 심정으

달항아리

로 한 입대였어요. 이건 못난 사람의 넋두리고, 재미있는 얘기나 하나 해드릴까요? 글쎄, 재미있는 얘기가 될지, 짓궂은 얘기가 될지. 저기, 만일 윤지 씨가 병원에 하루 일찍 들어왔거나 늦게 들어왔더라면 윤지 씨 아기, 내가 받았을 거예요. 윤지 씨 아기 낳던 날 비번이었어요."

순간, 윤지는 아찔했다. 하늘이 도왔구나! 하늘이 도왔다는 말은 이럴 때 쓰라고 있는 거구나!

"지금 속으로 다행이다, 하고 있죠? 그렇죠?"

윤지는 고개를 끄덕였다. 몇 번을 끄덕였다.

병실 문이 열리더니 간호사가 우유 한 잔과 치즈케이크 한 쪽을 윤지의 침대에 놓고 M에게 눈인사를 하고 나갔다. M이 따스한 눈으로 윤지를 바라보았다.

"우유, 식기 전에 드세요. 치즈케이크 좋아하잖아요."

"……."

"얼른요, 드시는 거 보고 싶어요."

윤지는 우유 한 모금, 케이크 한 입을 베어 물며, 확인하지 않고 배길 수 없는 얘기를 기어드는 소리로 꺼냈다.

"저어, 결혼은?"

"궁금해요? 어디 맞혀 봐요."

"……."

"궁금하긴 한 거죠?"

윤지는 고개를 끄덕였다. 그가 웃으며 말했다.

"안 했어요. 아니, 못 한 거죠. 이왕 늦었으니 더 미루려고요. 아무

126

튼 만나서 반가워요. 뵀으니 그럼⋯⋯."

M이 가볍게 웃으며 나갔다. 윤지는 후유, 안도의 한숨을 쉬었다. 그가 결혼을 안 해서가 아니라 방을 나갔다는 사실에 안도했다. 그러나 퇴원할 때까지 M과 마주쳐야 하는 이 상황은 일분일초가 바늘방석이었다. 윤지는 가능한 한 빨리 퇴원해야겠다고 생각했다.

다음 날 회진 시간, M이 보이지 않았다. 회진이 끝나고 한 시간쯤 지나 간호사가 찾아왔다.

"민현규 닥터께서 갖다 드리라고 해서⋯⋯."

간호사가 윤지에게 봉투를 건네주고 나갔다. M이 보낸 편지였다.

이윤지 님, 만날 사람은 만나지나 봅니다. 윤지 씨가 나름 행복하게 열심히 살고 계신 듯해서 다행입니다. 우리들의 엇갈린 삶에 대해서는 말하지 않는 게 좋을 듯합니다. 전문의 과정 마치고 결혼할 작정이니 내 결혼에 대해선 부담 갖지 마세요. 그동안 못다 한 얘기는 묻어두기로 하고, 건강하고 행복하시기를 기원하겠습니다.

ㅡ 민 현 규

윤지는 다음 날 담당의에게 퇴원하겠다고 했다. 아무것도 모르는 남편은 하루만 더 있자고 했지만 윤지가 강경하게 나오자 담당의가 승낙해 주었다.

병원 문을 나서 아기를 안고 앞장서 가던 남편이 뒤돌아보며 말했다.

"지민이라고 하자, 지민이. 이름 예쁘지?"

"예쁘네요."

집에 도착하니 외할머니가 미역국을 끓여놓고 기다리고 있었다.

"할머니, 미역국 나중에 먹을래."

"무슨 소리, 산모는 미역국을 부지런히 먹어야 한다."

"그럼 건더기만 조금 먹을게. 젖이 너무 나와 죽겠단 말이야."

윤지는 젖 짜는 생활에서 벗어나고 싶었다. 몇 달만 모유를 먹이고 우유로 바꾸기로 마음먹었다. 그리고 아기는 그만 낳기로 결심했다.

넷째도 순했다. 젖을 흠뻑 먹여놓으면 너덧 시간은 계속 잤다. 아기는 잘 자는데, 거꾸로 윤지가 불면증에 시달렸다. M의 생각에서 벗어날 수 없었다. 그는 아직 결혼도 안 했다고 했다. 유학을 갔더라면 그 세월에 공부를 마치고 돌아왔을 거고, 그런 뒤 다시 만났다면? 현실적으로 다시 만날 수는 있었을까? 자포자기하는 심정으로 입대했었다니 혹시 닥터로서의 인생이 늦어진 게 자신의 탓은 아니었을까?

생각이 꼬리에 꼬리를 물었다. 머리가 터질 것 같았다. 어디 하소연할 데도, 하소연할 수도 없었다. 날이 갈수록 몸무게가 눈에 띄게 줄었다. 아이들에겐 죄 많은 어미라는 생각을 떨칠 수가 없었지만 남편에게는 미안하지 않았다.

남편은 여자가 겪어야 하는 출산의 고통이나 육아의 어려움은 안중에도 없었다. 남편의 표정은 늘 '우리 엄마는 아홉을 낳아 셋 잃고 여섯을 키웠는데 이게 무슨 고생이라고!'였다. 그러니 같이 사는 여자가 병들어가는 것도, 우울증이 깊어가는 것도 감지할 리 없었다.

11

퇴근한 남편이 옷을 벗어 건네며 말했다.

"정용이가 올라올 거야."

"왜요?"

"서울에 취직됐다나 봐. 잠시 같이 살게 해달래."

"그래서요?"

"그러라고 했어."

"왜 상의도 없이 허락했어요? 빈방도 없고, 그쪽은 아들까지 낳아 세 식군데 여기 어디서 산단 말이에요?"

"외할머니랑 셋째가 쓰고 있는 방 비우면 되잖아? 잠시면 된다니 식모랑 같은 방 쓰라고 하고 편리 좀 봐줘."

"만날 뭐든지 당신 마음대로네요. 도대체 갑자기 어디 취직했대요?"

"청계천에 있는 정 사장 사촌 의흥이 가게에서 일 봐주기로 했나 봐."

"그러면 그 근처에 방을 얻을 것이지, 왜 여기로 와요?"

"글쎄, 잠시면 된다고 했어. 너무 그러지 마."

"무용이 구박을 못 견뎌서 올라온 거죠?"

"그래, 큰형님이 가게 할 때는 비빌 언덕이라도 있었지. 큰형님도 벌이가 없어졌으니, 어차피 독립해야 할 판에 취직했다니 잘된 거지."

"큰형님네 가게 그만뒀어요?"

"대리점 뺏겼어. 한참 됐어. 그러니 무용이 밑에서 그놈 구박, 도저히 못 참겠나 봐."

"그래서 당신 그동안 나 몰래 큰형님이랑 정용이 도와주고 있었네요."

"그냥 조금씩⋯⋯."

"기가 막혀요. 곧 겨울 닥치면 연탄도 들여놔야 하고 쌀값도 만만찮아요."

"우리 어머니를 봐서라도 좀 봐줘. 어머니가 늘 부탁했어. 형제 중에 제일 못난 놈, 나더러 꼭 책임져야 한다고."

"정용이 틀림없이 무슨 문제 있는 것 같아요. 어머님 걱정시키고 무용이한테 구박받는 거 보면. 이유 없이 괜히들 그러겠어요?"

"나, 직장 일만 해도 힘이 부쳐. 제발 시시콜콜 따지지 말고 그냥 좀 넘어가 줘."

"모르겠어요, 정말. 그런데 식구가 늘면 당신 내놓는 돈으로 어떻게 살아요?"

"취직했다니 정용이더러 밥값 내놓으라고 해봐."

"나, 돈 얘기 질 못하는 거 알면서 왜 만날 떠넘겨요?"

"알아서 해. 하고 싶으면 하고, 말고 싶으면 말고."

남편은 한 마디 던지고는 이불을 뒤집어쓰고 바로 코를 골았다.

정용 내외가 6개월 된 아들 성일을 데리고 살러 왔다. 외할머니는 형편 돌아가는 꼴도 꼴이지만 눈에 띄게 수척해진 윤지 앞에서 말을 잊었다. 하루 종일 관세음보살만 찾더니 엄마한테 가 있는 두 아이 키우는 일을 도와야 한다며 내려갔다. 셋째는 식모가 데리고 잤다.

정용네 때문에 당연히 생활비가 더 들었지만 차마 돈 얘기를 꺼낼 수가 없었다. 윤지는 연탄 아끼느라 낮에는 자기 방을 냉골로 만들었다. 아기 딸린 정용 방에 불을 꺼뜨릴 수는 없는 일이었다. 식모는 이 방 저 방 불을 옮기느라 입이 댓발이나 나와 있었다. 정용 처가 미안해하며 이일 저일 거들었다. 몰래 쌀을 사다 쌀독에 채워놓기도 했다. 시골 식구들 돌아가는 형편을 정용 처에게 물었다.

"같이 살아봐서 잘 알겠네. 무용이 도련님 어떤 사람이야?"

"말도 마세요, 형님. 큰아주버님이 재산 다 축내고 가게 문까지 닫자, 같이 타고 가던 트럭에서 말다툼 끝에 큰아주버님을 떠밀어 하마터면 돌아가실 뻔했어요. 상업고등학교 나온 여자하고 연애 중인데 그 여자가 결혼도 하기 전에 시집 재산 상태 다 파악하고 도련님을 뒤에서 조종하나 봐요. 이제 아무도 못 건드려요. 부모 덕이라곤 십 원 한 장 못 받은 우리 방 하나 주고, 밥 먹여주는 것도 아까워 구박이란 구박은 다 해댔어요. 명색이 형인 성일 아비가 모래땅에 혀를 박고 죽었으면 죽었지 무용이 도련님 밑에서는 못살겠다고 선언하고 나왔어요."

"성일 아비 취직했다며. 벌이는 괜찮은 거야?"

"취직이 아니라 천호동에서 조그맣게 사업을 벌였어요."

"사업? 무슨 사업?"

"천천히 말씀드릴게요."

"얘기가 다르네. 그런데 무슨 돈으로 사업을 벌였어? 부모님 도움 일체 없었다며?"

그 말에 동서는 윤지의 눈치를 보며 말을 아꼈다. 무언가 이상했다. 남편에게 물어봐야 될 일이었다. 그보다 먼저 말이 난 김에 식구들 형편을 물었다.

"큰아주버님은 어떻게 지내서? 대리점 그만둔 지 오래됐다며?"

"두 집 살림에 말이 아니세요. 딴 여자 있는 거 아시죠? 그 여자가 낳은 자식까지 합쳐 자식이 여섯이잖아요."

"자식들이 벌어야겠네."

"아직 돈 버는 자식 없어요. 동네 복덕방에 들락거리시던데 용돈이라도 버시는지. 부산에서 약국 하는 애들 고모가 매달 용돈 보내나 보더라고요."

"T시 아주버님네는 사업 잘하고 계시고?"

"한 번 다녀가셨는데 거기도 날염사업이 내리막이라 어려우신가 봐요. 돈이 필요하신지 오셔서 집안 형편 살피시다가 무용 도련님한테 된통 욕만 듣고 풀이 죽어 돌아가셨어요."

"아버님 어머님 건강은 괜찮으시고?"

"아버님 해수천식은 날이 갈수록 심해요. 자식들 무능 때문에 얻은 마음병 같아요. 하루 종일 기침에 고래고래 고함까지 질러대시니 어머님은 시끄러워 못살겠다고 노인정에 가셨다가 주무실 때나 들어오세요."

모르고 있을 걸 괜히 물었다. 만날 손가락만 빨고 사는 형편에 누구를 걱정할 처지가 아니지만 형편이 되면 더 큰일 날 것 같은 예감이 스쳤다.

퇴근한 남편에게 따졌다.

"왜 거짓말을 했어요? 정용이 취직한 게 아니라 천호동에서 사업을 벌인 모양이던데요."

"누가 그래. 제수씨가 그래?"

"네, 모르고 있었어요?"

"응, 취직했다더니 이놈이 거짓말까지 하며 나 몰래 사업을 한다고?"

"네, 이왕 시작했다니 무슨 짓을 하건 따지진 말아요. 따지면 시끄러워져요. 난 시끄러운 건 싫어요."

"알았어. 죽을 쑤든 밥을 하든 알아서 하겠지."

"그런데 이상해요. 무슨 돈으로 사업을 한다는 건지 도무지 이해가 안 돼요."

"할 수 없네. 실토할게. 지난번에 내려간 뒤 정용이랑 무용이 계속 찌그럭거렸어. 아무래도 독립해야겠는데 씨알 돈이 필요하다고 해서 매달 내 월급에서 조금씩 떼서 보냈지. 승진한 뒤에는 방이라도 얻어 얼른 독립하라고 조금씩 더 부쳐 줬고. 꼭 다 갚는다고 했어. 그랬더니 의홍이 가게에 취직했다면서 몇 달만 여기서 살다 독립해 나가겠다고 했어."

"기가 막혀요. 자기 식구도 책임 못 지면서 내 앞에서 대놓고 이런 얘기하는 당신이 사람이에요? 이러려고 결혼했어요? 결혼을 왜 했어요?"

"허허, 다 갚는다잖아. 저도 생각이 있을 테니 무슨 짓을 해서든 갚겠지. 조금만 기다려 줘. 불쌍한 인생이라 생각하고."

"냉골에 자면서 손가락만 빨고 사는 나는 안 불쌍해요? 엄마한테 보내놓은 자식들은요?"

"우리 식구들은 어쨌건 밥은 먹잖아. 평생 자식만 낳고 아버지 고함소리만 감당하며 살아온 우리 엄마 짐 좀 덜어주자. 정용이는 어차피 내 짐이야."

"정용이가 왜 당신 짐이에요? 부모 재산 다 가져간 무용이 짐이든지, 아니면 애초부터 장남인 큰형님 짐이지요."

"따지지 마. 큰형님은 이미 다 망했고. 세상일은 따진다고 되는 게 아니야. 처음부터 잘못 태어난 놈도 있어. 그렇다고 그놈더러 나가 죽으라고 할 수는 없잖냐고!"

도무지 남편의 궤변을 당할 수가 없었다. 화가 치밀어 참을 수가 없었다.

윤지는 마음속으로 M을 불렀다.

'M! 나, 이렇게 살고 있어요. 매정하게 당신 내친 죄. 나, 지금 그 벌 받고 있어요. 미안해요, 용서해 줘요. 따뜻하면서도 시원한 당신이 보고 싶어 미치겠어요.'

12

넷째를 낳은 지 4개월 만에 윤지의 몸무게가 20킬로그램이나 줄어 있었다. 윤지는 모유를 끊고 우유를 먹이기 시작했다. 남편은 허깨비 나 다름없게 된 윤지를 보고 그제야 허둥지둥 병원에 데리고 갔다. 검 사 결과는 아무 이상 없었다. 의사 말이 원인을 모르겠다고 했다. 백 방으로 수소문하고 다니던 남편이 어느 날 방법을 찾았다고 했다.

"방송국에 근무하는 친구 얘기가, 자기 와이프도 당신처럼 아기 낳 고 나서 원인 모르게 자꾸 쇠약해졌대. 그런데 한방병원에 가서 금침 이라는 걸 맞았더니 차츰 좋아져서 지금 괜찮아졌대. 우리도 그 방법 으로 한번 해보자."

윤지도 아이들을 두고 죽어서는 안 된다는 생각에 남편을 따라나 섰다. 한의사는 실낱같은 노란 침을 발목과 척추에 여러 대 놓았다.

"틀림없이 좋아질 겁니다. 여러 사람 고쳤어요."

한의사가 자신 있게 말했다. 윤지도 스스로 건강해질 거라고 최면을 걸고 또 걸었다. 금침 덕인지, 최면 탓인지 빠른 속도로 원기가 회복되고 있었다. 아기에게 젖을 안 먹이니 외출도 가능했다.

윤지는 불현듯 집을 벗어나 보고 싶었다. 누군가를 만나 밖에서 시간을 보내고 싶었다. 제일 먼저 생각나는 사람은 M이었다. 마음만 먹으면 그를 만날 수 있다는 설렘이 그녀를 치료하고 있었던 게 분명하다. 헤어질 때도 똑떨어진 이별의 이유 한 마디 없이 그저 눈물로 얼버무리며 비겁하게 떠나 왔다. 7년이 흘러 예기치 않게 만났지만 네 아이의 엄마로 나타나 가당찮은 충격만 주고 말았다. M이 있는 곳을 알게 된 것은 그 비겁함과 미안함에 대해 변명과 사과의 마침표라도 찍으라는 하늘의 지시가 아닐까?

윤지는 M을 찾아 나서기로 마음먹었다. 점심시간에 맞춰 가면 그가 시간을 낼 수 있을 것이다.

그 만남을 실행할 아침이 왔다. 윤지는 공들여 화장을 하고 정성스레 머리 손질도 했다. 이토록 오래 단장해 본 기억이 없었다. 옷장을 열어 이 옷, 저 옷 입어보다가 M이 자주색이 잘 어울린다고 했던 기억이 스쳤다. 윤지는 최근 엄마가 마련해 준 자주색 벨벳 코트를 골랐다. 허리에 다트가 들어가 날씬해 보이는 코트였다. 코트를 벗을 경우를 생각해 안에는 제일 아끼는 야들야들한 실크 원피스를 받쳐 입었다.

그가 있는 병원까지 차로 20분 거리. 차를 타고 가면서 윤지는 우연히 마주친 것으로 할까, 정정당당하게 만나러 온 것으로 할까, 갈등하다가 그건 마음의 순간 움직임에 맡기기로 했다.

산부인과 병동 앞에 내려 입원실로 올리갔다. 먼발치에서 혼자 열심히 차트를 들여다보며 데스크를 지키고 있는 M의 모습이 보였다. 윤지는 자신을 격려하듯 또박또박 걸어가 M 앞에 섰다.

"안녕하셨어요?"

M은 흠칫하며 윤지를 훑어보았다.

"아니, 윤지 씨……. 많이 야위었네요. 어디 아파요?"

"아뇨."

"그럼 병원에는 왜요?"

순간, 당황해 거짓말을 쏟고 말았다.

"친구가 여기서 아기를 낳았어요. 잠시 들여다보고 가는 길이에요."

그는 재빨리 입원 환자 명단을 뒤졌다.

"언제 낳았어요? 산모 이름이 뭐예요?"

아뿔싸! 괜히 아기를 낳았다고 했다. 팔이 부러졌다고 할걸. 얼른 죄 없는 혜선이 이름을 댔다.

"저기요, 박혜선이라고……."

환자 명단을 열심히 살핀 후 그가 말했다.

"그런 사람 없는데……. 여기서 낳았다면 이름이 빠졌을 리 없어요."

'큰일 났다. 어쩌지?'

당황한 모습이 역력한 윤지를 보며 M이 짓궂은 미소를 흘렸다.

"윤지 씨, 내가 보고 싶었군요. 그래서 왔죠?"

윤지는 얼굴이 빨개졌다.

"고마워요, 얼굴에 그렇게 쓰여 있어요. 마침 점심 먹으려던 참이었는데, 점심 안 먹었죠?"

"네, 아직…….."

"여기까지 왔는데 멀리는 못 나가요. 구내식당에서 먹어요. 괜찮지요?"

"네."

"잠깐만요, 1분이면 돼요."

그가 어디론가 전화해 몇 마디 하고는 앞장서 걸어갔다.

구내식당에서 M은 윤지의 식판에 밥과 반찬을 담아주었다. 둘은 구석진 곳에 자리를 잡고 마주 앉았다. 타임머신이 윤지를 7년 전 수원 농대 학생식당에서 늦은 점심을 먹던 때로 데려갔다. 그가 부르던 〈축배의 노래〉가 아스라이 들려왔다. 몸과 마음이 시원해졌다.

'얼마나 오랜만에 느껴보는 행복감인가! 세상사 다 잊고 그와 마주 앉은 채 이대로 영원히 돌이 되고 싶다.'

"무슨 생각을 그렇게 골똘히 해요?"

"아, 네. 그저…….."

"많이 먹어요. 나랑 이런 데서 식사하는 거 두 번째죠?"

윤지는 고개를 끄덕였다. M도 그때 생각이 난 모양이었다.

"옛날 생각 나네요. 그때 윤지 씨가 그랬어요. 많이 먹으라고, 먹는 게 남는 거라고…….."

M이 소곤대듯이 말하며 미소를 지었다. 열심히 먹고 있는 그와 보조를 맞추느라 나름 열심히 먹으면서 윤지는 생각에 빠져들었다. 변명과 사과의 마침표를 찍고자 나선 길이지만 지금 와서 타고난 자신

의 운명을, 이별의 진실을 무슨 말로 풀어낸단 말인가! 섣불리 시작했다가는 자존심만 다치거나 그를 실망시킬 게 빤하다. 어떻게 해야 하나? 윤지는 심각한 고민에 빠졌다.

다행히 그가 먼저 입을 열었다.

"지난번 병원에서 만났을 때, 사실 충격 많이 받았어요. 하지만 내 충격보다 윤지 씨가 얼마나 당황했을까, 난감했을까, 생각하며 그 상황을 만든 하늘을 원망했어요. 아기를 낳고 누워 있으니 도망칠 수도 없었을 테고, 얼마나 괴로웠을까, 생각하며 마음이 많이 무거웠어요."

M의 그 말에 윤지의 얽히고설켰던 고민이 스르르 풀려버렸다. 변명도, 사과도, 그 어떤 마침표도 필요 없었다.

"고마워요. 어쩌면 원망의 말씀 한 마디도 없으신지. 사실, 그 후 우울증처럼 마음의 병이 깊었는데 이제 훌훌 다 털어낼 수 있을 것 같아요."

"그렇다면 다행이에요. 나도 오늘 윤지 씨를 만나고 나니 무거웠던 마음이 가뿐해졌어요. 윤지 씨, 오늘 와줘서 정말 고마워요."

윤지는 콧등이 찡했다.

"아무튼 살아 있다는 건 축복이에요. 이렇게 옛 모습을 되찾은 윤지 씨를, 자주색 코트가 잘 어울리는 윤지 씨를 다시 볼 수 있어서요. 그런데 불문학도가 네 아이 키우느라 구르몽의 시를 읊을 시간은 없겠어요."

윤지는 천진난만한 아기처럼 소리 내어 웃었다. M도 따라 웃었다.

"저어, 이 말만은 꼭 하고 싶은데……."

"무슨……?"

"혹시 저 때문에 인생 궤도가 어긋나 늦어지신 게 아닌가 해서요. 그렇다면 미안하고 미안해요."

M이 고개를 흔들었다.

"어느 영화였나요? 사랑은 미안하다 말하지 않는 거라고. 맞는 말이에요. 나는 윤지 씨를 만나 행복했었고 이제 다시 만난 것으로 새 힘을 얻었어요. 그것으로 충분해요."

"고마워요, 현규 씨. 부디 나 같은 바보 말고 지혜로운 여자 만나 행복하셔야 해요."

M은 그 말에 대답하지 않고 사랑이 가득한 눈으로 윤지를 바라보았다. 윤지도 그리움이 가득한 눈으로 M을 바라보았다.

M을 찾는 구내방송이 흘러나왔다.

"호출이네요. 아쉬워요, 시간이 솜사탕 같았는데……."

그가 서둘러 일어났다.

"그럼 윤지 씨, 잘 가요. 부디 행복해야 해요."

윤지는 그의 뒷모습이 사라질 때까지 바라보다 택시 정류장으로 향했다.

'현규 씨, 당신은 내 아버지처럼 다정하고 따뜻한 분이에요. 죽을 때까지 내 가슴에 살아 있을 거예요. 하지만 아직 털어놓지 못한 제 얘기는 아마도 영원히 못 하겠지요. 그건 상관없어요. 이제 저는 소통 안 되는 남편, 어린 네 자식, 그리고 죽을 때까지 거역할 수 없는 엄마가 있는 세계로 돌아갑니다. 진심으로 당신이 잘되길 빌겠어요.'

13

준이 졸업식 참석차 엄마가 올라왔다. 준이와 기념사진을 찍고 셋이 근처 식당으로 발길을 옮겼다.

"엄마, 애들은 잘 있어?"

"외할머니가 둘을 구루마에 싣고 동네를 빙빙 돌아다니셔. 애들이 바깥에만 나가자고 한대. 서로 구루마 앞쪽에 앉겠다며 싸우나 봐."

"외할머니 힘들겠다."

"자식 키우는 게 다 그렇지 뭐."

"큰애 곧 유치원 가야 하는데, 힘들어도 이제 다 데려와야겠어."

"넷을 어떻게 키우려고?"

"힘들어도 할 수 없어. 엄마한테 보내놓고 걱정하며 사는 것보다 데려오는 게 더 나을 것 같아."

"그럼 그러든지. 준이가 곧 군대 간다니 방은 하나 빌 테고. 그런데 돈을 좀 준비해 왔다. 집을 살 만큼은 안 되고 어디 땅이라도 좀 샀으면 한다."

윤지가 결혼한 후 엄마는 더 이상 집을 사지 못했다. 딸 뒷바라지 하느라 돈을 빨리 모으지 못한 것이다.

"땅을 사놓는 게 제일이다. 서울에다 사고 싶은데 어디가 좋겠냐?"

중학교 때 절친 진주 생각이 났다. 남편이 의사인 진주는 목동에 살고 있었다. 윤지는 동교동에 이사 온 후 진주와 자주 왕래했다. 목동에는 빈터가 유난히 많았다. 그곳에 땅을 사놓으면 진주네 갈 때마다 들여다볼 수 있을 것 같았다. 진주 남편이 목동 땅값이 오를 거라고 했던 이야기도 떠올랐다.

"목동이 좋겠어."

"목동이 어딘데? 네 집에서 멀지 않으면 좋겠다. 한 번씩 올라올 때 가볼 수 있게."

"멀지 않아. 가까운 편이야."

"그럼 당장 가보자. 온 김에 사놓고 가게. 그런데 준이 이름으로 사면 어떻겠니?"

"왜 내 이름이야? 누나 이름으로 사. 나는 아무 상관없어."

준이가 고개를 젓자 엄마가 말했다.

"아들하고 딸하고 똑같은데 누나는 집 하나 사줬잖아. 그동안 생활비도 적잖이 보조했고."

"맞아, 그렇게 해."

윤지가 엄마 의견에 찬성하고 나섰다.

"엄마 모든 재산, 언젠가는 니희들 이름으로 똑같이 나눠줄 거다."

"엄마, 똑같이 주지 말고 준이를 더 줘. 나는 먼저 태어나서 받은 게 많잖아."

"아니야, 누나를 더 줘. 애가 넷이잖아. 나는 장가가도 애 많이 안 낳을 거니까."

엄마가 웃었다.

"욕심 없기로는 남매가 똑같네. 누가 즈이 아버지 자식 아니라고 할까 봐. 너희 아버지, 그 양반 참 돈 욕심은 없었어. 당시에 변호사가 어디 있었어? 사건이란 사건은 다 몰려 왔지. 어떤 사람은 변론 안 맡아줄까 봐 미리 사과 궤짝에다 돈을 가득 넣어 가지고 왔어. 나는 뭔지 모르고 받아뒀지. 저녁에 들어와서 보고는 당장 돌려주라고 호통을 치는 바람에 주인 찾아 돌려주느라 애먹었다니까. 돈 많이 준다고 아무 변론이나 절대로 안 맡았어. 그렇게 갈 바에야 돈이라도 한 뭉치 남겨주고 갈 것이지 자식들만 남겨놓고 갈 게 뭐람?"

엄마는 오랜만에 아버지 생각에 젖어들었다. 준이는 계속 눈만 껌벅거렸다. 내게도 아버지란 존재가 있었나, 하는 표정이었다.

엄마는 준이 이름으로 목동에 택지 한 필지를 사놓고 내려갔다.

다음달 가게 쉬는 날 엄마가 첫째와 둘째를 데리고 올라왔다. 윤지는 갑자기 애들 넷을 보느라 정신이 없었지만 마음은 가벼웠다. 아이들 크는 모습을 직접 볼 수 있어서 좋았고 너무 바쁘다 보니 다른 생각을 할 틈이 없어졌다.

엄마는 정용네가 곧 독립해 나갈 거라는 얘기를 듣고는 더 이상 따져 묻지 않았다. 동기간에 사이좋게 지내라는 얘기만 했다. 생활비가 많이 들겠다며 매달 10만 원씩 부쳐주겠다고 했다가 어차피 한 달에 한 번씩은 올라오니 그때마다 주겠다고 했다. 안 받으면 살아갈 수가 없었다. 윤지는 그런 자신의 처지가 처량했다.

정용이 사고를 치고 말았다. 천호동에서 벌였다던 사업은 도금업이었다. '영진산업' 구매과장이었던 정용은 당시 알게 된 사람들의 부탁으로 폐수시설이 제대로 안 된 공장에서 야금야금 조명기구 부속품 도금을 해준 모양이었다. 폐수를 무단 방류하다가 적발돼 구속 직전이었다.

그 사실을 알게 된 남편이 친한 친구인 황 검사를 찾아가 구속을 면하는 대신 50만 원의 벌금형을 받아냈다. 당시 보통 직장인의 월급이 15만 원 선이었으니 50만 원은 큰돈이었다. 벌금 납부일이 가까워오는데 돈이 마련되지 않아 전전긍긍이었다. 남편은 정용을 원망해댔고 정용 처는 울면서 예물 반지를 팔러 나갔다. 시집올 때 받은 거라고는 달랑 그것뿐이었는데. 14만 5천 원을 마련해 왔다. 정용이 어디서 구했는지 15만 원을 들고 나타났다. 밤늦게 들어온 남편이 가불했다며 20만 원을 내놨다. 이럭저럭 맞춰진 것이다. 남편이 정용에게 따귀를 올려붙이며 눈을 부라렸다.

"취직했다더니 거짓말이나 시키고. 폐수시설도 제대로 안 된 데서 도금을 해? 걸릴 게 빤한데 누굴 믿고 그 짓을 했냐고? 또다시 이런 일이 있으면 그때는 재범이라 손을 못 써."

"죄송해요, 형님. 걸리지만 않았으면 진짜 괜찮았어요. 거래처도 늘어나는 중이었는데."

"시끄러워! 미련 두지 말고 당장 내려가! 너 때문에 불안해서 살 수가 없어."

"죽으면 죽었지 못 내려가요. 무용이 밑에서 사느니 혀를 깨물고 죽고 말아요."

"못난 놈, 죽는다는 소리나 하고."

정용 처가 말했다.

"여보, 내려가요. 여기 형님네도 어려운데 나는 내려갈래요."

"당신 혼자 내려가. 나는 알아서 할 테니."

둘이 티격태격하자 남편이 나섰다.

"그래, 제발 좀 알아서 해라. 나, 다리 뻗고 잠 좀 자게. 팔 걷어붙이고 아무 일이라도 찾아봐! 입에 풀칠은 해야 할 것 아니야!"

"알았어요."

그렇게 정용네는 철수했다. 정용 처는 아이를 데리고 시골로 내려갔고 정용은 소식을 끊었다.

식모가 있다고는 하지만 연탄 때고 손빨래하며 연년생이나 다름없는 네 아이를 키우는 일은 간단치 않았다. 경제적 부담은 말할 것도 없었다. 큰애가 유치원에 입학해 교육비가 들기 시작했고 동생들 그림책도 사줘야 하고 옷을 사도 네 벌을 사야 하니 줄일 수 있는 것을 다 줄여도 여윳돈이 없었다.

윤지에게 '사는 것'은 '견디는 것'과 같은 의미였다. 그런 윤지에게 남편은 늘 '당신 집 부자잖아. 형제도 남매뿐이니 얼마나 간단해?'라며

속 모르는 소리를 했다. 엄마도 늘 '돈을 자식들 주려고 벌지, 안 그러면 뭐 하러 벌어?' 하며 윤지에게 부담을 주었다. 윤지에게는 두 사람다 불도저였다. 엄마는 오른쪽에서 왼쪽으로, 남편은 왼쪽에서 오른쪽으로 밀어댔다. 윤지는 그 두 불도저 사이에서 껴 죽지 않으려고 최대한 몸을 움츠리고 있는 힘없는 개구리였다.

엄마에게 염치없는 소리는 더 할 수가 없어 남편을 붙잡고 토로했다.

"나, 많이 힘들어요. 이대로는 안 되겠어요."

"생활비가 부족하단 말이지?"

"네, 최소한 5만 원은 더 있어야겠어요."

남편은 기다렸다는 듯이 말했다.

"집을 팔자."

"네?"

"집을 팔자니까. 이 집 팔고 싼 집을 구하자. 애들하고 당장 먹고는살아야 하잖아? 한 2백만 원 싼 집을 구하면 돼."

"2백만 원이 생기면요?"

"이자를 놓자. 월 3부는 받을 수 있을 테니 6만 원이 생겨."

"누가 준대요? 마땅한 데 있어요?"

"돈 빌려주고 이자 받을 데 없겠어? 얘기 나왔을 때 당장 결정하자.지금 장모님께 내가 전화할게."

"집 팔아 줄인다면 엄마가 많이 놀랄 텐데……."

"할 수 없어. 나중에 잘해 드리면 되잖아."

남편은 바로 엄마에게 전화해 사정 얘기를 했고 엄마는 형편이 그런 줄 몰랐다며 되레 미안해했다. 알아서 하라고 했다. 딸이 받아보지도 못한 사랑을 사위가 듬뿍 받고 있다. 정말 불가사의한 일이었다. 엄마는 사위가 사업에 실패했어도, 오랫동안 생활비를 지원했어도 밉지 않은 모양이었다. 하기야 처음부터 남편에게 반한 사람은 윤지가 아니라 엄마였으니까.

갑자기 왕십리 정 영감 생각이 났다. 오랜만에 찾아가 이것저것 물어보고 싶었다. 자신의 처지는 왜 이렇게 답답한지, 언제까지 이래야 되는 건지, 형제들로 인한 남편의 걱정은 언제쯤 끝날 건지, 끝나기나 할 건지, 도대체 엄마는 왜 그렇게 사위에게 후하기만 한지. 말로 설명할 수 없는 의문이 생길 때 사주쟁이를 찾게 되는 것은 윤지에게는 본능의 명령 같은 것이었다.

9년 만에 찾은 정 영감은 많이 늙어 있었다. 용케 윤지를 알아보고 반가워했다.

"오랜만이외다. 결혼은 했을 테고?"

"네."

"그래, 무엇이 궁금하신가?"

"쓸데없는 일인 줄 알지만 남편과의 궁합도 궁금하고 또⋯⋯."

"궁합은 결혼 전에 보는 거지 결혼한 다음에는 안 봐주는데."

"그래도 보고 싶어요. 결혼 전 엄마가 어디 가서 보니 잘 맞는다고 했대요. 그런데 도저히 맞지 않아요. 만약 맞는다면 궁합이 무슨 소용인가 싶어요."

"그렇게 얘기하니 어디 한번 봅시다. 두 사람 생년월일시를 말해

보시오."

윤지가 일러준 대로 열심히 사주를 풀던 정 영감이 담배를 피워 물고 심각한 표정을 지었다.

"당신이 이 남편 만나 타죽지 않고 살아 있는 게 다행이오. 남편은 나무木 달, 불火 시에 태어난 병화丙火요. 불이 아주 세요. 그런데 사주에 금이 없으니 불길을 제어할 수 없어요. 여차하다간 사고치기 십상이오. 고지식하고 고집도 황소고집이오. 당신은 물 한 점 없는 5월 염천의 흙이오. 어떻게 이 센 불을 견디며 살았느냐는 말씀이오."

"5월이 아니라 4월인데요. 윤 4월⋯⋯."

"망종부터 5월로 봐요. 망종이 지나 태어났으니 5월생이오. 열을 받아 턱턱 갈라져 있는 한여름 흙이 이렇게 센 불을 만났으니 화병 안 얻었으면 다행이오. 결혼하기 전에 궁합보러 왔으면 말렸을 텐데⋯⋯. 제 인연이 아니외다. 심하게 말하자면 절대로 만나서는 안 될 사람을 만났어요."

"엄마가 어디서 봤는데 잘 맞는다고 했다는데요."

"한참 잘못 봤어요. 그저 남편은 불火이고 당신은 흙土이니 간단히 화火생 토土로만 본 거지. 궁합을 그런 식으로 본다면 누구든 몇 시간만 공부하면 다 봐요. 사주풀이가 그렇게 간단한 게 아닌데⋯⋯. 자식은 몇이나 됐어요?"

"넷이요."

"허허, 여태 살아냈으니 더 사는 수밖에. 남편 사주는 에너지가 바깥으로만 뻗치고 통이 커서 자질구레한 건 보이질 않아요. 집구석에 죽이 끓는지 밥이 끓는지는 자기 알 바 아니오. 기대하는 사람이 살못이지."

"형제들 때문에 걱정이 많은 사람이에요."

"그럴 수밖에. 이런 사주는 호기심이 강하고 도전적인 반면 사람을 잘 믿고 귀가 얇아 남의 말을 잘 들어요. 그러니 형제들이 들러붙으면 매정하게 뿌리치질 못해요. 형제들도 그걸 다 알아요. 타고난 기질은 어쩔 수 없는 거고."

"어쩔 수 없다니요?"

"몸을 바꿔 다시 태어나기 전에야 타고난 천성을 어쩌겠소? 허나 살다 보면 좋은 운도 들어요."

"그게 언제쯤이에요?"

"이런 사주에는 금金이 들어오면 풀리니 1980년 경신년부터는 좋아지겠소."

"그때까지는 6년 이상 남았는데요."

"기다려 보시오. 그러는 수밖에. 궁금한 게 더 있으면 말하시오."

"엄마를 좀 봐주세요."

"엄마는 왜?"

"어쨌든 보고 싶어요."

엄마의 생년월일시를 일러주자 열심히 풀던 정 영감의 표정이 이번에도 심각해졌다.

"엄마하고 따님이 완전 따로따로요. 엄마가 이리 가자, 하면 따님은 저리로 가고 싶어요. 그렇죠?"

"아니, 그런 게 사주에도 나와요?"

"엄마 사주는 겨울 흙이오. 밑에 물을 깔고 있는데 불 한 점 없으니 꽁꽁 얼었어요. 엄마는 아집이 세고 사주에 돈이 있어요. 따님하고는 흙이라는 본질은 같으나 필요가 정반대요. 따님은 물이 간절하고 엄마는 불이 간절해요. 필요가 정반대니 따로 갈 수밖에."

"……."

"엄마처럼 이렇게 얼어 있는 사주는 불이 센 사람을 보면 본능적으로 확 끌리게 돼 있어요. 자기 필요를 충족해 주니까. 우리가 흔히 말하는 운명적 사랑이다, 첫눈에 반했다, 뿅 갔다, 하는 식의 얘기가 이런 데서 나오는 거지. 실례되는 말이지만 장모와 사위가 부부로 만났으면 찰떡궁합이오. 엄마가 사주를 아는 것도 아닐 테고 자기가 본능적으로 끌리는 사람을 골라 딸하고 짝 지운 거요. 자기가 끌리면 딸도 끌릴 거라고 생각한 모양이오."

"맞아요, 엄마 눈에 좋으면 나도 좋아야 해요. 엄마 입에 맛있으면 나도 맛있어야 하고요."

"그나저나 장모가 사위를 몹시 귀하게 여길 텐데."

"네, 정말 그래요."

"사위가 장모 덕 많이 보겠네요. 장모가 사위만 보면 뭐든지 다 주고 싶어요. 내 말 맞지요?"

"그래요, 엄마는 전생에 남편에게 진 빚이 많은가 봐요."

"허허, 한술 더 뜨네요. 하긴 사람이 이 세상에 올 때 전생에 진 빚 잔치하러 오는 거라고 불가佛家에선 얘기해요."

정 영감의 얘기를 들으며 윤지는 엄마가 처음부터 남편에게 반했던 데는 뭔가 말로는 설명되지 않는 이유가 있었다는 생각이 들었다. 세상에는 괜히 예쁜 사람도, 괜히 미운 사람도 있다. 그 '괜히'를 설명하자면 말이 궁해진다.

14

동교동 집을 팔고 불광동으로 이사했다. 집값이 싼 데를 고르다 보니 산동네였다. 경사가 꽤 가팔라 언덕을 오르다 보면 담벼락에 '헐떡고개'라고 씌어 있었다. 여름에는 고개를 오르내리느라 땀을 빼야 했고, 겨울에는 고지대라 추울 수밖에 없는 곳이었다.

2백만 원이 마련되어 이자 놔서 생활비에 보태기로 했다. 어디다 놓을까 고심하고 있는데 남편이 말했다.

"너무 어렵게 생각할 것 없어. T시 둘째 형님에게 빌려주자."

"왜 하필 당신 형님이에요? 혹시 사업 어려운 거 아니에요? 거기는 싫어요. 다른 데 알아봐요."

"3부 주겠다는데 다른 데 알아볼 거 뭐 있어? 같은 값이면 형님 주는 게 당연하지."

남편은 '당연하지'에 힘을 주었다. 남편의 그 무조건적 형제애가 싫었다. 의심도 갔다.

"혹시 집 팔기 전부터 형님이 돈 얘기했었어요? 형님 사업 어려운 거 알고 빌려줄 요량이었던 거죠?"

"그렇다기보다 형님 어려운 건 알고 있었지. 사업하다 보면 어려운 고비가 와. 고비 넘기고 나면 또 좋아지는 게 사업이고."

"싫어요, 거긴……."

"그러지 마. 벌써 약속해 놨어. 얼른 이자 받아서 생활비에 보태야지."

"왜 상의도 없이 혼자 결정했어요?"

"모르는 사람보단 낫잖아?"

"혹시 떼이면요?"

"그럴 리 없어. 착한 사람이야. 이자는 당신 통장으로 넣어주라고 할게."

혹시 잘못되는 건 아닐까, 했지만 가만히 생각해 보니 일 년이면 이자만 72만 원이다. 한시름 놓을 수 있을 것 같다. 통장으로 입금해 준다니 애들하고 가끔 외식도 할 수 있을 것이다. 망설여졌지만 허락해 주고 말았다.

남동생 준이가 제대해 다시 같이 살게 되었다. 군대에서 너무 힘들었다며 직장은 한참 쉬다가 구하겠다고 했다. 말은 그렇게 하지만 여기저기 알아봐도 아직 마땅한 데가 없는 모양이었다.

T시 둘째 형님이 매달 말일에 보내오던 이자가 8개월이 지나자 날짜를 넘기기 시작하더니 이후 들어오다 말다 하다가 1년 뒤부터는 아

예 들어오지 않았다. 남편에게 그 사실을 얘기했더니 사정을 알고 있었는지 당장은 아무 방법이 없다고 했다. 어렵다는 집에다 대고 따질 배짱이 윤지에겐 없었다. 남편은 조금 기다려 보자고 했다.

세 아이가 벌써 초등학생이 돼 있었다. 생활이 다시 쪼들리기 시작했다. 겨울이 되었는데도 윤지는 애들에게 코트를 사 입히지 못했다. 하나뿐인 코트는 먼저 입고 가는 놈이 임자였다. 윤지는 아침마다 코트 쟁탈전을 벌이는 아이들을 보며 가슴이 미어졌다. 굵은 털실을 사다가 뜨개질해 두툼한 스웨터를 좀 길게 만들었다. 두 개를 만드느라 꼬박 이틀 낮밤이 걸렸다. 하나 있는 코트는 큰애가 입도록 하고 나머지 두 애는 그 스웨터를 입혀 학교에 보냈다. 엄마가 올라와 스웨터 바람으로 학교에서 돌아온 애들을 보고는 질겁을 했다.

"얘야, 무슨 일이냐? 이 추운 겨울에 애들이 스웨터 바람이라니? 집 팔고 남은 돈 이자 봐 생활비에 보탠다더니 뭐가 잘못되기라도 했냐?"

"엄마, 있지, 사실은 그 돈 둘째 형님네 빌려주고 1년 가까이 이자 받았는데 형님 사업이 어려워져 이자 끊겼어. 한참 됐어. 그러다 보니……"

"쯧쯧, 핏줄이라는 건 더러운 거다. 끊으려고 해도 끊을 수가 없지. 형제란 고루 다 잘살아야지 한 사람이라도 어려운 형제가 있으면 그냥 모른 체할 수 없어. 어쩌겠니? 그동안 이자 받았다니 원금 조금 축난 것밖에 없네. 모르는 사람 적선도 하는데 좋은 일 했다고 생각해. 박 서방 닦달일랑 말고."

"엄마가 만날 이런 식이니 내 신세가 언제 풀리겠어? 박 서방이 언제 정신 차리겠냐고?"

"너무 걱정할 것 없다. 참아라, 참다 보면 끝이 있겠지."

"끝, 그게 언젠데?"

"참은 끝은 반드시 있어. 그게 하늘의 이치야. 올라온 김에 애들 코트는 하나씩 사주고 가마. 그리고 말인데, 너 이제 아들 하나 낳아야지."

그 소리에 소름이 끼쳤다. 태어나서 처음으로 작심하고 대들었다.

"이제 겨우 몸 추스르고 있는데 아직도 손자 타령이야? 엄마는 내 건강 같은 건 안중에도 없어?"

"아직 젊은데 건강은 무슨?"

"엄마는 딸이 죽고 난 뒤라야 정말 몸이 안 좋긴 했나 보다, 할 사람이야. 그래, 아들 하나 낳아주고 죽을 테니 그 아이 엄마가 받아 키워."

"얘가, 얘가 어떻게 그런 모진 소리를! 못된 것, 나 당장 내려갈란다!"

엄마는 서둘러 보따리를 쌌고 방에서 준이가 쫓아 나왔다.

"엄마, 엄마는 너무 말라 허깨비가 된 누나한테 왜 자꾸 애 낳으라는 소리만 해? 저 꼴로 연년생 넷 키우는 누나 보면 불쌍해 죽겠구먼."

"나 좋으라고 그러는 건가? 다 저 좋으라고 그러는 거지."

"나 좋은 게 뭔데? 지금까지 엄마가 한 거, 모두가 다 나를 위한 것도, 나한테 좋은 것도 아니었어. 내 필요도 내 의지도 아니었다고. 공부 더 하겠다는 자식 앞길은 막아놓고 만날 청소 깨끗이 해라, 자식 많이 낳아라, 남편 출세시키라는 구호만 줄기차게 외쳐댔잖아. 병신처럼 죽도록 엄마 꼭두각시 노릇만 하고 살았어."

"너, 정말 오늘 왜 이래? 말이라곤 없던 애가 생전 듣도 보도 못한 소리나 지껄이고."

"말을 할 줄 몰라 안 한 줄 알아? 해봐야 먹히지를 않으니까 안 했지. 그리고 이제 아기는 못 낳아. 낳을 수도 없어."

"무슨 소리야? 참말로 갑자기 죽을병에라도 걸렸단 말이냐?"

초인종 소리가 났다.

"매형인가 보네."

준이가 얼른 나가 대문을 열었다. 퇴근해 들어온 남편이 심상찮은 분위기를 파악하고 어리둥절해했다. 준이가 남편을 쳐다보며 말했다.

"엄마, 매형 불임수술 했어. 직장 친구가 매형 설득시켜 수술시켰어. 자꾸 애만 낳지 말라고, 아들 없으면 어떠냐고."

"나 모르게 언제? 그럼 진작 그 소리부터 했어야지. 수술 전에 미리 했든지."

"미리 했으면 펄쩍 뛰며 말렸을 거잖아. 나 같은 맹꽁이가 엄마 말 듣다가 덜컥 또 임신하면 애 떼는 거는 못 하니 또 낳았을 거고. 내가 애 낳는 기계도 아니고. 그러다 진짜 건강 다 잃으면 낳아놓은 자식들만 불쌍할 거고. 엄마 꼭두각시 노릇 더 이상 못 해."

윤지는 엉엉 울며 줄줄 쏟아냈다. 엄마는 기가 막혀 남편을 쳐다보았다.

"장모님, 섭섭해하지 마세요. 저 사람 건강도 그렇고 지금 우리 형편상 더는 안 되겠더라고요. 처남 장가가면 아들 손자 안겨 드리겠지요."

남편이 나서자 엄마는 수그러들었다. 그렇게 속에 있던 말 쏟았더니 윤지는 좀 후련해졌다. 남편의 위로로 거우 진정된 엄마는 딸에게 눈길은 주지 않고 말했다.

"어려운 모양이니 준이 이름으로 된 목동 땅 팔아라. 팔아서 써라. 판 돈 네가 맡아 알뜰히 관리하고 쓰임새 헤픈 준이 용돈 아껴 쓰도록 단속하고. 한참은 쓸 테지. 부모가 돼 가지고 돈 놔두고 자식들 어려운 꼴은 못 본다."

엄마의 그 말에 모두들 조용해졌다. 엄마는 사위를 보며 화제를 딴 데로 돌렸다.

"박 서방, 그나저나 준이가 빨리 취직해야 할 텐데. 그래야 장가도 갈 거고. 장가를 가야 내가 걱정을 더네. 어디 좋은 신붓감 없나 좀 알아보시게."

"그러잖아도 신성길이라고 초등학교 때 친했던 친구가 있는데 자기 여동생 얘기를 자꾸 하네요. 처남한테 마음을 두고 있는 눈치예요. 처남 아직 취직 안 했다고 해도 괜찮대요. 여동생이 미대 나왔는데 인물도 참하고 능력도 있다나 봐요. 언니가 유명 패션 디자이넌데 명동에서 양장점을 하고 있어요. 부자 단골이 많은가 봐요. 거기서 일을 거들고 있대요. 제 친구도 이름 있는 건축가고요. 부업으로 레스토랑도 하고 있어요. 꽤 이름 있는 레스토랑이에요."

준이는 무엇보다 외모가 궁금한 모양이었다.

"예쁘대요?"

"응, 예쁘고 멋쟁이래."

엄마는 레스토랑이란 말에 끌리는 모양이었다.

"형제들 능력이 확실한 모양이니 다행이네. 그런 자리가 어디 쉽겠나. 형제간 우애도 있겠구면. 박 서방, 신경 좀 써보시게. 믿고 내려갈 테니."

"알겠습니다."

준이와 신성길 여동생의 결혼은 일사천리로 진행되었다. 만난 지 두 달 만에 결혼식을 올렸다. 윤지는 목동 땅 판 돈 중 절반을 떼어 준이 결혼비용으로 내놓았다. 준이는 누나가 양심은 있다고 했고, 엄마는 너무 많이 내놨다고 했다.

준이는 압구정동 H아파트에서 신접살림을 차렸다. 엄마가 반, 처가에서 반을 내어 30평대 아파트를 마련해 주었다. 주변에 배 밭이 있어 경관이 좋았다. 윤지는 욕실에 뜨거운 물이 콸콸 나오는 준이네 집이 여간 부럽지 않았다. 마루에 연탄난로 놓고 물 데워 쓰는 윤지의 처지에 비할 바가 아니었다. 준이네 안방에서 윤지는 모처럼 엄마와 둘이 담소를 나눴다.

"엄마, 아파트 편하고 좋지?"

"그래, 참 편한 세상이다. 연탄 갈 걱정 없고 뜨거운 물 언제든 혼전만전 쓸 수 있고."

"그러게."

"준이 취직했다더라. 꽤 큰 무역회사라는구나."

"잘됐네."

"이제 걱정 났어. 자랑인지 제 처 월급이 저보다 더 많다더라. 여자가 잘 벌면 뭐 해? 아낄 줄을 모르는데."

"……."

"돈은 버는 것도 중요하지만 아껴야 모이는 법이다. 그런데 내가 보니 이 집은 틀렸다. 집안 여기저기 잔돈이 굴러다니니 일하는 사람이 주워가도 모르겠고 구운 생선도 알뜰히 발라 먹지 않고 살점이 붙어 있는 채로 다 버린다. 내가 돈 벌 때하고는 영 달라. 아직 애도 없는데 이런 집에서 식모가 무슨 필요 있어? 준이 들어오면 식모 내보내라고 할 거다."

"엄마, 올케가 직장 다니잖아. 그런 소린 하지 마."

"옛날에 나는 애 키우고 살림하면서도 돈 벌었어."

"아닌데? 나랑 준이는 외할머니가 계셨는데? 외할머니 없었으면 엄마 혼자 돈 벌기 힘들었어."

"그래도 그렇지, 애도 없는 집에 식모는 무슨?"

"엄마, 부탁이야. 제발 준이랑 부딪치지 마. 걔 속 멀쩡해. 그냥 하는 대로 놔둬."

"동생이라고 역성드냐?"

"그런 게 아니고 엄마 진짜 제발……."

"알았다, 그만해라."

15

남편은 기획부장으로 승진했다. 그러나 승진할수록 고민이 더 많아지는 눈치였다. 윤지는 집안일에는 일체 개의치 않는 절벽 같은 사람을 상대로 대화하고 싶은 욕구도 없었다. 남편도 목동 땅 판 돈 아직 남았을 테니 월급은 더 내놓지 않겠다고 했다. 월급으로 무슨 짓을 하는지는 안 봐도 뻔했다. 형제들과 계속 연락하고 있을 테고, 남편이 승진하면서 형제들의 기대감과 의존도는 더 높아졌을 것이다. 그런 형제들을 매정하게 뿌리치지 못하는 남편 때문에 윤지는 욕구불만으로 불면증에 시달려 애들 키우기가 더 힘들었다.

제일 힘든 일은 아이 넷을 데리고 '헐떡고개'를 오르내리며 큰길 건너 대중탕에서 목욕시키는 일이었다. 돌아올 때는 늘 파김치가 됐다. 어느 날, 그런 윤지의 꼴을 본 엄마가 혀를 찼다.

"준이처럼 너도 빨리 아파트로 가야 쓰겠구나. 애들 넷을 씻기려면 어미가 죽어나겠다."

"……."

"애들이 이만큼 크도록 모르고 있었으니. 내가 돈 버는 데만 정신 뺏겨 무심했다. 좀 많이 무심했어."

윤지는 왈칵 눈물이 쏟아졌다.

"왜 울어?"

"힘든 거는 둘째치고 고만고만한 애들 넷 데리고 탕으로 들어가면 사람들이 다 쳐다봐. 애들 붙잡고 너네들 다 형제들이냐고 물어. 애들 도 창피한지 얼른 흩어져버려."

"미련하기는, 아파트로 가야겠다고 진작 조를 것이지. 너는 너무 욕심 없고 할 말 제때 안 하는 게 탈이다."

그 말에 윤지는 또 눈물이 났다. 바람결에 들은 M의 늦은 결혼 소식에 울적하던 터였다. 윤지는 자신도 모르게 가슴속에 담아두었던 말을 쏟아놓고 말았다.

"엄마는 내가 할 말 제때 안 하는 버릇 있는 거 이제 알았어? 언제부 터 그랬는지도 모르지?"

그 말에 엄마는 멀뚱멀뚱한 표정을 지었다.

"어릴 때부터 그랬는데. 아버지 잘못되고 난 뒤부터."

엄마에게 처음으로 꺼낸 아버지 얘기였다. 많은 세월이 흘렀어도 아 버지가 붙잡혀 가던 날의 충격은 조금도 사라지지 않았다. 경찰들에게 아버지가 숨어 있는 곳을 가르쳐주고 만 죄책감 역시 그때의 무게 그대 로 그녀를 짓눌렀다. 딸의 그런 사정을 모르는 엄마는 한숨을 크게 쉬었다.

"어린 가슴에도 충격이었겠지. 너의 아버지 잘못된 건 지금 생각하면 다 그 양반 운명이었어. 혈안이 돼 찾고 있는 놈들을 무슨 수로 당하겠어? 못 당해. 언제든 결국 붙잡히게 돼 있었어. 그게 그 사람 운명이었으니까. 아까운 사람이 그렇게 허망하게 간 것도, 내가 일찍 혼자된 것도 다 운명이었어."

"다 운명이었다고?"

"그래, 그렇다고 할밖에."

윤지는 엄마의 말로 인해 조금은 죄책감에서 벗어나는 기분이었다.

"그리고 엄만 만날 바쁘니 할 말 있어도 할 엄두가 안 나더라. 부모자식 간에 대화 없는 거, 제대로 소통 안 되는 거, 그거 얼마나 무서운 건지 알아? 덜 영근 자식에게 부모의 잘못된 얘기, 쓸데없는 얘기가 자식 인생에 악영향 줄 수 있다는 거, 엄마 생각이나 해본 적 있어?"

"무슨 잘못된 얘기, 쓸데없는 얘기를 했다는 거야?"

"남자는 하늘, 여자는 땅! 뭐 그런 거. 그런 엄마 교육 때문에 자존감이 안 생기데. 그리고 또 있어. 셋째 아들은 무조건 아무 부담 없다, 무슨 띠는 무슨 띠하고 결혼해선 안 된다, 같은 거. 하여튼 내가 엄마한테 할 말 제때 못한 거, 엄마가 제대로 들어주지 않던 거, 엄마가 하는 말 다 나한테 쓸데없는 소리였던 거, 그런 거 때문에 팔자가 달라졌다고."

"얘가 보자 보자 하니 점점……. 무슨 팔자가 어떻게 달라졌는데?"

"모르면 그만이야. 알아도 이제는 아무 소용없고. 다 내 팔자야. 내 억울함, 네게 무슨 억울함이 있있는지 엄마는 몰라."

"나 같은 어미 가진 네가 무슨 억울함이 있다고? 억울함이야 네 아버지 그렇게 잃어버린 내 억울함 당할 억울함 천지간에 없더라. 그리고 내가 못 알아듣는 소리는 다 배부른 소리야. 배부른 소리 그만하고! 얼마면 돼? 얼마 보태면 아파트로 이사 가겠어?"

할 말 제대로 해보지도 못하고 말꼬리는 또 사라졌다. 엄마와의 대화는 늘 이런 식이었다. 윤지는 또 죄인처럼 풀이 죽었다.

"목동 살던 내 친구 진주는 남편이 의산데 잠실에 있는 아파트로 이사 갔어."

"그 친구 시집은 잘 갔구나. 그래, 잔말 말고 얼마 보태면 되겠어?"

"30평대는 가야 될 테니 500만 원은 보태야……. 진주 말이 잠실이 비교적 집값도 싸고 좋다고 다른 데 가지 말고 꼭 잠실로 오라데. 여태 순전히 엄마 덕에 살았잖아. 그동안 신세 진 게 얼만데 무슨 염치로 또……."

"부모 자식 간에 염치는 무슨? 나 돈 있다. 월세 받은 거 차곡차곡 모아놨다. 빨리 이 집 팔고 아파트로 가거라."

윤지네는 잠실 J아파트로 이사했다. 집은 남편 명의로 했다. 아파트로 이사하니 살 것 같았다. 진주가 가까이 있어 외롭지도 않았다. 안 그래도 식모를 내보내려 했는데 식모가 먼저 그만두겠다고 했다. 나라의 산업화 열기로 집집마다 있던 식모들이 공장으로 떠나고 있었다.

16

한 우물 파기가 장기라던 남편은 입사 9년 만에 기획실장으로 승진했다. 진짜 한 우물만 판 모양이었다. 남편은 1981년 말, 주요 일간지에 대문짝만한 사진과 함께 '기획의 귀재'로 소개되었다. 제일 좋아한 사람은 물론 엄마였다. 엄마는 가게에 찾아온 손님들에게 일일이 신문을 보여주며 자랑했다.

사위가 자리를 잡자 엄마가 어느 날 딸에게 넌지시 운을 뗐다.

"사람 일이란 아무도 모르는 법, 어떻게 하면 좋겠니?"

"어떻게 하다니, 뭘?"

"재산 말이다. 내 나이도 이제 환갑이다. 박 서방도 우뚝 섰으니 지금이 때다 싶다. 큰자식이니 네 얘기부터 들어보자. 어떻게 하면 좋겠니?"

"더 있다 해도 되는데 왜 벌써……?"

"시끄럽다. 내 생각에 때다 싶으면 땐 거라. 다 정리하고 싶다. 얼른 얘기나 해봐라."

"평생 애써 모은 거 한꺼번에 다 정리하려고?"

"그래, 깨끗이 손 털고 싶다."

"그렇다면 준이는 아들이고 또 우리는 지금껏 박 서방이 축낸 돈이 많으니 엄마가 살고 있는 살림집하고 그 옆 대로변 2층 상가를 준이에게 줘."

"그래도 괜찮겠어?"

"나야 안 줘도 그뿐인데 뭐. 그동안 엄마 덕에 살았잖아."

"그럼 민속주점만 가지겠단 얘기네."

"그것만도 과분해."

"정말 그래도 되겠어? 준이 쪽이 훨씬 많은데."

"괜찮아, 준이가 잘살아야 나도 편해."

"하여튼 네가 욕심 없는 건 기특하다. 그렇다면 다른 사람 얘기는 더 들어볼 것도 없고."

엄마는 잠시 생각 끝에 말했다.

"박 서방 몫으로 따로 좀 해주고 싶은데."

"박 서방 몫이라니? 무슨 수로……?"

"월세 모아 둔 현금 가지고 뒤처리하고도 남는다."

"언제 그렇게 많이 모았어?"

"벌기만 했지 쓰지를 않으니 모일 수밖에."

마침 남편은 절친인 황 검사와 준이 처남 신성길과 공동 투자로 이미 신성길이 서울 곳곳에 열어놓고 있던 이름난 레스토랑의 지점 한 곳을 열자는 얘기를 하고 있던 중이었다. 건물을 사서 할 작정이라고 했다. 투자금으로 지금 살고 있는 집을 잡히고 모자라는 부분은 적금 대출을 받겠다고 해서 말리고 있던 중이었다. 엄마에게 그 얘기를 했더니 엄마는 금방 얼굴이 환해졌다.

"그런 일 있으면 진작 얘기하지 않고. 확실한 친구들과 공동 투자를 한다니 걱정할 것 없겠고 또 건물을 사서 한다니 안심이다. 세를 들면 장사가 좀 된다 싶으면 주인이 월세 올리는 통에 배길 수가 없어. 정말 잘됐다. 그러면 세 사람이 똑같이 3분의 1씩 내놔야 하겠구나."

"그러기로 한 모양이야."

"그럼 박 서방 몫으로 내놔야 할 돈이 얼만데?"

"6천만 원쯤 되나 보데."

"알았다. 참말로 다 잘됐다. 준이 몫이 훨씬 많다 싶던 차에."

"자식들 다 털어주고 나면 엄마는 어떻게 해?"

"장사가 예전 같진 않지만 아직 벌고 있고 월세는 당분간 내가 관리할 거고. 그러면 됐지. 쓰는 데가 없어서 그것만 해도 또 금방 모인다."

무능한 자식들 때문에 마음의 병을 얻은 시아버지는 기관지 천식이 악화되어 고통스러운 투병 끝에 세상을 떠났다. 평생 시아버지 시집살이와 뒷바라지에 진이 다 빠져버린 시어머니는 시아버지가 돌아가시자 맥이 풀려 몸져눕더니 그 길로 뒤를 따랐다. 돈 계산에 철저한 똑똑한 여자와 결혼한 막내 무용은 형제간의 의리를 모질게 끊은 지 오래였고 남편의 형제들은 기댈 언덕을 잃어 우왕좌왕하고 있었다.

17

용산구 한남동에 3자 동업 레스토랑이 오픈했다. 대지 100평에 2층짜리 건물이었다. 이름난 레스토랑의 한남동 지점으로 로스트비프, 샤브샤브, 곱창전골이 주 메뉴였다. 경영은 본사의 지시에 따라 지점장이 도맡았다. 수익은 안정적이었다. 윤지는 주말이면 그곳에서 애들과 외식을 했다. 애들은 곱창전골을 제일 좋아했다. 맛있게 먹는 아이들 모습을 보며 윤지는 잠시나마 시름을 잊곤 했다.

그런데 자나 깨나 형제들 걱정이 체질화된 남편은 자신이 여유로워진 것에 죄책감을 느끼고 있었다. 자기만 여유로우면 큰일 나는 사람이었다. 형제들은 노골적으로 남편만 쳐다보고 있었다.

"솔직한 얘기로 난, 당신 형제들 때문에 신경 쓰여 죽겠어요. 당신이 승진했어도, 엄마가 레스토랑을 내줬어도 마음은 점점 더 무거워요. 정말 죽고 싶을 때도 있어요."

"배부른 소리. 진짜 죽고 싶은 건 나야."

"네?"

"당장 급한 일이 생겼어. 당신 내 월급 없이도 꾸려갈 수 있으니 내 월급, 내가 알아서 좀 쓸게. 양해해 줘."

"무슨 소리예요? 급한 일은 또 뭐고요? 결혼하고 한 번도 월급 제대로 내놓은 적 없어요. 월급이 꽤 많을 텐데 이젠 한 푼도 안 내놓겠다고요? 갈수록 태산이네요. 이러라고 엄마가 레스토랑 내줬어요? 도대체 어디다 쓰려고요?"

"좋은 일에 쓸게. 딱한 사람들 도와야지. 내가 언제 나 자신을 위해 돈 쓰는 것 봤어?"

"언제 쓸 돈은 있었고요? 그리고 왜 자신을 위해 돈 쓰면 안 되는데요? 당신 같은 사람을 어떤 여자가 건디겠어요? 나는 좀 행복하면 안 돼요? 애들은요?"

"당신하고 애들은 멀쩡하잖아?"

"그냥 살아만 있으면 멀쩡한 건가요? 사람 마음은 보이지 않아요?"

"진짜 당장 죽어가고 있는 사람이 있어."

"누가요? 그리고 누군들 왜 당신이 신경 써요?"

"큰형수가 유방암이래. 수술을 해야 하는데 수술비가 없대."

"어떻게 알았어요? 나 몰래 직장으로 연락 왔어요?"

"그래, 형수는 장남에게 시집와 평생 고생만 했어. 큰형님이 바람까지 피웠잖아. 갓 시집와서 시동생들 키웠고 내 도시락에만 다른 형제들 몰래 소고기 장조림 넣어줬어. 살려주자, 수술해서 될지 모르겠지만."

"그런데 왜 당신만 나서요? 딱한 일 있으면 형제들이 다 같이 도와야지."

"모두들 사정이 어려워. T시 둘째 형님네도 사업이 어려워 의대 졸업반인 큰아들 등록금도 못 내고 있대. 어려운 공부했는데 졸업은 시켜야지. 그래야 둘째 형님 허리 펼 테고. 이 고비는 넘겨야 해. 둘 다 급한 일이야. 당신 양해하는 거다."

"이 판국에 둘째 형님네까지요? 나는 그림 재주 있는 우리 애들 여태 미술학원에도 못 보내고 있어요. 당신은 자기 애들은 안중에도 없고 왜 다른 집 걱정이나 하며 살아요? 우리 애들은 딸이고 형님네는 아들이라 그래요? 남존여비냐고요?"

윤지의 악쓰는 소리에 방에서 공부하고 있던 애들이 슬금슬금 나왔다. 큰애가 고등학생이었고 나머지 둘은 중학생, 막내는 초등학생이었다. 큰애들 둘이서 한 방을, 작은애들 둘이서 한 방을 쓰고 있었다.

동생들은 아빠가 무서워 눈치만 보고 있고 큰애가 먼저 나섰다.

"아빠, 방에서 다 들었어요. 다 딱한 일이고 넉넉하면 도와줘야지요. 그런데 아빠, 제일 딱한 사람은 우리 엄마예요. 크면서 다 봤어요. 엄마가 어떻게 살았는지, 왜 엄마 한숨소리가 끊이지 않는 건지. 그리고 아빤 우리 사랑하지 않아요. 아빠가 제일 먼저 사랑해야 될 사람은 엄마고 우리예요. 그런데 우린 한 번도 아빠 사랑 느껴보지 못했어요. 나는 엄마가 아빠를 어떻게 견디는지 그게 제일 궁금해요. 나 같으면 절대로 못 견뎌요."

남편이 큰애를 노려보며 감정을 삭이고 있었다. 둘째가 나섰다.

"아빠, 우린 아슬아슬한 집안 분위기 때문에 늘 긴장하고 살아요. 친구 집에 가보면 친구 아빠들은 아빠하고 너무 달라요. 집안 분위기도 화기애애하고. 아빠는 우리가 딸이라고 관심도 애정도 없어요. 그저 우리가 공부 잘하고 있으니 아무 생각도 없는 줄 아시죠? 우리도 갖고 싶은 거, 하고 싶은 거 많지만 참고 사는 거예요. 방금 말씀하셨잖아요. 아빠는 자신을 위해서는 돈을 쓰지 않는다고. 왜 그러시는데요? 아빠가 그러니 우리 식구들은 모두 행복할 수가 없어요. 아빠 같은 아빠 싫어요!"

남편의 표정이 점점 굳어졌다. 셋째가 나섰다.

"언니들 말이 맞아요. 우리는 보온 도시락도 보온 잘 안 되는 싸구려예요. 친구 밥은 보온이 잘돼 따끈따끈한데 우리 밥은 식은 밥이에요. 도시락 모양부터 싸구려라 점심때 도시락 꺼낼 때마다 창피해 죽겠어요. 아빠가 그런 거 알기나 해요?"

남편은 보온 도시락 얘기가 나오자 얼굴을 찌푸리며 고함을 질렀다.

"당신은 뭐 하는 사람이야? 이런 시답잖은 얘기까지 애들한테 듣게 하고."

"시답잖은 얘기라뇨? 자기 자식들 불만이 뭔지, 같이 사는 여자가 얼마나 견디기 힘든지 알아야죠. 도시락뿐만이 아니에요. 우리는 옷도 싸구려만 사 입고, 먹는 것도 저녁 파장에 떨이하는 것만 사요. 흠집 난 과일, 시든 야채, 애기 손바닥만 한 생선, 그런 것들만 사 먹는다고요. 애들이 이만큼 크도록 정상적인 생활을 못해 봤어요. 당신 형제들이 이런 우리 사정 알기나 하냐고요? 엄마가 아무리 도와줘도, 당신이 아무리 잘돼도 당신이 근본적으로 변하지 않는 한 애들하고 나는 욕구불만 못 면해요. 엄마 덕에 이제 조금 나아지는가 싶었는데 갈수록 태산이잖아요."

할 말 궁해진 남편은 애꿎은 애들에게 화살을 돌렸다.

"우리 때는 양철 도시락에 식은 밥 먹고도 잘만 컸어. 보릿고개도 넘겨봤고. 너희들이 안다는 건 다 아는 게 아니야. 세상에는 도와주지 않으면 도저히 안 되는 사람들이 있어. 나도 답답해 죽겠어. 가만 놔둬서 될 것 같으면 내가 왜 신경 쓰겠어?"

남편은 두 주먹으로 자기 가슴을 쾅쾅 두드리며 얼굴이 시뻘게지도록 흥분했다.

"너희들도 나중에 커서 형제들이 줄줄이 밥 굶게 되면 가만 보고 있을 거야? 너희들이 하나같이 착한 건지, 무른 건지, 병신인 건지 모를 그런 형제들 둬봤어?"

보다 못한 막내까지 끼어들었다.

"무용이 삼촌은 안 그렇잖아요. 그 삼촌한테 좀 도와주라고 해요. 아빠만 그러지 말고."

무용 얘기가 나오자 남편은 흥분해 이성을 잃었다.

"무용이? 그 불한당 같은 놈 얘기는 꺼내지도 마. 그놈이 부모 재산 다 챙기고 형제간 의리 모질게 끊는 바람에 짐이 다 아빠한테로 넘어왔어. 아빠도 힘들어 죽겠어. 그렇지만 어떻게 해? 죽으라고 할 수도 없고. 세상에는 빼앗는 놈, 뺏기는 놈이 타고날 때부터 정해져 있는 건지 아빠 형제들은 다 병신같이 뺏기기만 하고는 아빠만 쳐다보고 있어. 너희들이 하는 상식적인 소리는 아무 데나 통하는 게 아니야. 아는 척들 말고 그만 들어가 공부나 해!"

남편이 눈을 부라리자 아이들은 얼른 방으로 들어갔다.

"왜 악을 써 애들한테까지 못 들을 얘기 듣게 해?"

"보다 보다 못 참겠던 모양이지요. 그 착하디착한 것들이 나서서 한 마디씩 하는 걸 보면."

"누가 뭐라든 그냥 두고만 볼 수 없는 일이니 급한 불은 하나씩 차례대로 꺼나가는 수밖에."

"차례대로라뇨? 형수 얘기와 조카 얘기 말고 다른 얘기가 또 더 있어요?"

"말꼬리 잡지 마. 천불 나 죽겠어. 말로 끝날 일이 아니야."

말을 말자. 진짜 말로 끝날 일이 아니다. 남편은 몰래 꿍쳐 둔 돈으로 큰형수 수술비 2백만 원을 해주었다. 그리고 조카 등록금도 해주었다. 다행히 초기 암이어서 생명에는 지장이 없었다.

그런데 남편은 어느 날부터 퇴근 후 부엌에 붙은 골방에 들어가 나오지를 않았다. 쳐들어가 물어볼 수밖에 없었다.

"왜 그래요? 여기서 도대체 무슨 생각하고 있어요? 나 노이로제 걸렸어요. 조마조마해 죽겠어요. 더워 죽겠다고요. 화병인가 봐요."

한참 뜸을 들이다 남편이 하는 수 없다는 표정으로 입을 뗐다.

"어차피 털어놓을 일. 큰형님네 말이야, 딸린 식구는 많고 아직 제대로 돈 버는 자식은 없고 줄줄이 밥 굶게 생겼어. 당신이 아무리 말려도 큰형님네 밥 먹는 문제 해결할 때까지는 다리 뻗고 잘 수가 없어. 근본 대책이 생기긴 했는데……."

"무슨 소리예요?"

"하늘이 도와 틀림없는 방법이 생겼는데 돈이 문제야. 시간만 주면 다 해결될 일이고……."

"방법은 뭐고 시간은 또 뭐예요?"

"큰형님네 때문에 고민고민하다 중학교 친구인 G고속 배 사장을 찾아갔어. 중학교 때 한 달에 반은 그 친구네서 살면서 공부도 가르쳐주고 숙제도 도맡아서 해줬거든. 그 친구 엄마도 나를 무척 귀여워하셨지. 큰형님네 사정 얘기하고 좀 도와줄 방법이 없겠냐며 매달렸어. 그랬더니 이 친구가 고맙게도 Y시에 새 고속버스터미널 청사가 들어서는데 거기에 커피숍 자리를 주겠다는 거야. 선심을 크게 쓴 거지. 고정 손님이 확보된 장사니 잘될 건 빤한데 돈이 없어 못하겠다는 소릴 자존심상 할 수 없더라고. 그래서 하겠다고 해버렸어. 그런데 막상 시설비랑 보증금이 있어야 되잖아. 2천만 원이면 다 해결되는데 천만 원은 있어. 천만 원만 더 있으면 큰형님네는 완전히 잊어버릴 수가 있어."

"월급 안 내놓더니 천만 원 꿍쳤군요. 대책 없이 일부터 저질러놓고 나한테 토설하는 저의가 뭐예요? 또 엄마한테 도움 청해 달라는 얘기로밖에 안 들려요. 난 죽으면 죽었지 그 짓은 못 해요."

"큰일이네, 시간은 없고 이런 기회 다시는 잡을 수 없는데……."

"그렇다고 혹시 엄마한테 나 몰래 직접 얘기할 생각일랑 말아요."

"알아, 장모님께 이런 일로 진짜 염치없는 사람 되고 싶진 않아. 틀림없이 바로 수익 날 사업인데 포기하자니 아깝다, 정말. 돈 만들어주면 이자는 바로 보낼 거고 원금은 분할로 상환해 줄 거니 이거야말로 누이 좋고 매부 좋은 일인데……."

"그렇게 아까우면 주변에 천만 원 빌릴 친구라도 찾아봐요."

"친구 사이에 돈 얘긴 어려워. 한 번도 해본 적 없고."

"그럼 어떻게 할 작정이에요?"

"할 수 없지. 자존심 상하지만 포기한다고 할 수밖에. 정말 자존심 상하게 생겼어."

"자꾸 이러니 나, 엄청 스트레스 받네요."

"미안해. 당신 그만 가서 자. 난 오늘 여기서 잘래."

"왜 안방 놔두고 골방이에요. 빨리 건너가요."

"싫어. 말리지 마! 기도하기엔 골방이 좋아."

"기도요? 무슨 기도요?"

"시끄러워! 빨리 건너가기나 해!"

남편의 의도는 윤지에게 부담을 주어 어떻게 해서든 방법을 찾아내도록 하는 것이었다. 남편을 넘어서지 못하는 윤지는 엄마의 도움 없이 방법을 찾느라 뜬눈으로 밤을 새웠다.

이튿날 윤지는 복덕방에 가 좀 싸게라도 빨리 집을 팔아달라고 했다. 집을 팔아 전세로 가면 천만 원은 마련된다. 애들이 커서 어차피 큰 집이 필요하니 이참에 좀 더 큰 집에 전세 들기로 했다. 남편을 쳐다보며 큰 집으로 이사할 꿈을 꾸는 건, 해가 서쪽에서 뜨기를 바라는 것과 같다. 엄마에게는 나중에 얘기하기로 했다. 집을 내놨다는 얘기를 듣고 남편이 말했다.

"고마워, 당신 정말 좋은 일 허는 기다. 돈을 빌려주는 거니 이것도 투자라고 생각해. 이자 받아 적금 부었다가 집 다시 사면 되잖아. 집 값이 이자 모이는 것만큼은 안 오를 거야."

"논리야 항상 정연해요. 둘째 형님에게 돈 빌려주고 이자 받다가 결국 원금 떼이고 말았어요. 또 그런 일 생기지 말란 법 없어요."

"두고 봐, 이번 일은 다르다니까."

18

집을 팔고 40평대의 잠실 W아파트에 전세로 들어갔다. 집주인이 미국으로 떠나면서 당분간 돌아오지 못할 것 같으니 오래 살아도 된다며 혹시 이사할 일 생기면 연락하라고 했다. 남편이 꿍쳐놓았던 돈을 합쳐 2천만 원을 큰형님에게 빌려주었다. 속내 모르는 아이들은 집이 넓어졌다고 좋아했고, 이사 소식에 올라온 엄마는 전후 사정을 알게 되었다.

"박 서방이 좋은 친구 둬서 다행이네. 어쨌든 동생 덕에 큰형님네 먹고사는 문제 해결됐으니 좋은 일 했다."

그 간단한 반응. 딸의 고생은 보이지 않고 사위가 한 일은 무엇이든 쌍수 들고 환영하는 엄마. 고마워해야 할지, 원망해야 할지, 정말 모를 일이었다.

큰형님네는 Y시로 이사해 전 식구가 커피숍에 매달렸다. 고정 손님이 확보된 장사라더니 돈 벌기는 비교적 수월한 모양이었다. 형님 네는 2부 이자를 올려보냈다. 이자가 문제가 아니라 원금이나 얼른 돌려받고 싶었다. 아파트값이 폭등하는 일이라도 생기면 큰일이었다. 윤지는 의지와 무관하게 끝없는 고행으로만 치닫는 자신의 운명이 싫었다. 고등학교 때 외할머니 따라 절에 갔을 때 법력 높은 스님이 하셨던 말씀이 새삼 귀에 쟁쟁하다.

"흔히들 빈손으로 왔다가 빈손으로 간다, 공수래공수거空手來空手去다, 합니다만 천만의 말씀입니다. 우리는 이생에 올 때 무겁디무거운 전생의 업장을 쥐고 왔다가 갈 때는 이생에서 지은 바대로의 업장을 가지고 다음 생으로 갑니다. 빈손으로 오는 것도, 빈손으로 가는 것도 아니란 말입니다. 그리고 이 세상에 온 인간들은 누구에게나 운명이라는 것과 숙명이라는 것이 있습니다. 자칫 이 두 가지를 혼동하거나 같은 것으로 생각할 수가 있어요. 그런데 운명과 숙명은 다릅니다. 운명은 밟고 넘어가 극복해야 하는 것이고, 숙명은 피할 수 없는 것이므로 받아들여야 합니다."

십 대 후반에 들은 스님의 말씀이지만 아직 기억 속에 남아 있는 것을 보면 아마도 오늘의 윤지를 위한 말씀이었던 것 같다. 도저히 넘어설 수 없는 엄마, 아무리 속 썩여도 갈라설 생각을 못하는 남편, 두 사람 다 일찌감치 숙명이었던 걸까. 하지만 운명은 밟고 넘어설 수 있는 것이라면, 자신의 능력과 정체성을 찾는 일은 자신의 몫이 아닌가. 그런데 여태 왜 이렇게 살고 있는 것인가? 언제까지 이렇게 살고 말 것인가? 자아는 소중한 것이니 일으켜 세워야 하지 않겠는가?

생각이 거기에 미치자 내부로부터 걷잡을 수 없는 꿈틀댐이 일었다. 이제는 막을 수가 없었다. 그 실체를 알기 위해 윤지는 조용히 눈을 감았다. 심층 깊은 곳에 계시는 아버지를 만나기 위해서였다. 부르면 답해 주시는 아버지…….

'아빠, 그때 왜 집에 왔어? 다른 데 더 꽁꽁 숨어 있지. 아빠 잘못된 거 나 때문이었지?'

'윤지야, 그런 게 아니야. 그건 아빠 운명이었고 나라의 운명이었어.'

'나라의 운명?'

'윤지야, 잘 생각해 봐. 일제로부터의 해방이 우리 힘으로 된 게 아니었잖니. 당시 우리나라는 해방은 되었지만 혼자서 설 수 있는 힘이 없었어. 갑자기 맞은 해방정국은 이념 갈등으로 극심한 혼란만 겪다 결국 6·25라는 동족상잔의 비극 끝에 강대국들에 의해 나라가 두 동강 나고 말았어. 그게 나라의 운명이었고, 아빠는 그 와중에 억울하게 희생될 운명이었던 거야. 나라도 개인도 힘이 없으면 결국 불행해지는 거야. 윤지야, 넌 언제까지 그러고 있을 거니? 운명을 바꿔야 하지 않겠니?'

'운명을 바꾼다고?'

'공부를 다시 시작해 봐. 네가 제일 잘하는 게 공부 아니니?'

'공부? 지금 이 나이에 공부?'

'할 수 있어. 아빠가 곁에서 응원할게.'

윤지는 깜짝 놀라 눈을 떴다. 바로 그거다. 결혼 때문에 프랑스 유학은 포기했지만 지금이라도 다시 공부를 시작하라는 지상 명령이었다. 이사 때마다 제일 먼저 불문학 관련 책부터 챙겨놓아야 마음이 편했던 데는 다 설명할 수 없는 이유가 있었던 것이다.

윤지는 모교 불문학과 대학원 입학을 위한 공부를 시작했다. 프랑스 유학을 독려해 주셨던 은사님들이 아직 대학원에서 강의를 하고 계신다는 사실이 윤지에겐 큰 위안이었다. 윤지는 바로 공부를 시작했다. 열심히, 열심히 공부에 몰두했다. 하늘로부터 내려온 힘이 마치 정화수처럼 신선했다. 영혼이 맑아지며 어둠이 걷혀갔다. 잡념도 사라졌다. 엄마가 공부하니 애들도 따라 열심히 공부했다.

19

외할머니가 세상을 떠났다. 평생 식구들을 위해 헌신적 삶을 사셨던, 어린 윤지의 정신적 지주였던 분이었다. 아들을 못 둔 외할머니는 살아생전에 늘 말씀하셨다. 죽은 뒤 화장해 유분을 꼭 T시 근교 고향 강에 뿌려달라고. 어릴 때 그 강에서 헤엄도 치고 달 밝은 밤엔 강가에서 친구들이랑 강강술래하며 놀았던 곳이라고…….

윤지는 외할머니의 유분을 준이와 함께 그 강에 뿌리면서 효도 한 번 못해 본 자책감에 울고 또 울며 외할머니를 가슴에 묻었다.

홀로 남은 엄마는 더 이상 혼자 외롭게 살 이유가 없어졌다. 가게 정리되는 대로 서울 아들네 집에서 여생을 보낼 작정이라고 했다.

준이는 그새 연년생으로 아들 둘을 두어 엄마에게 손자 소원은 풀어주었다. 아들, 며느리, 손자들과 사는 것이 소원인 엄마였다. 그러나 준이는 걱정이 태산이었다. 윤지를 찾아왔다.

"누나야, 큰일 났다. 엄마가 그새 삘리도 장사를 걷어치웠다. 갑자기 내 인감증명서가 필요하다고 해서 무슨 일인가, 했더니 살던 집 월세 놓으려고 했던 모양이다. 그런데 갑자기 온다는 통에 방이 모자란다며 애들 엄마가 벼락같이 집 팔고 50평대로 전세 얻었다. 이번 주말에 그리로 이사 간다. 엄마한테 버젓한 거처 마련해 준다는 명분이긴 하지만 엄마가 전세살이 절대로 안 좋아할 거다. 놀랄까 봐 아직 그 얘기는 못 했다. 우리 집에 와서 살면 좋을 거라는 생각은 엄마의 착각이고 환상이다. 며느리하고 여러 가지로 절대로 안 맞을 거다. 내가 두 사람 다 아는데 사사건건 부딪칠 건 빤하다."

윤지는 집을 팔았다는 얘기가 마음에 걸렸다.

"올케는 뭐라 그래?"

"모시고 산다고는 하지. 그러니 집까지 판 거 아니겠어?"

"그럼 됐네. 너는 살아보지도 않고 지레 질겁하니?"

"꼭 살아봐야 알아? 집사람 몸 약하잖아. 바깥일하고 들어오면 늘 녹초야. 손도 까딱 안 해. 애들이 지금 겨우 세 살, 네 살이라 식모가 둘이잖아. 엄마가 그 꼴 절대로 못 볼걸. 또 엄마 입맛이 까다로워 식모가 해주는 음식 간이 안 맞는다고 푸념일 테고. 시시콜콜 따라다니며 잔소리할 게 빤해. 요새 붙박이 아줌마 구하기가 얼마나 어려운 줄 알아? 엄마 밑에 붙어 있을 사람 아무도 없어."

"미리 걱정부터 하진 마. 부딪히다 보면 무슨 방법이 있겠지. 엄마도 예전 같지 않을 거야. 기운도 빠졌을 테고."

"모르는 소리. 우리 엄마 기운 빠지는 거 기다리다 내가 먼저 빠질 거다."

"그딴 소리 그만하고 엄마 잘 모실 생각이나 해. 올라오실 때까지 얼마나 걸린대?"

"열흘 정도. 참, 그런데 누나는 다 늙어 공부한다며, 무슨 일이야? 혹시 대학원에라도 갈 생각인 거야?"

"글쎄, 그게 마음대로 될 일이니? 입학시험에 붙을 때까지 얼마나 걸릴지도 모르겠고."

"가긴 갈 생각이네."

"그런데 어떻게 알았어?"

"지현이가 그러데, 엄마가 공부한다고. 그런데 그것도 우리 엄마가 시킨 거야?"

"아니다, 전적으로 내 마음이다. 태어나서 처음으로 내가 하고 싶은 거 하는 거다."

"그럼 다행이고. 그러니까 그때 엄마 말 듣지 말고 유학 갔어야 했는데."

"지난 얘기는 다 쓸데없다. 지금부터가 중요하다."

"누난 공부나 하면 되니 좋겠다. 난 요새 걱정이 많아 잠이 잘 안 온다."

"이 나이에 공부하는 거, 쉬운 줄 아니? 도道 닦는 거다."

엄마가 준이네로 온 뒤 준이는 살얼음판을 걷고 있었다. 며느리는 시어머니에게 초장부터 밀렸다간 같이 살기 어려울 거라는 생각에 한 치 양보 없이 맞장떴다. 그 사이에서 죽어나는 건 준이였다.

윤지도 스트레스의 연속이었다. 네 아이 뒷바라지에, 뒤늦은 대학원 입학 공부에, 준이 하소연까지 들어야 했다. 준이는 매일 똑같은 소리였다. 엄마 때문에 죽겠다고.

엄마가 올라온 지 보름쯤 된 주말에 준이가 엄마와 함께 집으로 왔다. 속을 많이 끓였는지, 잠을 못 잤는지 엄마의 얼굴빛이 좋지 않았다. 현관문을 들어서면서 준이가 짐보따리를 내팽개치다시피 던졌다.

"아이고, 내 팔자야. 누나야, 저 보따리 속에 엄마 옷가지랑 다 들었다. 엄마 당분간 좀 맡아주라. 애들 엄마 울고불고 난리 났다."

"무슨 일인데?"

"애들 엄마 패션쇼가 모레야. 패션쇼 한번 하려면 얼마나 힘든 줄 알아? 다른 신경 쓸 수가 없어. 그런데 식모가 둘 다 가버렸다. 노인네가 둘 다 보내버렸다. 엄마, 진짜 해도 해도 너무했다."

"너무했다고? 내가 둘 다 보냈냐? 하나만 보내려고 했는데 나머지도 가버렸지. 나까지 있는데 식모가 둘씩이나 무슨 소용이야? 그리고 집이 작아 내 거처가 마땅찮으면 식모를 내보낼 것이지 집은 왜 덜렁 팔았는데? 집 팔아 전세 들 줄 알았으면 나 올라오지도 않았다."

"누나야, 나는 엄마하고 마누라 사이에서 죽겠다. 둘 다 자기 마음대로다. 엄마 장사 빨리도 걷어치우고 덜렁 올라온 거나, 마누라가 내 상의 없이 덜렁 집 팔아버린 거나 그게 그거다. 그뿐 아니다. 노인네가 하루 종일 쓸고 닦고, 다 해놓은 소제 다시 하고 또 하고. 식모들은 자존심 없냐? 애들이 어려 내가 직장 때려치우고 살림해야 할 판이다."

그 말에 엄마가 기함을 했다.

"남자가 살림을 해? 애들 어미 얼마나 버는지 모르지만 그 돈 일하는 사람들 밑에 다 들어가고도 모자라겠더라. 식모 둘 월급만 해도 얼만데 일은 대충하고 하얀 쌀밥에 고기반찬만 축내고. 집을 없애놓은 판에 내 그 꼴 보고 있자니 부화가 터져 명대로 살 수가 없다. 애들 어미 바깥일 때려치우고 살림이나 하라고 해!"

"누나야, 우리 엄마 말 안 되는 소리 하는 거 봤지? 요새 어떤 여자가 멀쩡한 자기 일 포기하고 들어앉겠어? 엄마하고 말 안 통하는 바람에 나도 명대로 못 살겠다. 엄마는 돈 버는 거 말고는 아는 게 없다."

그 말에 엄마가 크게 노했다.

"내가 아는 게 없다고? 아는 게 없는데 돈을 그렇게 많이 벌었겠어? 같이 장사를 해도 다른 사람들은 나만큼 못 벌었다."

준이가 가슴을 쥐어뜯으며 대들었다.

"그렇게 돈이나 더 벌 것이지, 왜 가게는 때려치웠는데? 이제부터 나하고 같이 살려면, 진짜 자식을 사랑한다면 제발 기 좀 죽여라. 나도 좀 살자. 제발 집에서 자식들 기운 그만 빼고 노인정 가서 화투라도 좀 쳐라. 왜 죽어도 노인정에는 안 가고 바쁜 자식들만 괴롭히는데?"

준이는 거의 울부짖고 있었다. 준이에게도 엄마는 넘을 수 없는 태산준령이고 무겁디무거운 업장이었다.

엄마는 윤지네서 겨우 하룻밤을 자고 아들네로 갔다. 손자들 얼굴이 밟혀 못 있겠다고 했다. 발이 넓은 준이 처는 일하는 사람 두 명을 어렵잖게 다시 구했다. 준이는 새로 들어온 식모들이 또 가버릴까 봐 노심초사했다. 아니나 다를까 준이에게서 전화가 왔다.

"누나야, 엄마 때문에 미치겠다. 다 해놓은 청소, 먼지 남았다고 또 구석구석 후비고 다닌다. 손목 고장이라도 좀 났으면 좋겠다."

"그런 소리 하면 벌 받는다. 노인네가 취미생활 하는구나, 하고 놔 둬. 클 때 나는 엄마가 지붕 먼지 떨어내는 것도 봤다. 자꾸 이럴 판이면 차라리 내가 모시고 살았으면 싶다."

"그 소리 안 해본 줄 알아? 그런데 아들 놔두고 딸한테는 절대로 안 간단다. 그리고 요새는 또 노인네가 며느리 없는 집에 아는 사람 다 찾아서 불러들인다. 그 치다꺼리 하느라 일하는 사람들 불만이 많다. 또 가버릴까 봐 노이로제 걸렸다. 엄마랑 같이 살기는 힘들 것 같다. 내 팔자 생각하면 잠이 안 온다."

"너, 팔자를 마음대로 할 수 있다더니. 팔자, 잘 만들어 볼 거라더니?"

"그 말 취소, 취소! 완전 취소다."

"그런데 너, 같이 못 살겠다는 소리는 현실성 없다. 평생 자식들 위해 청상으로 늙으며 고생해 번 재산 다 넘겨준 엄만데, 손자들과 같이 사는 것이 소원인 엄만데, 모시지 않고 어쩌려고? 서로 현명하게 대처해 분란 없도록 좀 해봐."

"말은 쉽지만 결코 쉬운 일이 아니야."

며칠 뒤 준이 처가 밤늦게 전화를 걸어 울먹이는 소리로 윤지에게 도움을 청했다. 놀란 가슴을 안고 준이네로 달려갔다. 준이는 베란다에서 담배를 피우고 있었다. 엄마는 보이지 않았다. 준이 처는 눈이 퉁퉁 부어 있었다.

"바쁘신데 오시라고 해서 죄송해요."

"무슨 일이야? 올케 울었나 보네."

"네, 너무 속상하고 힘들어서요."

준이가 담배를 끄고 거실로 들어왔다.

"엄마는?"

"방에 있다. 나하고 한바탕하고는 삐쳐서 지금 몇 시간째 방문 잠그고 안 나온다."

"왜 또?"

"몰라서 물어? 레퍼토리가 매일 똑같아. 나는 제발 청소 좀 그만해라, 일하는 사람들 따라다니며 시시콜콜 잔소리하지 마라, 집에 사람들 불러들이지 마라 그 얘기고, 엄마는 시도 때도 없이 왜 멀쩡한 집 팔고 전세살이 하냐는 소리고. 만날 그런 일로 부딪치니 큰 소리 안 내고 살 수 있나. 그런데 오늘은……."

준이가 제 처를 쳐다보았다.

"저 사람이 폭발하고 말았다."

"올케가?"

"네, 형님. 저 바깥일만 해도 만날 녹초예요."

"알아."

"그런데 집에 들어오면 애들 아빠하고 어머님하고 늘 티격태격하는 바람에 쉴 수가 없어요. 오늘은 패션쇼 마무리 때문에 너무 힘들어 엉금엉금 기어들어왔는데 또 티격태격하고 있더라고요. 그래서 참다 참다 어머님 보는 앞에서 제가……."

"어쨌는데?"

186

"애들 아빠더러 이런 식으론 도저히 못 살겠으니 이혼하자고 했어
요. 그랬더니 애들 아빠가 어머님께 다짜고짜 큰 소리로 엄마, 들었
지? 엄마 때문에 이혼당하게 생겼다, 아들 이혼하는 꼴 꼭 보고 싶어?
그러는 거예요. 그 소리에 어머님이 얼굴이 하얘지시더니 방에 들어
가서 지금껏 안 나오세요. 저녁도 안 드시고."

준이가 말했다.

"터질 게 터진 거다. 터져야 아문다."

"날 부른 이유 알겠네. 말은 안 해도 난 이런 일 생길 것 같아 옆구
리에 걱정 보따리 차고 살고 있어."

"미안해, 누나. 엄마 좀 어떻게 달래봐. 누나 말은 귀담아듣잖아."

윤지는 엄마 방문을 노크했다.

"엄마, 나 왔어. 문 좀 열어봐."

대답이 없어 잠시 머뭇댔다.

"엄마, 자는 거야? 내 소리 들려, 안 들려?"

"귀머거리 아니다. 문 열어놨다."

윤지는 살며시 들어갔다. 정갈한 방에 깨끗한 이불이 깔려 있었고
엄마는 그 위에 누워 있었다.

"바쁜데 뭣 하러 왔냐? 나 때문에 너까지 못할 짓이네."

"와보라는데 안 올 수 있어?"

"준이가 연락했든?"

"아니, 올케가. 저녁도 안 먹었다면서?"

"한 끼 굶는다고 죽는 건 아니고. 서럽고 기가 막힌다. 살다가 처음

으로 뜨거운 맛 봤다. 아들놈이 있는 대로 퍼붓지를 않나, 며느리 입에서 먼저 이혼 소리가 나오질 않나.”

“······.”

“나는 죽으면 죽었지 내 생전에 준이가 이혼하는 꼴은 못 본다. 며느리가 내 앞에서 당돌하게 이혼 얘기 꺼낸 이유, 내 다 안다. 겁주는 거다. 무조건 져달라는 얘기다. 입 다물고 뒷방 늙은이 되라는 얘기다. 이 집에선 무슨 일이든 다 내 잘못이다. 멀쩡한 집 팔고 전세살이 하는 것도 다 나 때문이란다. 내가 언제 집 팔고 전세 들라고 했냐고?”

“엄마, 고깝게 듣지 마. 올케는 엄마에게 번듯한 거처 마련해 주느라 그랬어. 서로 생각이 달랐던 거야. 엄마가 이해해.”

“나는 남의 집에 드러누워 있다는 생각 때문에 잠이 잘 오질 않아. 번듯한 거처가 아니라 바늘방석이다. 그리고 아들놈이 일일이 따라다니면서 잔소리니 일하는 사람들한테 내 체면이 서질 않아. 손자들 정 못 떼서 보따리 못 싸고 있다.”

“엄마, 시시콜콜 살림에 간섭하느라 힘 빼지 말고 노인정 가서 친구를 사귀어. 여기 노인정 사람들 전부 인텔리들이야. 엄마가 생각하는 옛날 노인네들이 아니야.”

“나는 새 사람 사귀는 건 취미 없다.”

“그래도 준이가 사람 불러들이는 거 싫어하니, 걔 싫어하는 일은 하지 마.”

“하도 외로워서 몇 번 불러들인 걸 가지고 그 난리니. 이젠 밖에서 친구들 만나 비싼 밥 먹으면서 흥청망청 돈 한번 써볼 작정이다. 왜

만 안 먹고 안 쓰며 살았는지 후회막심이야."

"잘 생각했네. 진작 그럴 것이지. 그런데 엄마, 진짜 그럴 수 있지?"

"……."

"왜 대답 안 해? 말로만 그럴 게 아니라 진짜 그래야 해. 그렇게 서로 조금씩 변하고 양보하면 돼."

"백번 양보해도 집 팔아 없앤 건 용서 안 된다."

"엄마, 용서 안 된다고 하지 말고 이해 안 된다고 해."

"너도 날 가르치려 드는 거냐? 됐다, 그만 가봐라."

엄마는 며느리 입에서 나온 이혼 소리가 못마땅한 게 사실이었지만, 그 소리에 겁먹은 것도 사실이었던 모양이다. 준이 얘기가 이전보다 잔소리도, 자기주장도 많이 줄어들었다고 했다. 다만 전세살이 원망은 여전하다고 했다. 준이의 하소연 전화가 한동안 뜸하더니 오랜만에 연락이 왔다.

"누나, 우리 이번 주 토요일에 이사한다."

"갑자기 어디로?"

"바로 옆 동 8층. 지금 사는 집하고 똑같은 54평이다."

"집을 산 거야?"

"응."

"갑자기 돈이 어디서 났어?"

"엄마가 적금이 만기됐다며 내놨어. 은행 대출을 조금 끼긴 했지만 엄마가 월세 나오는 거로 6개월이면 다 해결된대."

"세상에! 천지간에 그런 엄마 없다. 잘 모셔라."

"그런데 죄 받을 소린지 모르지만, 이 일로 엄마 기가 살아나 또 스트레스 받을 걱정이 앞선다. 벌써부터 자기 과시하며 우쭐해졌다."

"당연하지. 배부른 소리 그만하고 토요일에 가볼게. 떡 좀 해서."

이삿날에도 준이 처는 직장에 출근했다. 포장 이사라 가능한 일이었다. 엄마는 사다리차가 8층까지 짐 나르는 모습을 보며 말했다.

"세상 참 좋아졌다. 이사가 누워서 떡 먹기니. 그나저나 준이네는 이제 해결됐는데 네가 걱정이다. 너도 얼른 전세 면해야 할 텐데."

"엄마, 우리 걱정은 마."

"그래, 살다 보면 다 때가 있어."

"그런데 엄마, 너무 무리하는 거 아니야? 은행 대출까지 갚아야 하니."

"그야 안 쓰고 모이는 돈으로 해결하면 돼. 돈 쥐고 앉아서 아들 전세 신세는 도저히 더는 못 보겠더라. 준이네 씀씀이로 봐서 내가 거들지 않고는 내 생전에 집 사기는 틀렸더라고. 자식이 뭔지 부모는 결국 게살 속속들이 다 발려 먹히고 남은 게 껍질 신세 되고 마는 거야."

"엄마가 자청한 거잖아."

준이가 땀을 뻘뻘 흘리며 다가왔다.

"누나, 이제 짐 다 올라갔어. 엄마랑 뒷정리 좀 도와줘. 이삿짐센터에 돈 계산해 줘야 돼."

한 마디 던지고 준이는 사라지고, 엄마가 윤지 팔을 잡아끌었다.

"애야, 얼른 올라가 보자. 설마 오늘은 내 청소 솜씨 구박은 안 받겠지?"

"엄마도 참……."

20

꼬박 3년을 준비한 끝에 윤지는 대학원 입학시험에 합격했다. 대학 졸업 후 17년 만에 학생 신분으로 돌아온 것이다. 윤지 나이 40세였다.

M 생각이 났다. 10여 년 전의 예기치 못했던 해후, 그리고 또 한 차례의 만남, 바람처럼 왔다 간 그의 존재는 깊이 잠들어 있던 윤지의 자아를 일깨우는 촉매가 된 게 분명했다. 언젠가 우연이라도 다시 마주칠 때 당당한 여자이고 싶은 소망 하나를 심어줬으니까.

윤지를 보고 남편이 한 마디 했다.

"대단하군. 당신, 남자로 태어났어야 했어."

놀라기는 엄마도 마찬가지였다.

"다 늦어 공부 다시 시작한 거 보면 팔자에 공부가 있긴 있는 모양이다. 공부 더 하겠다는 거 말려났더니만 끝내 그 길로 찾아든 거 보면."

누가 뭐라든 윤지에겐 예정된 운명의 시간표였다. 도저히 넘어설 수 없는 엄마와 남편을 견디며 살아온 인내성이 마치 깊은 바닷물고기가 수압을 견디느라 단단해지듯 윤지를 단단하게 만들어준 것이리라.

대학 때 은사였던 노교수님은 윤지의 만학에 격려와 걱정을 동시에 나타내셨다. 그러나 불혹의 나이에 다시 접한 학문의 세계는 윤지에게 20대의 그것과는 사뭇 다른 통찰력을 부여해 주었다. 윤지는 많은 프랑스 작가 중 『어린 왕자』로 널리 알려진 생텍쥐페리를 만나 그의 작품세계에 빠져들었다.

생텍쥐페리는 청년기에는 1차 세계대전을, 장년기에는 2차 세계대전을 온몸으로 통과하며 비행기 조종사로 활약했던 작가였다. 시종일관 삶과 죽음을 넘나들며 고행의 삶을 살다 간 그에게 마음이 끌린 것은 우연이 아니었다.

석사 논문의 주제는 그의 대표작 『어린 왕자』에서 어린 왕자의 실체 규명으로 방향을 잡았다. 사하라 사막에서 비행기 고장, 식수食水 부족, 말할 수 없는 고독감으로 심신이 완전 탈진 상태에 이른 절대 한계 상황 속에서 깊은 수면 속으로 빠져들어간 생텍쥐페리에게 나타난 어린 왕자의 실체는 다름 아닌 생텍쥐페리의 심층 무의식세계에서 표출된 그 자신의 화신化身임을 간파했다. 신들린 사람처럼 논문을 쓸 수 있었다. 지도교수님은 만학도인 제자가 제때 논문을 쓸 수 있을까, 걱정하고 계셨다. 그러나 윤지는 그런 염려를 불식시키고 입학 2년 만에 논문을 끝냈다. 지도교수님은 과분한 칭찬까지 해주셨다.

"불가사의네. 내 평생 생텍쥐페리를 연구했지만 나보다 더 깊은 것을 읽어냈어. 정말 장해. 지금까지 어린 왕자의 실체에 대해 이렇게 명확히 밝힌 논문은 없었어."

석사학위 취득과 동시에 지도교수님의 추천으로 K대에 시간 강사로 출강하는 행운도 얻었다. 한 해 뒤 박사과정에 들어가 공부와 강의를 병행하며 철인 정신으로 살았다. 돌아가신 아버지의 원혼이 늘 윤지를 이끌어주었다. 고마운 아버지, 보고 싶은 아버지…….

갑자기 집주인에게서 연락이 왔다. 미국에서 돌아올 예정이니 집을 비워달라는 것이었다. 애들 학교 때문에 단지 내 이사를 했다. 윤지네는 큰형님네 먹여 살리느라 전셋집을 전전하는데 큰형님네는 빌려 간 돈은 갚을 생각은 안 하고 Y시에 집을 샀다. 자식들 결혼도 시켰다. 계속 자기들 볼일을 열심히 보고 있었다.

남편은 빌려준 돈 원금을 받아낼 생각은 않고, 좋은 일 하고 있으니 복 받을 거라는 소리만 했다. 자기 식구들 고생은 도무지 보이질 않는 사람이었다. 어디다 얘기를 할 수도 없었다. 누워서 침 뱉기니…….

윤지는 언제 또 이사할 일이 생길지 몰라 이삿짐을 제대로 풀지 않았다. 풀어봤자 또 싸야 할 일밖에 없다. 안 풀고도 지낼 수 있는 짐들은 베란다에 쌓아놓고 그릇도 필요한 만큼의 허드레 그릇만 꺼내 썼다. 남편만 빼고 식구들 전체가 욕구불만 환자가 될 판이었다. 그나마 아이들이 수험생이 되면서 온 관심사가 성적에 집중되어 있는 것이 다행이었다. 윤지도 공부하는 데 에너지를 쏟느라 폭발하지 않고 견딜 수 있었다. 집안 분위기는 아슬아슬했다.

아니나 다를까, 일 년 좀 넘게 살고 있는데 이번에는 집주인이 집이 팔렸다고, 이사 비용 줄 테니 나가라고 통고해 왔다. 그새 전셋값이 뛰어 조금 보태 또 단지 내 이사를 했다. 이사 통에 둘째의 싸구려 책상이 엎어졌다. 자기 물건들이 쏟아져 나오자 깔끔이 둘째는 울고 불고 난리가 났다. 반장인 막내는 이사 후 친구들이 또 이사한 사실을 알까봐 전에 살던 집으로 가는 척하다 빙빙 돌아 집으로 오곤 했다.

엄마는 잦은 이사에 시달리는 딸을 보며 자기 식의 위로를 했다.

"재산 다 살아 있는데 너무 걱정할 건 없다. 그런데 이사 자주 하는 꼴은 정말 못 보겠구나."

"엄마가 셋째라서 아무 부담 없던 사람, 알고 보니 장남 팔자 타고 났어. 장남 노릇도 자기 능력으로 할 것이지 왜 장모 덕에 장남이래?"

"나도 이런 일이 생길 줄 몰랐다. 지금 와 생각하니 네 결혼 문제를 너무 쉽게 생각했다 싶기도 하고. 올라와 보니 모든 것이 다 내 생각하고 다르구나. 너는 공부한다고 정신없고 아들하고 사는 것도 생각처럼 쉽지 않고. 그만 다시 내려가고 싶다. 당장이라도 내려가고 싶지만 손자들 정 못 떼서 못 가고 있다. 바쁜 자식들한테 짐만 된 꼴이야."

"준이는 어떻게 지내? 한참 못 봤네."

"나도 잘 못 본다."

"무슨 말이야, 한집에 살면서?"

"뭘 하는지 매일 늦게 들어온다. 며느리도 매일 회식이다, 회의다 해서 늦고. 나하고 부딪치기 싫어서 그러는 건지 내가 잘 때 들어오는 모양이더라. 너희들 키울 때가 좋았어. 그때는 희망이라는 게 있었어."

"희망이 아니라 환상이었겠지."

"유식한 소리는 모르겠고 하여튼 허무하기 짝이 없다."

21

1986년이 되면서 큰딸 지현은 서울대에 입학했고 준이는 대기업 컴퓨터 회사로 직장을 옮겼다. 준이네서 5년을 같이 산 엄마는 다시 T시로 내려가기로 했다. 소식을 듣고 엄마를 보러 갔다. 엄마는 건강이 안 좋아 보였다.

"결국 내려가는 거야?"

"그래, 집도 마련해 줬고, 빚도 다 갚아 줬으니 내 할 일은 다 했다. 여기 더 있다가는 명 재촉할 일밖에 없다. 며느리하고는 도저히 사상이 안 맞는다."

"무슨 사상씩이나?"

"며느리가 돼 가지고 시어머니 교육 단단히 시키더라. 글쎄 식모들한테 어쩌다 몇 마디 한다 싶으면 쫓아 나와 '어머니, 어떤 사람이 나이 서른에 마룻바닥에다 똥을 싸더라도 그 사람더러 왜 마룻바닥에

똥을 싸느냐고 따질 것이 아니라 그 사람은 그런 사람이다, 하고 접으세요. 어머니처럼 별것도 아닌 걸 가지고 시시콜콜 그러시면 같이 못 살아요!' 그러는 거야."

"올케 정말 대단하네."

"그런 며느리 상대로 무슨 말을 더 하겠니?"

"하지만 화끈하고 뒤끝은 없어."

"그렇긴 하지. 아무튼 내려가기로 하고 나니 손자들에게 미안하다."

"무슨 소리야?"

"어미 구경 못 하는 애들, 할미라도 더 키워줘야 하는데 내가 못 견뎌서, 나 살자고 가는 거니."

"살던 집도 세놨는데 내려가면 어디서 살아?"

"사촌 오빠 용준이 아저씨 통해 변두리에다 20평짜리 아파트 하나 사놨어, 준이 이름으로."

"변두리, 괜찮겠어?"

"늙은이 혼자 조용히 살 건데, 뭐. 그런데 네가 전세 신세라 걱정이다. 얼른 집을 사야 할 텐데."

엄마는 내려간 뒤 노인정에도 나가고 옛 친구들도 만나며 잘 지낸다고 했다. 다만 윤지네가 전세살이를 전전하는 게 걱정이라고 했다.

그런데 이번 집에서는 좀 오래 사나 싶었더니 집주인이 1가구 2주택에 걸려 양도세 문제로 급히 집 한 채를 팔아야 한다고 했다. 윤지네가 살고 있는 집을 팔아야겠으니 집을 인수하든지 이사를 가든지 하라는 것이었다. 애들 데리고 또 이사하는 것은 죽기보다 싫었다. 윤지는 남편을 붙잡고 의논했다.

"이사는 더 이상 못해요. 집값이 작년보다 2백만 원 더 빠졌어요. 진짜 바닥이에요. 이 집을 사야겠으니 이참에 큰형님네 빌려준 돈 받아내요. 그동안 자기들 볼일 다 봤는데 왜 여태 안 갚는데요?"

"그러잖아도 그 얘기를 했더니 조금 더 기다려 달라고 하대. 그런데 집을 꼭 사야겠어?"

"죽어도 더 이상 이사는 못 해요."

"얼마면 되겠어?"

"이사 비용, 등기 비용 등 합쳐서 6천 7백만 원이 필요해요. 그런데 전세금 3천 5백만 원 살아 있으니……."

"3천 2백만 원이 필요하군. 2백만 원은 큰형님한테 무조건 해내라고 하고. 무용이가 3천만 원을 빌려주려나?"

"무용이한테 빌린다고요?"

"부모 재산 다 빼돌린 놈이야. 양심이 조금이라도 남아 있으면 그냥 주지는 않아도 빌려는 주겠지. 큰형님네 여태 우리가 먹여 살렸으니, 집 산 뒤 은행에서 바로 빼준다고 하고."

"그럼 지금 빨리 전화해요."

남편이 무용에게 전화해 사정 얘기를 했다. 한참을 생각하던 무용은 알았다고, 대신 빨리 갚아줘야 한다고 신신당부를 했다. 남편의 표정이 밝아지는가 싶더니 이내 수화기 건너편에서 무용이 처가 발악했다.

"돈 빌려주면 떼먹힌다. 빌려주기만 해봐라. 이혼하고 말 거다."

조금 있다가 무용의 음성이 들렸다.

"안 되겠어요, 전화 끊어요."

남편의 얼굴이 경련을 일으켰다. 이미 끊어진 수화기에 대고 입에 담지 못할 욕을 퍼부었다.

"이 xx 같은 놈! 천벌받아 뒈질 놈! 혼자 잘 먹고 잘 사나 어디 두고 보자."

손을 벌벌 떨던 남편이 급기야 수화기를 내던졌다.

남편이 자존심을 죽이고 중학교 동창 G고속 배 사장을 또 찾아갔 다. 집을 산 뒤 바로 대출받아 갚겠다는 약속을 하고 돈을 빌렸다. 빌 린 돈은 약속대로 바로 갚았다. 이제 집이 생겨 이사는 안 해도 된다 는 생각에 마음이 편했다. 엄마도 좋아했다.

해를 넘기자 갑자기 집값이 꿈틀거리기 시작했다. 바닥을 찍더니 확실한 오름세를 보였다. 집을 사둔 것이 정말 다행이다 싶었다. 집값 은 다음 해도 다다음 해도 계속 올랐다.

22

부자가 된 기분에 젖어 있는데, 은행으로부터 한 통의 우편물이 날아들었다. 살고 있는 아파트가 1988년 10월 날짜로 채권 최고액 1억 2천만 원에 잡혀 있다는 것이다.

동그라미 숫자를 몇 번이고 세어 봐도 1백 2십만 원도, 1천 2백만 원도 아닌 1억 2천만 원이었다. 6천 7백만 원에 산 집을 3년이 채 안 됐는데 은행에서 그토록 많이 잡아줬으니 아파트값이 그새 두세 배는 뛴 셈이다. 확실한 직장을 가진 지 오래되었건만 계속 월급 안 들여놓고 산 남편이다. 따져봐야 이길 수 없는 사람이라 그냥 살았다. 수험생 애들 뒷바라지에, 강의에, 박사과정 이수하느라 자질구레한 대화 없이 살았다.

그런데 무슨 큰일이 벌어지고 만 것이다. 도대체 집을 무엇 때문에 그토록 많이 잡혔단 말인가! 윤지는 분노가 절정에 이르니 차라리 담담해지는 자신을 발견했다. 퇴근한 남편에게 우편물을 보여주었다.

"아, 이거? 그렇게 됐어. 실제로는 1억이야. 은행에서는 20퍼센트를 더 설정해 놓지."

"1억이든 1억 2천이든 도대체 무슨 일이에요?"

"공장 짓느라고."

"공장이요? 무슨 뜬금없는 소리예요?"

"인천에다 도금 공장 짓고 있어. 건물 거의 다 올라가고 지금 폐수 시설 공사 중이야."

"도대체 무슨 소리예요? 도금 공장이라니, 그것도 나 몰래. 그리고 공장을 지으려면 집 잡힌 것만으로 안 될 텐데 무슨 재주로요?"

"집 잡혀 먼저 공장 지을 땅 100평을 샀지. 건물은 그 땅 담보 대출로 올리고 있고. 폐수장 시설비 6천만 원은 나라에서 환경자금으로 5년 거치 7년 상환 조건으로 싼 이자로 융자해 줬고."

"건물 올리는 데 얼마나 들었어요?"

"2억."

"은행에서 1억짜리 땅만 보고 2억씩이나 대출해 줬다고요?"

"그래, 건물 다 올라가면 땅하고 건물이랑 같이 담보로 잡힐 거니까."

"그럼 전부 빚이네요. 그런 큰일 저지르며 왜 여태 아무 말 안 했어요?"

"말조심해. 저지르다니. 공장이 생기는데 그런 식으로밖에 생각 못해? 공장이 뭐겠어? 돌리면 닭이 계란 낳듯 술술 저절로 다 돌아가게 돼 있어."

"저절로 돌아간다고요? 어떻게 뭐든 그렇게 쉬워요?"

"우리 아버지도 옛날에 국수 공장, 참기름 공장 운영해 우리 형제들, 그리고 그 많은 조카들까지 다 공부시켰어. 잔소리 그만하고 가만히 보고만 있어."

"그건 왜정시대 얘기잖아요. 그때 얘기를 지금 왜 하냐고요? 왜 앞뒤 생각 없이 혼자 또 저질렀냐고요?"

"계속 저질렀단 소리 할 거야? 그러니 말 안 했지. 말하면 반대할 건 뻔하고. 직장 일만 해도 머리가 지끈지끈해. 공장 얘기까지 할 정신도 없었어."

"정용이 때문이죠? 뜬금없이 도금 공장 짓는 거."

"그래, 그놈이 도금을 좀 알잖아. 그동안 인천에서 아는 사람 공장에 세 들어 도금을 하고 있었더라고."

"그랬군요, 정용이가 무슨 짓을 하고 있는지 늘 궁금했는데. 월급안 들여놓더니 그 돈 정용이 공장 짓는 데 다 퍼부었네요."

"그런 셈이지. 배운 게 도둑질이라고 밥은 먹어야 하니까."

"옛날에 폐수시설 제대로 안 된 곳에서 도금하다 걸려 혼났는데 왜또 도금 공장이냐고요?"

"지금은 경우가 완전 달라. 폐수시설 완벽하게 할 거니까. 그놈이 청계천에 죽 늘어선 조명가게에 거래선 다 장악하고 있더라고. 사업은 거래처 확보가 제일 중요해."

"그럼 하던 공장에서 그냥 할 것이지 새삼 공장을 왜 지어요?"

"비싼 월세에 비해 폐수장이 낡아 어차피 이사해야 할 판이었어.

거래처 확보돼 있으니 자기 공장만 있으면 땅 짚고 헤엄치기래."

"달콤한 말에 넘어가 잘못하다간 찰거머리 정용이에게 피 다 빨려요."

"흉측한 소리 하지 마. 정용이랑 청계천 한 바퀴 돌면서 거래처 다 확인하고 시작한 일이야. 집 잡힌 돈만으로 공장이 생겼으니 유(有)에서 더 큰 유(有)를 창출하는 거지. 다 잘될 테니 가만히 보고만 있어!"

"듣기 싫어요. 만날 똑같은 당신 얘기, 다 거짓말이었어요. 집 팔아 전세 앉고 남은 돈 큰형님한테 빌려주고 그 이자 받아 집 다시 산다는 건 순 엉터리 발상이었어요. 지금 생각하니 우리 그때 집 안 샀으면 길거리에 나앉았어요. 집 사고 바로 집값이 다락같이 올랐으니."

"그건 그래."

"어렵게 겨우겨우 집 마련해 놨더니⋯⋯. 그런데 공장은 누구 이름으로 했어요?"

"정용이 이름으로."

"그럼 돈을 빌려준 거예요, 투자를 한 거예요?"

"너무 따지지 마. 다 같이 잘살자는 건데."

"왜 만날 그런 식이에요? 뭔가 분명해야 하잖아요?"

"구태여 따지자면 빌려준 거지. 공장 잘 돌아가면 우리 빚부터 갚는다고 했어."

"빌려줬다면 차용증은 받았어요?"

"불알밖에 없는 놈에게 차용증은 무슨? 시골서 동생 무용이한테 구박이란 구박 다 받고 살았던 놈이야. 저도 자존심이 있을 테니 무용이

보란 듯 죽자 살자 노력하겠지. 우린 땅값만 댔지 긴축비, 폐수장 시설비는 다 정용이 빚이니 열심히 벌어 갚아 나가겠지."

"정용이에게 그럴 능력이 있을까요?"

"사업 환경 제대로 다 갖췄으니 일만 많이 하면 돼. 하여튼 가보자고. 꼭 좋은 일 있을 테니. 그리고 큰형님은 이제 잊어버려도 될 것 같아. 큰형님한테 빌려줬던 돈 나머지 천팔백만 원 다 받아냈어."

"한꺼번에요?"

"아니, 조금씩 나누어서."

"그 돈 어디 있어요? 내놔요."

"미안해, 없어."

"없다니요?"

"T시 둘째 형님네 직조 공장 세우는 데 보태줬어."

"보태줘요? 무슨 뜻이에요?"

"날염을 하려면 천이 있어야 하잖아. 지금까진 남이 맡긴 천 염색만 해주니 사업이 어려웠지. 삼천만 원만 해주면 은행 대출 받아 보태 직조 공장 세워 직접 천을 짤 수 있대. 그래서 삼천만 원 만들어줬어."

"받은 돈이 천팔백만 원인데 어떻게 삼천만 원을 만들어요?"

"나머지는 적금 대출받았어. 월급에서 2년만 까나가면 돼. 2년 후면 형제들 짐 싹 다 내려놓고 나도 다리 뻗고 잘 수 있게 됐어."

"기가 막혀. 그러니까 3천만 원 빌려준 거고 월급 들여놓으려면 아직 2년 더 걸린단 얘기네요. 당신 왜 이러는데요? 도대체 제정신이에요?"

"제발 2년만 더 참아줘. 다행히 한남동 레스토랑에서 수익이 조금씩 더 나고 있으니 생활하는 데 지장은 없잖아."

고행의 연속이었다. 최악의 경우 둘째 형님에게 빌려준 3천만 원은 떼인다 하더라도 정용이 더 걱정이었다. 공장에 무슨 문제가 생긴다면 남편은 수습하느라 계속 엮여 들어갈 것이 뻔했다. 곧 공장이 가동된다니 손 쓰기엔 이미 늦었다. 윤지는 늪으로 빠져드는 느낌이었다.

가슴이 답답하고 막막했다. 눈을 감고 조용히 아버지를 불렀다. 부르면 대답해 주고 새 힘을 주는 아버지…….

'아빠, 나 힘들어, 힘들어 죽겠어.'

'윤지야, 이겨내야 해. 끝까지…….'

'끝까지?'

'……'

'왜 대답 없어? 무슨 일이야? 아빠, 아빠, 말해 줘!'

순간 섬뜩한 예감에 머리에서 쥐가 났다. 갑자기 3분의 1지분이 남편 명의로 된 한남동 레스토랑이 궁금했다. 등기소로 쫓아가 등기부등본을 떼보았다. 아찔했다. 집을 잡힌 날짜보다 좀 늦은 시점에 정용 명의로 H상호신용금고에 채권 최고액이 1억 4천만 원, 이자율 연 14.25퍼센트로 근저당 설정이 돼 있었다.

저녁에 남편에게 따져 물었더니 표정 변화 하나 없이 간단명료하게 대답했다.

"응, 그거? 어음 할인하라고."

"어음 할인이요?"

"그래, 거래처에서 받은 어음을 할인해서 운영자금으로 써. 그런데 사채시장은 금리가 보통 비싼 게 아니야. 1억 원 한도 내에서 거래처에서 받은 진성어음 할인하라고. 이자라도 줄여줘야 우리 빚 빨리 갚지. 채권 최고액은 1억 4천만 원이지만 제2금융권이라 40퍼센트 더 설정된 거야. 실제로는 1억 원이야. 놀랐나 보네."

"공동 명의인데 친구들이 도장 찍어줬어요?"

"물론이지, 진성어음은 걱정 없다니까."

이미 벌어진 일이다. 별일 없겠지, 정말 별일 없겠지……

큰딸 지현은 졸업 후 취직했다. 공부를 잘하는 만큼 유학의 꿈을 가질 만도 하건만 실현될 수 없는 꿈이라는 것을 일찌감치 파악한 것이다. 지현이 첫 월급 받던 날 말했다.

"엄마, 나는 내가 벌어서 결혼자금 마련할 거야. 내 월급으로 용돈 쓰고 나머지는 적금 부을 테니 그렇게 알아. 그래야 엄마 짐 덜어줄 수 있잖아. 그리고 나는 절대로 우리 아빠 같은 사람 안 만나. 가정적인 사람 만날 거야. 지선이도 아빠 같은 사람 싫대. 아빠하고 정반대 사람 만날 거래. 방금 지선이랑 그 얘기했어."

윤지는 할 말이 없어 깊은 한숨을 토해냈다.

"엄마, 제발 한숨 좀 그만 쉬어. 엄마 한숨이 집안 분위기를 얼마나 어둡게 하는지 알아?"

"미안해, 나도 모르게 그만 또……"

"그런데 논문은 다 돼가?"

"곧 끝내야지. 이번 학기는 어려울 것 같고 다음 학기에는 끝내려고."

"엄마 참 대단하다."

"대단하기는. 공부하면서 현실을 견디는 거지. 사실 공부는 네가 더 해야 하는데."

"나도 유학 가고 싶었어. 그런데 엄마 형편 아는데 욕심낼 수도 없고 아빠한테 얘기해 봤자 안 통할 거고. 취직이 답이다 싶었지."

"미안해, 지현아. 우리 집은 뭐든지 엄마 마음대로 되지가 않아. 네 아빠 조카 등록금은 대주면서 자기 자식들 앞길에는 아무 관심 없어. 설명 안 되는 얘기지."

그 얘기를 듣고 있었는지 갑자기 둘째 지선이가 방에서 튀어나왔다.

"엄마, 갑자기 생각났는데, 우리 아빠, 자기학대증 같은 거 아닐까?"

"뭐?"

"아빠 혼자만 잘살면 안 되잖아. 죄책감 느끼잖아."

그 소리에 지현이 맞장구를 쳤다.

"맞아, 맞아. 나도 너랑 비슷한 생각이야."

"그리고 참고만 사는 엄마도 자기비하증이 병인 거 아니야?"

윤지는 소스라쳤다. 자신도 깨닫지 못했던 사실을 아이들이 간파해 낸 것이다.

지현이 말했다.

"그래, 엄마 아빠가 그러니 우리도 자존감이 없어. 친구들은 안 그렇던데. 그치? 지선아."

지선이 고개를 끄덕였다. 지현이 물었다.

"그런데 외할머니는 내려가신 지 꽤 됐는데 잘 계신대?"

"글쎄, 걱정이다. 마음의 여유가 없어 전화도 자주 못 드리네."

엄마 얘기를 하고 있는데 전화벨이 울렸다. 준이였다.

"누나야, 큰일 났다."

"왜? 무슨 일이야?"

"용준이 아저씨한테 전화 왔는데 엄마가 혈압으로 쓰러져 병원에 있대."

"뭐? 상태가 어떻대?"

"깨나긴 했대. 자식들 무관심이 원인이지 뭐. 늘 바쁘게 살던 사람이 너무 한가하면 탈 난다니까. 내려갔다 올게. 갔다 와서 얘기하자."

엄마는 젊어서 돈 벌 때는 아플 시간이 없었다. 너무 바빠 죽고 싶어도 죽을 시간이 없다던 엄마였다. 엄마는 사흘 만에 퇴원해 다시 준이네로 왔다. 손자들을 부둥켜안고 울고 또 울었다. 엄마가 살던 집은 용준 아저씨가 세놔 주기로 했다.

아들 내외가 쉬는 주말에는 윤지가 엄마를 모시기로 했다. 엄마는 금요일 오후에 윤지네로 와서 일요일 밤에 준이네로 돌아가는 생활을 했다. 딸네는 식모 없는 집이라 마음대로 청소도 하고 부엌에도 들어갈 수 있어 좋다고 했다. 일요일 밤, 준이는 엄마를 데리러 오면서 근처 식당에서 저녁을 먹고 왔다. 그런 준이에게 엄마는 또 잔소리였다.

"집에 와서 먹지 왜 밖에서 먹고 오나? 또 자장면 먹었냐?"

"아무거나 먹었으면 됐지. 먹는 건 그게 그거다, 잘 되면 똥이고 못돼봐야 설사야."

준이의 거침없는 말투에 엄마가 눈살을 찌푸렸다.

"변호사 아들 말버릇이 어째 그리 상스럽냐?"

"변호사 아들, 아들, 그 소리도 제발 그만해라. 지겹다. 누나 고생 덜어주려고 그런다. 엄만 누나 힘든 거 말 안 하면 모르겠어? 수험생 뒷바라지에, 자기 공부에, 강의에, 살림에."

"누나야 뭐든지 제가 다 알아서 잘하지. 애들 대학도 한 번에 척척 다 붙이고. 이제 막내밖에 더 남았냐?"

"그러니까 얘기지. 누나처럼 애들 과외 한번 안 시키고 일류대 합격시키기가 쉬운 줄 알아? 예외 케이스를 당연한 걸로 생각하는 엄마하고 얘기해 봤자 내 속만 터지지."

윤지는 자신의 확실한 대변자인 준이가 고맙기 그지없었다. 예의 준이의 푸념이 시작됐다.

"우리 애들은 곧 중학교 갈 판인데 공부를 못해서 걱정이다. 어미가 집에 없으니 도통 통제가 안 돼서 입주 가정교사 붙이기로 했다."

그 소리에 엄마가 놀랐다.

"입주 가정교사? 너는 그저 돈 쓸 궁리만 하는구나."

"어쩌겠어? 그냥 놔두면 반에서 꼴등할 판인데."

"집에다 가정교사까지 들일밖에야 애들 어미 직장 그만두라고 해!"

"엄마가 그 소리 왜 안 하나 했지. 엄마, 그 소리는 우리끼리만 해. 애들 엄마 앞에서 하면 분란만 난다. 애들 엄마랑 기 싸움하면 엄마가 못 이기는 거 알지? 그러니 이 문제에 일체 간섭 마."

"벌써 구해 놨구나."

"그래, 마땅한 사람 있어 곧 와. 엄마는 가만히 보고만 있어. 제발."

"집안에 돈 축낼 식구만 느네. 아무리 번들 무슨 수로 감당할꼬!"

23

박사과정에 들어간 지 5년 만에 윤지는 학위를 취득했다. 석사 논문의 주제를 더욱 세밀하게 분석하고 발전시켜 노자, 장자, 불교, 힌두교 등의 동양사상과 접목시켰다. 논문 심사 때 지도교수님은 이번에도 한 말씀 하셨다.

"수십 년 동안 박사 논문을 수도 없이 심사했지만 이렇게 잘된 논문은 처음이네요."

논문 심사에 참여했던 외부 교수님들도 각각 칭찬의 말씀을 아끼지 않으셨다.

"생텍쥐페리에 대한 새로운 해석이 되겠어요."

"이원론적 서양사상에 대한 종합론적 동양사상의 역습이네요."

"특히 작가의 작품에 녹아 있는 신神의 개념을 동양사상과 잘 결부시켰어요."

윤지는 그간의 세월이 꿈만 같았고 스스로 생각해도 대견했다. 비명에 가신 아버지의 원혼이 늘 버팀목이 되어준 게 분명했다. M에게도 고마웠다. 그는 윤지의 도피처였다. 힘든 고비마다 윤지는 그와의 추억 속으로 빠져들었고, 그때마다 그는 윤지에게 새 힘을 불어넣어 주곤 했다.

이제 한편으로 여유를 찾긴 했지만 가슴 한 구석은 여전히 답답했다. 정용의 이름으로 된 인천 공장 때문이었다. 공장이 가동된 지 오래였지만 그동안은 논문을 제때 끝내기 위해 궁금해도 꾹 참고 살았다. 엄마한테도 아직 말하지 않은 일이었다.

토요일 하루 시간을 내서 남편과 공장을 찾아 나섰다. 윤지로서는 처음 가는 길이다. 남편은 주말에 더러 가봤다는데도 길을 잘못 들어 헤맸다. 윤지는 기가 막혔다. 자기 전 재산을 다 잡혀준 공장인데 가는 길도 제대로 모르다니…….

대로변을 달리다 우측 비포장도로로 접어들어 2분쯤 가면 공장 정문이 나왔다. 공장 앞 도로가 꽤 넓었다. 차를 대고 시계를 보니 오전 11시 조금 지나 있었다.

'성주공업'이란 간판이 붙어 있었다. 3층짜리 건물 옥상에 커다랗고 둥그런 시설이 얹혀 있었다. 건물 우측으로는 폐수장으로 보이는 건물이 붙어 있었다. 평일에는 밤 9시까지 야간작업을 하고 토요일엔 낮 12시 반까지 일하고 점심을 먹은 뒤 퇴근한다고 했다.

일거리를 실은 1톤짜리 트럭이 공장 정문 앞에 도착하자 공장에서 외국인 노동자들이 쏟아져 나왔다. 그들은 상급 직원의 지시에 따라 마당과 지하실로 물건을 순식간에 옮겨놓고는 바로 사라졌다.

조금 있으니 분뇨 수거 차량이 도착했다. 차에서 사람들이 내리더니 마당 한쪽에 있는 정화조 뚜껑을 열고 굵은 호수를 갖다 댔다. 똥냄새가 진동했다. 남편이 말했다.

"오는 날이 장날이라더니. 똥 푸는 거 처음 보는 건 아닐 테고. 따라와, 여기까지 왔으니 둘러봐야지."

남편이 앞서가고 윤지는 코를 막고 뒤따랐다. 마당 한쪽으로 도금할 물건들이 산더미처럼 쌓여 있었다.

"일거리가 많네. 걱정 안 해도 되겠어. 지하실도 봐야지. 지하실은 연마실이야. 조심해서 내려와. 넘어지지 말고."

지하실에서는 얼굴에 검정이 잔뜩 묻은 외국인 노동자들이 의자에 앉아 기계에 철판을 갈아대고 있었다. 남편이 말했다.

"연마 작업이야. 연마 과정에서 생긴 분진은 바로 옥상에 있는 집진실로 빨려 올라가. 집진 시설하는 데 돈이 많이 들었대."

'많이 들었어'가 아니고 '많이 들었대'라고 하는 걸 보면 전적으로 정용을 믿고 돈을 대준 모양이었다. 남편은 마치 전문가인 양 얘기를 계속했다.

"물건에 따라 바로 도금하는 것과 연마부터 하는 것이 있어. 대개는 다 연마를 하지. 연마가 1차 작업이고 연마를 잘해야 불량이 안 나. 올라가자, 1층 작업장 구경시켜 줄게."

1층 도금실에는 여러 개의 탱크가 죽 늘어서 있고 탱크마다 탱크 잽이라는 사람들이 작업하고 있었다. 화공약품 냄새가 코를 찔렀다. 똥

푸는 냄새와 섞여 묘한 냄새가 났다. 남편이 첫 탱크부터 설명했다.

"제일 앞에 있는 거는 탈지통이야. 연마한 철판에 묻어 있는 기름을 먼저 제거해야 하거든. 다음은 유산동 탱크 하나, 둘, 셋. 그리고 니켈 탱크, 크롬 탱크, 대금 탱크, 신주 탱크. 가운데 있는 거는 수세통. 그리고 이쪽은 건조실과 코팅실."

윤지는 남편의 설명을 하나도 알아들을 수 없었다. 남편은 의기양양하게 설명을 계속했다.

"2층도 같은 도금 공장인데 거기는 세놨어. 3층은 사무실과 외국인 기숙사야. 올라가 볼래?"

윤지는 계속 코를 막고 있었다. 얼른 집에 가고 싶은 생각뿐이었다.

"아뇨, 안 봐도 될 것 같아요. 2층은 1층하고 똑같을 거고 3층은 사무실하고 기숙사라면서요?"

"그래, 그럼 폐수장 보여줄 테니 따라와."

건물 정면 오른쪽에 붙어 있는 폐수장으로 갔다. 시커먼 얼굴에 수염도 안 깎은 정용이 무엇을 만졌는지 손에 검정 칠을 하고 폐수 기사와 얘기를 하고 있었다. 윤지를 보고는 잠시 눈인사를 하더니 이내 남편을 향해 하소연 조의 눈빛이 되었다. 그 눈빛은 '형님, 세상살이가 너무 힘드네요. 도와줘요'라고 말하고 있었다. 남편이 다가가 정용의 어깨를 두드렸다. 둘이서 뭔가 한참 속닥거렸다.

윤지는 꿔다 놓은 보릿자루처럼 서 있었다. 모든 것이 낯설어 선뜻 다가갈 수가 없었다. 모터 돌아가는 소리가 요란했다. 이름 모를 기계들도 열심히 돌아가고 있었다. 무섭고 섬뜩했다. 도금 공장은 완전 딴 세상 같았다. 미리 와봤더라면 절대로 학위논문을 제때 못 끝냈을 거라는 생각이 들었다. 얼른 집에 가서 쉬고 싶었다.

"그만 가요."

"알았어. 잠깐만, 하던 얘기 마저 하고. 차에 먼저 가 있어."

먼저 밖으로 나와 차에 앉아 창밖을 내다보았다. 작업이 다 끝났는지 근로자들이 쏟아져 나와 길 건너 식당으로 향했다. 식당 앞에는 '성주공업'이란 이름을 단 봉고차가 대기하고 있었다. 먼저 식사를 하고 나온 기사가 이쑤시개로 이빨을 쑤시며 운전대에 올랐다. 조금 있으려니 식사를 마친 순서대로 차례차례 차에 오르기 시작했다. 남편이 정용과 얘기를 끝내고 나왔고 근로자들을 태운 차도 출발했다.

집으로 돌아오는 차 속에서 윤지의 머릿속은 혼돈 그 자체였다.

"직원이 모두 몇 명이에요?"

"외국인들까지 합쳐서 25명쯤 되지."

"다들 식사 후 봉고차 타고 가던데요?"

"응, 자기 차 가진 직원들하고 외국인들 빼고는 다들 회사 차 이용해서 퇴근해."

"매일 그래요?"

"응."

"아침 출근은요?"

"마찬가지야. 다들 태워서 오지."

"같은 동네 사는 것도 아닐 텐데 모두 싣고 오려면 빙빙 도느라 시간이 많이 걸리겠고 기름값도 장난이 아니겠어요."

"상전처럼 떠받들어도 툭하면 그만둔다고 한대. 근로자 관리가 보통 어려운 게 아닌가 봐."

"외국인들은 어디서 밥 먹어요? 아까 안 보이던데요?"

"내국인은 식당에서 먹고 외국인은 기숙사 생활하니까 자기들이 해먹어."

"도금은 3D업종이라면서요? 어렵고, 더럽고, 위험하다는……."

"그렇게들 말하지. 그래서 대기업에서 손을 못 대. 열심히만 하면 된다고 봐."

"내 생각하고는 정반대네요. 대기업이 손을 못 대는 게 아니고 안 대는 거 아니에요? 오죽하면 안 댈까, 그렇게 생각해야 하는 거 아니에요? 더구나 공해사업이잖아요. 작업실에 들어갔다가 냄새 때문에 죽는 줄 알았어요."

"그러니까 정용이가 얼마나 불쌍해? 아까 걔 꼴 봤지? 집에도 못 가고 기숙사에서 외국인들하고 같이 먹고 자잖아."

"꼭 그래야 해요?"

"폐수장 관리, 대기탑 관리. 신경 쓸 게 한두 가지가 아니야. 폐수 관리 잘못해 걸리면 보통 열흘씩 영업 정지야. 벌금 한 번 떨어지면 수천만 원이고. 대기탑도 수세식이라 항상 물을 반쯤 채워놔야 하는데 수돗물을 제때 안 잠그면 물이 넘쳐 수도요금이 많이 나와."

"대기탑이 뭐예요?"

"공기 정화시설. 옥상에 있는 거 안 봤어?"

"둥그렇고 커다란 거, 그거요?"

"그래, 그뿐만이 아니야. 소방 관리도 해야 해. 추울 때는 물이 얼면 안 되니까 히터를 켜놓고 퇴근하는데 과열로 불이 날 수 있어. 그래서 정용이가 공장에서 먹고 자야 해."

"관리 기사 따로 없어요?"

"있지만 일찍 퇴근하지. 퇴근 후 다음 날 출근할 때까지 누군가가 신경 써야 돼."

"외국인들이 기숙사에서 잔다면서요?"

"말도 잘 안 통하고 책임질 일은 못 맡기지. 그러니 죽으나 사나 정용이가 고생이야. 정말 불쌍해."

왜 하필 이런 어려운 사업에 담보 제공했느냐고 따지려 드는데 남편은 정용이 불쌍하다는 얘기로 윤지가 하려는 얘기를 덮어버렸다. 마음 같아서는 당장 공장을 팔아 담보를 풀었으면 좋겠지만 그런 얘기가 먹힐 리 없었다.

어려운 사업을 시작한 정용이가 과연 자기 능력으로 잘 버텨낼 수 있을까, 하는 생각을 하다 윤지는 날염 사업하는 둘째 형님에게 적금 대출까지 받아 빌려주었다던 3천만 원에 생각이 미쳤다. 따져 물었다.

"그 얘기 왜 여태 안 하나 했어."

"묻기 전에 먼저 얘기해 줘야 하는 거 아니에요? 형제들 얘기 내가 먼저 꺼내는 거 죽도록 싫어하면서."

"다 잊어버려."

"무슨 얘기가 그래요?"

"둘째 형님이 빌려 간 3천만 원 중 먼저 2천만 원을 갚는다며 천만 원짜리 어음 두 장 주더라고. 그런데 그중 한 장은 떨어졌는데 한 장이 부도야. 천만 원은 받은 거지. 나머지 2천만 원은 나중에 갚겠대. 그런데 그만두라고 했어."

윤지는 남편의 말이 너무 어이없어 호흡이 가빠지려고 했다.

"왜 그랬는데요?"

"대책 없는 위인이야. 직조 공장 차려 직접 천을 짜면 틀림없이 사업이 잘될 거라고 애걸복걸해서 밀어줬더니 다 말아먹었는지 이제 와서 하는 소리하곤……. 글쎄, 나더러 3천만 원 안 빌려줬으면 은행 대출도 안 받았을 거고 직조 공장도 안 차렸을 거래. 직조 공장 차리는 바람에 손해가 더 났대. 어떻게 해준 돈인데 지금 와서 되레 원망이야. 속에 있던 부처가 다 돌아앉더라고. 정나미 떨어져 나머지 돈 안 받겠다고 했어."

"그렇다고 돈 안 받는다는 소리를 왜 미리 해요?"

"돈을 떼먹혀야 다시는 돈 얘기 안 할 것 같아서. 떼먹히고 마음 편한 게 나을 것 같아. 큰형님, 둘째 형님 모두 다 완전히 잊고 싶어."

결론적으로 돈을 날렸다는 이야기였다.

"받은 돈 천만 원이라도 내놔요."

"없어. 내가 언제 나 자신을 위해 돈 쓰는 거 봤어? 공장 이만큼 돌릴 때까지 기초자금 안 들었겠어? 그나마 공장 내부 시설과 도금액물은 정용이 공장에서 쓰던 것들 다 그대로 옮겨 왔기 때문에 큰돈 안 들었어. 오늘 다 봤잖아. 공장 잘 굴러가고 있는 거."

"결국 또 이런 식이네요. 빌려준 돈 제대로 못 받을 거라는 거 다 알고 있었어요."

"너무 그러지 마. 조금만 있어 보자고. 정용이 공장만 잘 돌아가면 다 해결될 테니. 정용이가 따로 크게 한몫 챙겨주겠다고 했어."

"그런 말 믿어요? 다 귀찮으니 얼른 담보된 재산들이나 풀어 달라고 해요. 엄마한테도 이제 털어놔야 해요. 아침에 어디 가느냐고 물어서 갔다 와서 얘기한다고 했어요."

"그래, 진작 말씀드렸어야 했는데 공장이 궤도에 오른 뒤 말씀드리려고 차일피일 미뤘지. 그러고 보니 점심도 못 먹었네. 배 안 고파?"

"지금 밥이 문제예요?"

집에 돌아오니 엄마는 대청소를 해놓고 냉장고에서 이것저것 꺼내 반찬도 만들어놓았다. 애들은 다들 나가고 없었다.

"둘이 무슨 비밀이 있나 보네. 박 서방, 어디 갔다 오는 건가?"

남편이 민망할 때 하는 버릇대로 손을 주무르며 말했다.

"인천 공장에요."

"인천 공장? 무슨 소린가?"

남편은 소상히 설명하기 시작했다. 공장을 무슨 돈으로 짓게 되었는지부터 시작해서 정용이가 거래선 꽉 잡고 있어 공장이 잘 돌아가고 있다는 얘기까지. 엄마는 처음 듣는 도금 공장이라는 소리에 믿는 듯, 의심스러운 듯, 그러나 둘이서 한참을 열심히 묻고 열심히 대답했다. 엄마는 옛날 같으면 무조건 사위 편이었고 사위 말이라면 다 믿는 쪽이었다. 그런데 이번에는 고개를 갸우뚱했다.

"박 서방, 알아서 하겠지만 직접 차고앉아서 하는 사업이 아닌데 선뜻 담보 제공한 건 마음에 걸리네. 그리고 내 경험상 내가 하던 장사도 혼자 할 때는 힘은 들어도 문제가 없었어. 그런데 힘에 부쳐 남자 점원을 하나 뒀더니 나 몰래 비단 천을 살금살금 빼돌려 자기 집 다락 하나 가득 모아놨더라고. 그 매형 되는 사람이 양심의 가책을 받아 알려주었으니 망정이지. 안 그랬으면 계속 도둑을 키웠을 거구먼. 그래서 나는 사람 쓰는 일 겁나더라고. 그저 나 이외는 믿을 사람 없다, 생각하고 구석구석 철저히 신경 쓰고 단속 잘해야 하는데."

"장모님, 너무 그런 식으로만 생각지 마세요. 기업 운영은 장사하고는 달라요. 기업은 고용주와 근로자가 상부상조해 매출만 올리면 문제될 게 없어요. 지금 일이 밀려 다 처내지를 못해요. 평일에는 매일 야간 작업까지 하고요. 일이 옆 공장 두 배라니까요."

"일거리 많은 거야 다행이지. 하여튼 동생만 믿지 말고 신경은 쓰시게."

엄마는 아무래도 신경이 쓰이는 모양이었다.

"그런데 어미야, 박 서방 직장 때문에 바쁠 텐데 아무래도 우리 재산이 걸려 있으니 너라도 신경 좀 써야겠다. 너는 머리가 좋아 박사까지 하지 않았냐?"

"엄마는 참……. 박사는 아무 데나 통해? 도금에 '도'자도 모르는데. 그리고 내가 슈퍼우먼도 아니고 그런 데까지 신경 쓰다 시간강사 딱지 언제 떼냐고? 엄마가 그런 억지니 준이랑 만날 싸우지."

남편이 듣다가 불편해진 모양이었다.

"지금 아무 문제도 없는데 왜들 그러세요?"

"미안하네. 담보를 잔뜩 제공했으니 신경 써야 한다는 얘기네."

"알겠습니다, 신경 쓰겠습니다."

남편이 시간 나는 대로 가보면 세놓은 2층 공장과 옆 공장들은 일거리가 적어 일찍 퇴근하는데 정용이 공장만 매일 밤늦게까지 일하더라고, 걱정 말라고 했다.

그러던 어느 주말, 퇴근길에 공장에 들렀다 온 남편이 말했다.

"할 얘기가 있어."

"무슨 얘긴데요?"

"2층에 세 들어 있던 공장이 망해서 곧 비우고 나갈 건가 봐."

"그럼 정용이한테 무슨 피해가 있는 거예요?"

"월세 밀린 거야 보증금에서 까면 되니 우리야 피해 없지."

"그런데 무슨 할 얘기예요? 깜짝 놀랐잖아요."

"2층 공장 일거리 적다는 얘기 들릴 때부터 불안했어. 결국 공장은 일거리가 많아야 해. 그런데 말이야, 정용이 말이 2층 공장이 비게 되었으니 거기다 도장 공장을 세우자는 거야."

"도장 공장이라니요?"

"조명등은 도금을 하거나 도장을 하거든. 조명등에 페인트칠이 된 부분 있지, 그게 도장한 거야. 파우더로 된 도료를 분사해 높은 온도에서 구워내."

"그런데요?"

"도금 물량을 실으러 가면 꼭 같은 분량의 도장 물량이 있대. 실어 올 때 같이 실어 오면 같은 물류 비용에 일거리가 두 배 된다는 거야.

물류 비용도 무시할 수 없거든. 논리적으로도 맞는 얘기지. 무슨 말인지 알아들어?"

"또 논리……. 무슨 돈으로 도장 공장을 세운단 말이에요?"

"그래서 말인데, 밀어주는 김에 화끈하게 밀어주자."

"어떻게요?"

"당신 이름으로 된 T시 민속주점……."

"그것마저 잡히자고요?"

"그래, 그래야 얼른 벌어서 이미 잡힌 것들 풀지."

"안 돼요, 2층 공장은 다시 세워요. 그리고 사업하기가 얼마나 힘들면 망해 나가겠어요. 더 이상 공장하는 데 담보 제공 안 해요. 못 해요."

남편이 눈을 부라렸다.

"정말 이럴래? 일거리가 두 배 된다는데. 그리고 남자가 앞으로 나가는데 여자가 뒤에서 잡아당길래?"

"기가 막혀요. 완전 사람 무시하고 남존여비네요. 사는 집 잡혀 '영진산업' 시작했을 때도 다 알아서 한다고, 여자가 나서는 게 아니라고 했어요. 그래 놓고 잘 알지도 못하는 사업에 손댔다가, 기술부장 믿었다가 다 거덜 났잖아요? 당신이 도금이나 도장에 대해 뭘 알아요? 잘 알지도 못하는 일에 정용이 말만 듣고 자꾸 담보 제공하라는 소리, 무슨 권리예요? 왜 자꾸 이러는데요?"

"정용이 착한 애야. 믿어도 돼. 이번에 연마 기술자가 사고만 안 냈으면 빚 벌써 상당히 갚았을 거야."

"그건 또 무슨 소리예요?"

"얼마 전에 연마 기술자 손가락이 절단되는 사고가 있었어. 손가락 두 개가 날라갔다고."

"아니, 어떻게 그렇게 끔찍한 일이……."

"빚 갚으려고 했던 돈 그 보상에 다 들어갔어."

"얼마나 들어갔는데요?"

"평생 병신으로 살게 됐다고 4천만 원 요구하더라고. 큰돈이지만 안 줄 수 없었어. 설마 그런 일이 또 생기겠어?"

"그새 벌기는 했단 말이에요?"

"그렇다니까. 그리고 2층 공장은 스스로 비우고 나가니 다행이지. 있는 사람 내보내는 문제도 간단한 게 아니야. 비었을 때 얼른 도장 공장 세우려고. 일거리 두 배 되고 운만 따라주면 금방 일어나. 수익 나면 당신 담보부터 제일 먼저 풀어주라고 할게. 좋은 일 하는 거야. 막내 무용이한테 구박이란 구박 다 받고 살았던 정용이 기 펴고 살 일이니 돌아가신 어머니가 틀림없이 도와주실 거야."

'말이란 결국 허구고, 논리는 생명을 죽이는 장본인'이라던 생텍쥐페리의 사상을 연구해 박사학위까지 받았지만 현실세계 인간으로서 윤지는 또 말과 논리라는 그물에 다시 걸려들고 말았다. 거절했다가는 도금 공장만으로 사업이 부진할 경우 그때 도장 공장을 세웠어야 했다는 얘기를 평생 듣고 살아야 할 것 아닌가. 결혼생활 30년이 넘었지만 남편은 여전히 거부할 수 없는 숙명이다.

망해 나간 2층 공장에 끝내 도장 공장이 들어섰다. 시설비와 정상 가동 때까지의 운영자금으로 윤지의 명의로 된 T시 민속주점에서 무려 3억 원을 대출받았다. 반은 시설비고 반은 운영자금이었다. 전 재산이 송두리째 다 물려 들어가고 만 것이다. 엄마에게는 말하지 않았다. 혈압 높은 노인에게 얘기했다가는 무슨 일이 나고 말 것 같은 예감에서다.

24

엄마와 준이의 불협화음은 수그러드는 듯하다가도 기회만 되면 또 불거졌다. 극도의 절약정신으로 무장한 엄마와, 강한 소비성 체질의 와이프 사이에서 준이는 여전히 좌불안석이었다. 가정교사를 붙여놔도 애들 공부에 아무 진전이 없자 준이 처는 계속 더 비싼 가정교사를 수소문해 갈아댔고, 엄마는 공부는 스스로 알아서 하는 거지 가정교사가 무슨 소용이냐며, 쓸데없이 돈 쓸 궁리만 한다며, 며느리를 심하게 나무랐다. 며느리는 그런 시어머니와 도저히 '사상'이 안 맞아 같이 살 수 없다며 맞섰다.

엄마는 속을 많이 끓인 뒤에는 어지러워 잘 일어나지도 못했다. 며느리를 도저히 이길 수 없다는 것을 간파한 엄마는 1993년, 언제 죽을지도 모르겠다며 관리하던 월세들을 자식들에게 넘겼다. 엄마 나이 75세였다. 정말 마음을 비웠는지, 비우는 방법밖에 없었는지, 기운이

다 빠졌는지 간섭이 뜸해졌다. 누워서 TV나 보며 아들이 주는 용돈에 의존해 살아가는 뒷방 늙은이로 전락한 것이다.

준이가 매달 T시 상가 월세 800만 원을 쥐게 되면서 부부싸움도 줄어들었다. 윤지도 자기 명의로 된 T시 민속주점 월세 150만 원을 쓸 수 있게 되었다. 오랜만에 엄마 덕분에 생활에 여유를 찾았다. 애들도 속속 결혼했다. 큰애들 둘은 평범한 집안 출신의 극히 가정적인 남편을 만나 같은 해 결혼했다. 셋째는 졸업 후 취직했고, 막내는 대학 2학년이었다.

남편은 이사로 승진해 지방에서 근무하게 됐다. 이 주일에 한 번 올라왔다가 바로 내려가는 바람에 공장을 꼼꼼히 들여다보기 어려웠다.

"걱정돼요. 공장들 괜찮아요?"

"내가 천리안도 아니고 멀리 앉아 어떻게 알아? 지금 나더러 멀쩡한 직장 때려치우고 공장에 눌러앉으란 말이야, 뭐야?"

"웬 전에 없던 역정이에요? 전 재산 다 물려 있으니 자나 깨나 걱정 놓을 수 없잖아요."

"걱정 마, 일을 많이 하고 있으니. 형편 되면 당연히 당신 담보부터 풀어주겠지."

평일인데 준이가 찾아왔다. 이마에 꼭 해야 할 중요한 말을 써 붙이고 들어섰다.

"누나야, 만약에, 만약에 말이야……."

"무슨 얘긴데? 뜸 들이지 말고 얼른 말해."

"만약에 내가 멀리 가면 엄마를 누나가 맡아야겠지?"

“멀리, 이디?”

“사실은 이민을 가려고.”

“왜, 어디로, 언제?”

“숨넘어가는 사람처럼 그러지 말고 한 가지씩 물어라.”

“그래, 왜?”

“애들 공부 때문에 도저히 안 되겠다. 비싼 가정교사 붙인다고 될 일이 아니다. 태생적으로 공부하고는 통 인연이 없는 애들이다. 이대로 가다가는 큰놈 대학 못 갈 거는 빤하고, 둘째도 그 비슷해. 영어라도 잘해야 나중에 밥 먹고 살지. 애들 때문에 떠나기로 했다. 그 편이 오히려 교육비 절감에도 도움이 될 것 같고.”

“올케 직장은 어쩌고?”

“그동안 자기 언니하고 갈등이 심했나 봐. 그만둔대.”

“어디로 갈 건데?”

“캐나다, 토론토. 미국보다 돈도 덜 들고, 이민 수속도 쉽고.”

“이유가 그것뿐이야?”

“엄마하고 애들 엄마는 만날 도루묵이다. 서로 안 보는 게 제일 좋다. 엄마 혈압도 속 안 끓이면 좋아질 거다. 두 사람 보고 있으면 나도 혈압 올라 못살겠다. 그리고 요새는 엄마한테 남은 에너지가 완전히 부엌으로 옮겨갔다. 식모가 해주는 반찬 간이 안 맞아 못 먹겠다며 자기 먹을 거 따로 만든다. 쫀쫀한 것도 상상을 초월한다.”

“엄마 쫀쫀한 거야 누구보다 내가 잘 알지.”

“그래, 누나하고 엄마가 누가 더 쫀쫀한가 시합하면 공동 우승이다. 그리고 내 나이 몇인데 아직까지 우리 아버지 아들은 큰사람 될 줄 알았는데 실망이란 소리를 툭하면 한다. 스트레스 엄청 받는다. 이차 저차 이 땅 확 뜨고 싶다. 누나야, 내 심정 이해해 줘라."

"결국 제일 큰 이유는 엄마 구속 벗어나고 싶은 거네."

"그렇다고도 볼 수 있지."

"엄마한테 얘기했어? 엄마 버리고 너희들끼리 간다는 거?"

"아니, 아직 누나만 알고 있어라."

"큰일 났네. 알면 충격받을 텐데. 꼭 가야 되겠어?"

"벌써 수속 시작해 놨다. 캐나다는 오래 안 걸린다. 두 달이면 될 것 같다."

"엄마는 물어볼 것도 없이 내가 모셔야겠네."

"미안하다."

"뭐 어차피 끝에 가서는 내가 모시게 될 줄 알고 있었어."

"누나야, 미안하다. 정말."

"됐다, 미안하다는 소리 그만해라. 자꾸 하면 거짓말 된다. 재산관리는 어떻게 하고?"

"압구정동 집은 전세 놓을 거고 T시 상가 월세 관리는 용준이 아저씨한테 부탁하려고."

"상가에 붙은 살림집은?"

"전세로 돌려 전세금 뺀 것들 다 합해 캐나다로 가져가야 한다. 자리잡을 때까지 먹고 살아야 하고 35만 불 투자 이민이다. 엄마 용돈은 내가 알아서 처리할게. 그리고 가도 자주 나올 거다."

삶은 변화다. 준이의 갑작스러운 이민 소식에 충격을 받은 엄마는 처음으로 '관세음보살님'을 찾았다. 서운함이 이만저만 아닐 텐데 당신 특유의 반어법으로 자기 감정을 부정했다.

"잘했다. 속 시원하다. 아들 며느리 보고 싶을 일은 없을 거다. 손자들 보고 싶은 걸 견딜 일이 큰일이지. 어차피 죽으면 이별인데 미리 이별 연습하는 셈 치마. 가서 부디 잘살기나 해라."

준이네는 캐나다로 떠났고 엄마는 윤지네로 들어왔다. 엄마는 마음대로 온 집을 휘젓고 다니며 신이 났다. 잔소리도 여전했다. 윤지는 엄마가 무슨 잔소리를 하건 대응하지 않기로 마음먹었다. 스트레스 받으면 공부로 빠지면 된다. 공부는 확실한 윤지의 도피처였다.

미혼인 셋째를 제치고 막내가 먼저 결혼했다. 어려서부터 교회에 열심히 다녔던 막내는 교회에서 만난 남자와 결혼했다. 평범한 직장인이었고 다른 사위들처럼 가정적이었다.

준이가 다니러 왔다. 이민 간 지 6개월 만이었다. 엄마는 손자들 소식이 제일 궁금하다.

"애들은 잘 있고?"

"둘 다 고등학교에 들어갔어. 여기서 가져간 성적이 안 좋아 입학시키는 데 애먹었어."

윤지가 물었다.

"뭘 해서 먹고 살아? 취직이라도 했어?"

"이 나이에 취직은 무슨……. 한국 사람들은 빤해. 슈퍼마켓 아니면 세탁소, 아니면 커피숍 같은 거지. 더러는 비디오 가게도 하고. 우리는 아직 생각 중이다. 잘못하다가는 돈을 벌기보다 까먹겠더라고."

그 소리에 엄마가 놀랐다.

"기껏 돈 까먹으려고 이민 갔냐?"

"이민이라는 게 나무로 말하면 뿌리를 옮기는 거잖아. 어릴 때 옮겨야지 다 큰 나무 잘못 옮기면 죽는 것처럼 어중간한 나이에 갔다 싶기도 하고. 애들 위해서는 백번 잘한 선택이었어. 잘 적응하고 밝아졌어. 그런데 엄마는 신수가 훤하네."

그 소리에 엄마는 돌아앉으며 말했다.

"신수는 무슨, 아들 밥 못 얻어먹는 신세에."

"엄마, 너무 그러지 마. 나도 마음 안 편하다. 자주 나올게."

25

1997년 3월, 남편은 정년퇴직했다. 객지 생활을 청산한 남편은 공장에 자주 발걸음했다. 윤지는 강의시간이 늘어나 다음 학기부터 전임교수 자리도 바라볼 수 있게 되었다.

남편은 퇴직금을 내놓을 생각은커녕, 언급도 하지 않았다.

"퇴직금 얘기 왜 안 해요? 많이 받았을 텐데?"

남편이 긍정했다.

"받긴 받았지."

"얼마나요?"

"한 1억 원쯤."

"그 돈 저 주세요. 평생 당신 번 돈 만져본 적 없잖아요."

"미안해. 일부는 이미 썼어."

"네? 무슨 소리예요? 어디다 썼어요? 왜 말도 안 하고 혼자 써요? 평생 이러기예요?"

"나 혼자 호의호식한 거 아니야. 정용이 공장에 들어갔어."

"전 재산 다 잡혀줬는데 여태 벌어서 빚 갚았단 얘기 못 들었어
요. 일을 많이 한다면서 왜 그래요? 사업에서 수익이 안 난단 얘기잖
아요."

"그러게 말이야."

"그런데 이제 퇴직금까지 털어 넣어요? 정말 뭐 하는 짓이에요?"

"어떻게 된 판인지 그놈의 운영자금이 만날 모자라. 한 달이 눈 깜
짝할 사이에 돌아와. 월급 주고 돌아서면 또 월급이야. 은행 이자도
마찬가지고. 수금은 어음을 받고, 재료 구입은 현금 아니면 안 되고.
지금도 예감이 안 좋아 남은 돈이나마 쥐고 있는 거야."

"예감이 안 좋다니요? 무슨 얘기예요?"

"글쎄, 공장에 문제 생기면 어차피 그것부터 막아야 하잖아. 당신
줬다가 도로 내놓게 하려면 진땀 뺄 거고. 부탁이야, 다른 데 안 쓸 테
니 제발 좀 따지지 마."

그냥 한 말이 아닌지 남편이 정용의 전화를 받고 황급히 나가는 일
이 자주 생겼다. 남편은 술에 잔뜩 취해 들어오거나, 거실에서 혼자
늦게까지 술을 마시다 소파에서 잠들곤 했다. 별것 아닌 일에도 화를
내고 짜증을 부렸다. 시끄러우면 엄마가 걱정할까 봐 마음 놓고 따지
지도 못했다. 처음부터 일언반구 상의 없이 시작한 일이고 자기가 다
알아서 하기로 한 일이다. 윤지로서는 무엇이 어떻게 돌아가고 있는
지 파악할 재간이 없었다.

남편이 느닷없는 소리를 했나.

"만약, 만약에 말이야. 혹시 내게 무슨 일이라도 생기면 우리 집은 어떻게 되지?"

"무슨 소리예요?"

"만약이라고 했잖아. 사람 일은 모르는 거니까. 살다가 혹시 내가 먼저……."

"죽기라도 한단 말이에요?"

"만약이라고 했잖아."

"왜 그런 극단적인 얘기를 해요? 정용이 공장에 문제 생긴 거죠?"

"도무지 마음대로 안 되네. 나는 여태 논리적 사고력 하나로 직장에선 나름 인정받고 살았어. 그런데 사업은 직장일하고 영 다르네. 도장 공장에서는 자꾸 불량 나고 도금 공장에서는 폐수 문제가 말썽이고. 변수의 연속이야."

"도장 불량은 기술적 문제일 테고 폐수 문제는 이유가 뭐예요?"

"외국인 근로자들이 불량 내놓고 들통날까 봐, 불량 깐 고농도 초산을…… 벌써 한 달 전쯤 일이야."

"한 달 전에 초산을 어떻게 했단 말이에요?"

"밤중에 몰래 폐수장 하수구에 무단 배출해 버린 모양이야. 일일이 뒤꽁무니 쫓아다니며 단속할 수도 없는 노릇이고."

"그래서 걸렸군요?"

"누가 찔렀는지 구청 단속반이 하필 그 다음 날 아침 일찍 들이닥쳐 댓바람에 물을 떠갔나 봐. 폐수 기사가 출근해 물 처리하기 전이었다니 Ph수치가 많이 초과됐겠지."

"딱 걸렸군요. 벌금 물었어요?"

"그래, 4천만 원 가까이."

"그렇게 많이요? 무슨 돈으로요?"

"수금한 거랑 퇴직금이랑."

"퇴직금 다 들어갔어요?"

"그런 건 아니고……."

남편은 윤지의 눈을 피하며 대답 대신 다른 소리를 했다.

"비가 오려는지 먹구름이 밀려오고 있어."

"무슨 소리를 하려는 거예요? 좀 알아듣게 얘기해요."

"어음 부도율이 한 달이 멀다 하고 가파른 상승세를 타고 있어. 나라 경제에 안 좋은 조짐이야."

"부도 맞았어요?"

"한 너덧 장."

가슴이 덜컹했다. 액수가 얼마나 되느냐고 묻기도 전에 남편이 먼저 말했다.

"앞으로도 몇 장이나 더 터질지 모를 일이고. 부도 맞는 바람에 늘 운영자금 고갈로 이것저것 보태서 밀어줬어. 다시 정말 마지막으로 한 번 더 밀어주면 틀림없다기에 또 밀어줬는데……."

"무슨 돈으로 자꾸 밀어줬단 말이에요?"

남편은 대답 대신 한숨을 쉬었다. 땅이 꺼지는 한숨 끝에 눈을 감는데 눈가에 눈물이 비쳤다. 순간 직감했다. 일이 벌어지고 있구나,

232

무슨 큰일이 이미 벌어졌구나……

"걱정한다고 해결될 일도 아니고 그만 자자. 열심히 해서 버티는 데까지 버티는 수밖에."

남편이 무슨 돈으로 자꾸 밀어줬는지 미심쩍어서, 남편의 눈물의 의미가 심상찮아서 혹시, 하는 생각에 다음 날 등기소로 쫓아가 공장과 사는 아파트와 어음할인용으로 담보 제공한 한남동 레스토랑 등기부 등본을 다 떼보았다. 공장을 제외한 두 군데가 추가로 잡혀 있었다. 사는 아파트는 실 담보액이 2억 5천만 원, 레스토랑은 실 담보액이 3억 8천만 원이었다.

"기가 막혀요. 담보 한도까지 다 잡혔네요. 왜 아무 소리 안 했어요? 나 죽는 거 보고 싶어요?"

"수금한 어음이 자꾸 부도나니 부도난 만큼 현금으로 메꿔야 다음 어음을 할인할 수 있어. 어음 할인조차 안 되면 공장 문을 닫아야 해. 그건 현실적으로 불가능한 일이고. 나도 기가 막혀."

"늪에 빠졌네요. 더 이상 속일 작정 말고 아는 대로 다 털어놔요. 그리고 난 항상 이상한 게 있었어요."

"뭐 말이야?"

"다른 공장에는 일거리가 없다면서 어째서 정용이 공장으로만 일이 몰리는 건지. 누구든 일 많이 끌어오려고 난릴 텐데 정용이가 거래선 뺏기지 않고 계속 꽉 잡고 있다는 것도 수상하고 공장이 풀가동되고 있다면서 계속 돈은 빨려 들어가고. 도대체 설명이 안 되잖아요."

그 소리에 남편이 벌떡 일어났다.

"그러게. 서로 물건 뺏어오려고 난릴 텐데 진짜 왜 우리 공장만 밤 낮없이 풀가동됐지? 일을 그렇게 많이 했는데 어음 몇 장 부도났다고 이렇게까지 휘청할 수는 없는 건데."

"틀림없이 다른 이유가 있어요. 당신이나 나나 눈뜬장님인데, 정용이가 다른 집보다 단가 낮춰 물건을 끌어왔다든지. 물건 주는 사람들이 괜히 줬겠어요? 싸니까 줬겠지요."

그 말에 남편의 눈빛에 날이 섰다.

"정말 그랬을 수도. 그래서 끝도 없이 빨려 들어갔을 수도. 내일 당장 알아봐야겠어."

이튿날 다른 공장에서 같은 물건의 개당 도금단가를 알아본 남편은 정용까지 만나고 왔다.

"알고 봤더니 이 때려죽일 놈이 다른 집 반값에 물건을 해줬네. 비싼 전기 밤낮없이 켜놓고 공장 풀가동되는 거 보여주며 온갖 거짓말로 내 눈속임만 해왔어. 그러니 일을 하면 할수록 손해만 더 났지."

"어처구니없어요, 정말. 사업을 한 게 아니고 남 좋은 일만 했네요. 당신 큰형님하고 똑같아요."

"단가 경쟁이 심해 그렇게라도 하지 않고는 도저히 공장을 돌릴 수 없었다나?"

"완전히 말아먹었어요. 말아먹은 정용이도 나쁘지만 기본적인 것도 파악 안 하고 계속 속기만 한 당신이 더 이해가 안 가요."

"지방에서 직장생활 하느라 달리 방도가 없었지. 사실 공장 때문에 자나 깨나 머리가 무거웠어."

"듣기 싫어요. 처음부터 구멍가게밖에 못할 위인에게 전 재산 다 잡혀주고 기업 경영을 하게 한 것부터 잘못이었어요."

"실컷 두들겨 패 반쯤 죽여 놓고 왔어. 이제 와서 죽여 달래. 자기는 죽어야 한대."

"아니, 그런 소릴 했다고요? 그런데도 뭐 짚이는 거 없었어요?"

"짚이다니?"

"틀림없이 말 못 할 무슨 비리가 있어요. 털어놓지 못할 비밀이 있다고요!"

"비리라니? 비밀이라니?"

"혹시 바람피우다 꽃뱀 여자에게 된통 걸렸든지……."

"그 못난 놈 주제에 바람은 무슨?"

"사람 속은 몰라요. 믿는 도끼에 발등 찍혀요."

"확인 안 된 일 가지고 사람 매도하지 마!"

"제발 정신 좀 차려요. 돈만 대줬지 장부 들여다본 적도, 뒤꽁무니 따라다니며 감시한 적도 없잖아요. 끝까지 두둔만 말고 제발 정신 좀 차리라고요!"

"내일부터 인천 공장으로 출근해 면밀히 상황 점검하고 수습 대책 세워볼게."

"이제 와서 그런 말 다 소용없어요. 이 상황에서 이자가 연체되면, 운영자금이 부족하면, 무슨 수로 막아요? 당신이 쥐고 있다는 퇴직금 얼마나 남았어요?"

"2천만 원쯤……."

"기가 막혀요. 그걸로 얼마나 버틸 수 있을까요?"

"할 말 없어. 앞이 캄캄해."

"큰일 났어요. 볼 것도 없이 이제 다 망했어요."

현금 확보가 시급하다는 판단에 윤지는 혼자서 또 고독한 결단을 했다. 복덕방에다 집을 시세보다 싸게 내놓았다. 3억 8천만 원 시세가 있는 인기 지역의 아파트를 3억 6천만 원에 내놓았더니 금방 계약됐다. 3개월 후 집을 비워주는 조건으로 중도금 2억 5천만 원을 받아 은행 채무를 갚아주기로 하고 나머지 1억 1천만 원은 집을 비울 때 받기로 했다. 대학 교수 할 팔자가 아니라는 생각이 들었다. 해일은 이미 코앞에 와 있고 배는 뒤집히기 일보 직전이라 만사 제치고 직접 수습에 나서야 할 것 같았다. 전임교수의 꿈을 접고 하던 강의를 서둘러 후배에게 넘겨주었다. 미칠 듯 회한이 몰아쳤다. 눈물이 흐르고 또 흘렀다.

26

1997년 11월, IMF사태가 터졌다. 국민들은 처음 맞는 국가 부도 사태에 어리둥절했다. 은행 빚이 많은 중소기업부터 도산하기 시작했다. 어음 부도율도 사상 최고를 기록했다. 부동산 가격이 곤두박질쳤고 은행 이자율은 연 20퍼센트를 상회하거나 육박했다. 체감온도로는 현금 백만 원이 천만 원짜리 부동산의 가치를 상회하고 있었다. 정용이 수금한 어음의 30퍼센트 가량이 부도였다. 그런 상태에서 은행 이자, 직원들 월급, 물품 대금 결제에 집 팔아 확보한 현금이 투입되기 시작했다.

"문제가 심각해요. 공장이 돈 빨아들이는 블랙홀이에요. 얼마 못 갈 것 같아요. 한 달 후면 집도 비워줘야 해요."

"난국은 난국이네. 이 난국을 돌파하려면 한 가지 방법밖에 없어."

"무슨 방법이요?"

"미안한 얘기지만, 당신 명의로 된 T시 민속주점은 아직 담보 여력이 있잖아."

"그래서요?"

"어차피 정용이는 끝났어. IMF에 공장을 살 사람도 없고, 이참에 자금 여력이 있는 당신 이름으로 회사를 넘기자. 바로 그 작업할 테니 인천으로 이사 가서 우리가 직접 나서서 수습하는 수밖에 없어."

"나더러 빚더미에 올라앉은 회사를 맡으라고요?"

"위기에는 여자가 더 강한 법이야. 옆에서 무슨 일이든 열심히 도와줄 테니 합심해 회사 한번 살려보자고. 살면서 느낀 일이지만 당신에겐 내게는 없는 특별한 능력이 있더라고."

"뭐가 뭔지 전혀 모르는 구덩이에 나를 밀어 넣으면서 꿈도 야무지네요. 끝까지 정용이 원망도, 자기 잘못도 인정 안 하네요. 이런 일 생길 것 같아 학교 강의까지 서둘러 포기한 나한테 미안하지도 않아요?"

"미안하다는 소린 덜 미안할 때나 하는 거야. 미안함이 도를 넘으면 말 따위는 공허해. 철면피가 되는 수밖에. 그래, 나 철면피다. 때려죽일 놈이다. 때려죽일 놈이고말고! 정용이가 공장 차리자고 했을 때 매정하게 뿌리쳤어야 했는데 후회막급이야. 다 형제 업장 두껍디두꺼운 내 운명이고 팔자야."

엄마에게 이사하게 됐다는 얘기를 꺼냈다.

"갑자기 어디로 간단 말이냐?"

"인천으로……."

"나라 경제가 시끄럽다더니 인천 공장에 무슨 일 생겼냐?"

"아무래도 직접 경영해야 할 것 같아."

"그건 잘 생각한 거나. 사업은 본인이 차고앉아서 하는 게 옳다. 그런데 학생들 가르치던 일은 어쩌고?"

"그건 좀 쉬었다 다시 하면 돼."

"참말로 그래도 된단 말이냐? 자리 비우면 금방 다른 사람이 차고 앉을 텐데."

"따지지 마, 엄마. 더 중요한 일이 생기면 덜 중요한 일은 접어야 하는 거 아니야?"

"하긴, 이것저것 다 신경 쓰다 보면 이도 저도 안 되는 법. 공장에 달라붙는 게 옳아. 박 서방하고 너하고 바짝 달라붙으면 무슨 일인들 해결 못 하겠니, 안 그러냐?"

정용은 종적을 감췄고 윤지는 인천으로 이사해 빚더미에 올라앉은 '성주공업'의 사장이 되었다. 인천은 집세가 쌌다. 보증금 1000만 원에 월세 50만 원짜리 아파트를 얻고 남은 현금을 확보해 두었다. 엄마에게는 집을 샀다고 했다. 평생 자기 분수에 넘는 일은 해보지 않은 엄마에게 사위가 저질러 놓은 일은 황당함의 수준을 넘어선 것이었다. 딸 내외의 능력으로 회사를 살릴 수 있다고 믿는 엄마의 환상을 이번에는 지켜주고 싶었다.

남편과 함께 공장에 출근했다. 남편이 윤지에게 폐수 기사와 공장장, 영업부장과 경리를 인사시켰다. 사장은 바뀌었지만 직원들을 고스란히 인계받았기 때문에 공장 라인들은 그대로 가동되었다. 윤지는 하루아침에 뭐가 뭔지 도통 알 수 없는 곳에 무작정 던져진 자기 신세가 기가 막혔다.

우선 물건 단가부터 조정해야겠다는 생각에 장부를 토대로 영업부장에게 따졌다.

"김 부장, 장부에 적힌 이 단가들은 다른 집 반값이라면서요? 왜 반값에 물건을 해줘야 했는지 이해가 안 돼요. 계속 이 값에 물건을 해준다면 도저히 직원들 월급을 낼 수 없어요."

"하지만 사장님, IMF에 찬밥 더운밥 가릴 순 없어요. 박정용 사장님이 지금 우리 형편에 공장 계속 돌리려면 주는 일은 무조건 다 가져와야 한다고 하셨어요."

남편이 이를 갈았다.

"나쁜 놈! 얼마나 많이 밀어줬는데 회사를 이 지경으로 만들어놓고 이제 와서 우리 형편 어쩌고 소리를 해?"

얘기를 열심히 듣고 있던 영업부장이 말했다.

"사장님, 만약 지금 바로 가격 조정 들어가면 거래처 그냥 다 끊겨요. 그래도 괜찮으시겠어요? 저는 시키시는 대로 하겠습니다."

한숨만 나왔다. 남편이 말했다.

"김 부장, 단가는 일단 그냥 두세요. 내가 직접 거래처 미수금 현황부터 파악해야겠으니 같이 나갑시다."

윤지는 공장 구석구석을 둘러보았다. 1층에서부터 3층까지 계단마다 담배꽁초가 흩어져 있고 하수구가 막혔는지 화장실 바닥에 물이 고여 있었다. 100리터짜리 종량제 쓰레기봉투는 반쯤 채워진 채 묶여 쌓여 있었고, 대낮인데도 전깃불은 곳곳에 켜져 있었다. 윤지는 필요

없이 커진 전깃불을 끄고 계단 청소에 나섰다. 고무장갑을 끼고 막힌 화장실 하수구를 뚫었다. 종량제봉투를 풀어 쓰레기를 콱콱 눌러 담는데 안전모에 작업복 차림의 기사가 말을 걸어왔다.

"안녕하세요? 새로 오신 사장님이시죠? 전기 안전 점검 기삽니다."

"그러시군요, 처음 뵙네요."

"매월 초에 점검하러 와요."

"잘 부탁드려요."

"아닙니다, 오히려 제가 잘 부탁드려요. 그런데 사장님, 여기 살림은 집안 살림하고 달라요. 자질구레한 것 아낀다고 될 일이 아니에요. 다른 일을 꼼꼼히 살피세요."

"무슨 말씀이세요?"

"그냥 한 말씀 드렸어요. 그럼, 또 뵙겠습니다."

그 사람은 계단을 총총 내려갔다.

'다른 일이라니? 무슨 소린가?'

저녁때 남편이 돌아왔다. 얼굴이 사색이 되어 있었다.

"왜 그래요? 얼굴이……."

"죽고 싶다, 정말. 내 팔자, 내가 생각해도 징그럽다. 정용이 놈이 해도 해도 너무했다."

"도대체 왜 그러는데요?"

"글쎄, 이놈이 미수금을 30퍼센트 내지 50퍼센트까지 깎아주고, 요 며칠 새 이미 현금으로 다 받아 갔네. 배신도 이런 배신이 없어!"

"업체마다 다 그랬단 말이에요?"

"볼 것도 없어. 그렇게 많이 깎아 준다는데 나 같아도 얼른 해주고 말지."

"모두 얼마나 돼요?"

"얼른 파악해도 2억이 넘어. 이놈이 나를 이런 식으로 갖고 놀다니. 천벌받을 놈!"

"억장이 무너져요. 그런 줄도 모르고 만날 착하다, 불쌍하다, 내 집이다, 하면서 우리 엄마가 평생 힘들게 번 돈, 나하고 애들이 한 번도 마음 놓고 써본 적 없는 돈을 이런 식으로 다 내다 버려요? 이제 보니 정용이는 현금 챙겨 내뺄 궁리만 하고 있었어요. 당신도, 형제들도 다 몸서리나요. 왜 빠져나가지도 못하게 병瓶 속에 갇힌 새 꼴을 만들어 놨냐고요? 빠져나갈 수만 있다면 당장 이혼하고 싶어요."

"말 조심해! 분명히 말하지만, 당신 집 재산 말아먹을 생각 같은 건 추호도 없었어. 얼른 벌어 신세 진 거 이자 쳐서 다 갚을 생각이었지. 일이 이 지경까지 올 줄 누군들 알았겠어? 나를 만난 것도 다 당신 운명이야. 당신 T시 민속주점에서 더 빼. 그 수밖에."

"싫어요. 퇴직금 남은 거부터 내놔요."

"알았어. 2천만 원 다 내놓을 테니 한 1억만 빼!"

"그런 소리 말고 얼른 정용이나 찾아요. 아직 가지고 내뺀 돈 갖고 있을 테니."

"천벌받을 짓을 해놓고 계획적으로 내뺀 놈이야. 붙잡히면 맞아 죽을 테니 아주 꽁꽁 숨었겠지. 무슨 수로 찾아? 재주 있으면 찾아봐!"

뭘 잘했다고 큰 소린가! 기가 막힐 뿐 다른 방법이 없다. 은행에 가서 T시 민속주점에서 추가 대출을 받으려고 했더니 IMF로 부동산 가격이 하락했다며 추가 대출은커녕 만기 도래 시 일부 원금 상환을 해야 한다는 것이었다. 하루하루 피가 말랐다.

설상가상으로 생각지도 않은 일이 터졌다. 돈 많은 새 사장이 왔다는 헛소문이 나돌았는지 장부에도 없고 세금계산서도 안 끊은, 법적 변제 의무 없는 빚쟁이들이 몰려와 소동을 벌였다. 무너진 공장 담장을 수리해 줬다는 사람, 막힌 하수구를 뚫어줬다는 사람, 공장 내부 페인트칠을 해줬다는 사람, 폐수장 텐트를 갈아줬다는 사람, 언제 것인지도 모를 밀린 밥값 받으러 온 식당 주인 등……

그들은 윤지 내외가 지식층이라는 사실을 알고는 사생결단하고 공장 앞에서 돈 내놓으라는 데모를 매일 해댔다. 내용 모르는 사람들이 보면 윤지는 딱 악덕 기업주였다. 살아온 정서상 도저히 그들을 이겨낼 재간이 없다는 것을 윤지는 알고 있었다. 남은 남편의 퇴직금을 털어 빚잔치를 했다. 가슴에 칼로 도려내는 통증이 왔다.

자기 능력과 정서로 감당할 수 없는 사업이었다. 이쯤에서 접든지 라인을 내리는 것이 최선이었다. 대책 없는 남편을 바라보고 있자니 윤지는 속에서 천불이 났다.

"덧셈 뺄셈도 못하는 바보가 아닌 다음에야 공장을 더 돌려서는 절대로 안 돼요. 일거리 많이 가져온다고 될 일이 아니에요. 현금 받으려면 단가를 지금보다 또 더 낮춰야 하고 어음은 받아봤자 부도날 확률이 높고. 내 말 못 알아들으면 알거지 되는 건 시간 문제예요."

"시끄러워. 말이 되는 소리를 해! 지금 헐값에 준다고 해도 공장을 살 사람도 없고 더구나 당장 생계에 위협받을 근로자들 생각은 안 해? 그 사람들 딸린 식구만 해도 얼만데 다들 굶어죽으라고? 어려울 때일수록 합심해 헤쳐나갈 생각은 않고 고작 한다는 소리하곤."

"말만 비단이네요. 또 억지 논리예요. 공장이 돌아가야 돌리지요. 나만 나쁜 사람 만들지 말고 공장 더 돌리려면 은행이라도 털어 와요. 그럴 능력 있어요? 식자우환이라더니 아무 때나 직진밖에 몰라요."

"글쎄, 죽으나 사나 돌리는 수밖에 없다니까. 죽을 때 죽더라도."

그렇게 싸우면서 시간이 흘렀고, 시간이 흐른 만큼 적자가 누적됐다.

27

준이가 캐나다에서 다니러 왔다. 대학 강의 포기하고 인천까지 이사와 도금 공장 사장 노릇 하고 있는 윤지를 보고는 기가 막히는 모양이었다.

"누나야, 어쩌다가 이젠 팔자에 없는 도금 공장 사장이 됐어? 형편이 이 모양인데 엄마를 맡겨 놔서 미안하다."

"그런 소린 마. 엄마 모시는 건 형편하곤 관계없다. 형편은 내 사정인 거고."

엄마가 말했다.

"말은 안 해도 누나가 많이 힘든 것 같다. 시동생이 하던 회사 떠맡아 아침 일찍 나가서 뭐를 하는지 밤늦게 녹초가 돼 들어온다."

"누나 팔자야 내가 제일 잘 알지. 다른 사람은 몰라도 누나가 한 그 고생, 나야 알지."

"준아, 고맙다. 너라도 알아주니."

"와서 보니 IMF로 중소기업 하는 사람들이 제일 어려운 모양인데 누나도 당연히 어렵겠지."

엄마는 여전히 환상 속에 있었다.

"누나하고 매형하고 전적으로 공장에 들러붙었으니 살려내지 않겠냐? 너는 여기서 나오는 월세가 큰돈인데 매달 가져가 수월찮게 모아놨을 거. 누나가 어려운데 적선 좀 해라."

"정말 어렵긴 어려운가 보네. 엄마, 그 문제는 누나하고 따로 얘기할게."

준이는 모아둔 현금은 자식들 교육과 커피숍 오픈에 이미 상당량 들어갔고 돈 관리를 제 처가 하고 있어 운신의 폭이 없다는 얘기를 했다.

"담보 대출은 아직 가능하지 않아?"

"말도 마. 잠실 집은 이미 팔아 다 썼고, 한남동 레스토랑은 한도까지 다 잡혀 있고 담보 여력이 남았다고 생각한 T시 민속주점은 IMF로 부동산 가격이 폭락해 추가 대출이 안 된대."

"그 사이 줄줄이 다 엮여 들어갔단 말이네. 어떻게 그렇게까지……."

"정용이가 미수금을 몽땅 걷어가지고 튀었어. 그래서 더 휘청거려."

"기가 막힌다. 세상에 그런 악질 시동생이 어디 있어?"

"엄마는 아무것도 몰라. 절대 비밀이다. 치매 초기인지 이젠 시시콜콜 잘 묻지도 않아."

"그건 다행이다. 중소기업 하는 친구 얘기가 은행 이자가 무려 연

20퍼센트가 넘는다데. 공장 돌려 이자 감당은 돼?"

"묻지 마라, 괴롭다. 한 달 한 달 살얼음판이다."

"엄마 맡겨 둔 죄도 있고 공장 끌어안고 혼자 애쓰는 누나 안 도와줄 수도 없고. 그런데 누나야, 내 팔자도 보통 팔자가 아니라는 건 알지?"

"알지. 클 때는 아버지 빨갱이 꼬리표 때문에, 결혼해서는 고집 센 엄마와 기 센 마누라 사이에서 네가 겪은 마음고생, 내가 알지."

"그래서 나는 평생 이래저래 마음 비우는 연습만 했다. 이제 누나 때문에 또 마음 비워야 할 모양이다. 내가 도와줄 방법은 T시 상가 담보로 좀 빼주는 일인데 그것도 이자 나갈 텐데."

"그야 당연하지."

준이는 팔짱을 끼고 눈을 감은 채 한참 생각에 잠겼다. 얼마를 빼주면 되겠냐고 묻지 않았다. 이윽고 결심한 듯 말했다.

"죽을 때 돈 가져가는 것도 아니고, 엄마 맡겨 둔 미안함도 크고, 영 떼일 돈도 아니고, 어렵다는데 모른 체할 수도 없고. 내가 3억 빼줄게."

윤지는 눈물이 왈칵 쏟아졌다.

"준아, 면목 없다. 정말."

"면목은 둘째고 잘 버티기나 해. 누난 버티기는 잘하잖아. 엄마한 테 3억 얘기는 하지 마. 놀라 자빠진다. 이자 연체하지 말고 일 풀리면 내 담보부터 제일 먼저 풀어줘. 약속하는 거지?"

"그래, 그러마."

준이는 IMF 전 20억을 호가하던 T시 상가에서 3억 원을 빼준 뒤 캐 나다로 돌아갔다. 그것은 생명이 얼마 남지 않은 환자에게 산소호흡기를 다는 장치였다.

기술력을 필요로 하는 이 사업에 전혀 문외한인 남편과 윤지가 공장을 살린다는 건 솔직히 불가능한 일이었다. 그러면서도 준이의 도움을 스스럼없이 받아들인 윤지의 뻔뻔함은 물에 빠진 사람이 지푸라기 잡는 심정이었고, 끝이 안 보이는 전쟁통에 너무 배가 고파 죽은 자식의 시체를 뜯어먹으며 연맹했다던 어떤 죄 많은 어미의 모습과 같은 것이었다. 윤지는 천사의 탈을 쓴 악마였고 천사와 악마는 같은 것의 다른 이름이었다.

석 달이 지나자 준이가 매달아준 산소통의 산소가 벌써 50퍼센트가량 소진되었다. 백척간두에 선 윤지는 과감한 구조조정에 나섰다. 결제 문제로 말썽을 부리는 거래처부터 싹 정리했고, 경리, 포장, 배송은 남편과 적절히 나누어 맡았다. 경리직원과 운송 기사, 세 명의 포장 아줌마들에게 회사 사정을 얘기하자 그들은 의외로 순순히 사직에 동의했다. 그들 역시 회사가 곧 거덜 나 직장을 잃게 될 줄 이미 알고 있던 것이다. 나이 많은 한 포장 아줌마는 중요한 정보까지 흘려주었다.

"사장님, 박정용 사장처럼 직원들한테 휘둘리지 말고 눈을 부릅뜨고 곳곳을 잘 살피세요. 여기는 복마전 같은 곳이외다. 대학에서 강의까지 했다는 분이 아무것도 모르는 여기에 와서 어떻게 견딜지 걱정이오."

"고맙습니다, 걱정해 주셔서."

"나는 여기서 오래 일했고 나이를 먹어 눈치가 9단이오. 이왕지사 얘기가 났으니 그만두고 가는 판에 이런 얘기를 해도 괜찮을지 모르겠소만……."

"괜찮아요, 무슨 얘기든 해보세요."

"전번에 있던 최 공장장 얘긴데, 그 사람 박정용 사장 밑에서 한 5년 일하더니 무슨 재주를 피웠는지 돈을 꿍쳐 땅을 잔뜩 사놓고 지금 미국 가서 잘살고 있어요."

"그게 정말이에요? 공장장이라는 사람이 어떻게 그럴 수가……."

"다들 알고 있는 공공연한 비밀이에요. 박정용 사장 착하기만 했지 직원들 마음대로 못 했어요. 기술자 곤조 아시죠?. 툭하면 그만둔다고 으름장들을 놓았어요. 그 성격에 스트레스 받으면 공장 비우고 서울 가서 수금한 돈 들고 노름방 들락거렸다네요."

"노름이요? 그게 사실이에요?"

"네, 운전수로 따라갔던 연마 기사한테 들은 얘기예요. 거짓말일 리 없어요."

"도대체 얼마나 자주요?"

"적어도 일주일에 세 번은 갔어요. 그러니 사장이 없는 무주공산無主空山에서 또 무슨 일인들 안 일어났겠어요? 공장이 복마전이라는 얘기 왜 하는지 새겨듣고 구석구석 잘 살피세요. 이런 얘기 내가 하더란 얘기는 절대 비밀로 해주시고요."

기가 막혔다. 들은 얘기를 남편에게 늘어놨더니 오히려 성을 냈다.

"확인된 사실이 아니면 함부로 떠들고 다니지 마! 그게 사실이라고 해도 달라질 게 없어. 인심만 잃어. 이 판국에 인심까지 잃으면 끝장이야. 물건 많이 끌어올 테니 죽으나 사나 열심히 공장을 돌리는 수밖에."

남편이 그렇게 나오니 윤지는 더 외롭고 막막했다. 전전긍긍하고 있는데 한 통의 전화가 걸려왔다.

"사장님, 정복남이라고 합니다. 1년 전에 퇴사한 도금 기술잡니다. 잠깐 뵙고 싶습니다."

"혹시 일자리 구하시나요?"

"아뇨, 지금 다른 데서 일하고 있습니다. 드릴 말씀이 있어서요. 전화로는 곤란하고요."

그는 버스로 두 정거장 거리의 지하 다방에서 윤지를 기다리고 있었다.

"사장님, 오늘 저 만난 건 비밀로 해주세요. 박정용 사장께서 오늘 전화를 하셨더라고요."

"그 사람이 전화를요? 지금 어디 있대요?"

"씻을 수 없는 죄를 짓고 이곳저곳 떠돌아다니고 있다고 하셨어요."

"부탁이에요, 또 전화 오면 있는 곳을 꼭 알아주세요."

"다시는 전화 안 할 거라고 하시던데요. 그러면서 회사가 걱정이라고, 사장님 만나서 회사 사정 귀띔해 드리라고, 뭘 알아야 사장님께서 대책이라도 세우신다고."

"그런 말을 했다고요? 두 사람 대체 어떤 사이였어요?"

"실은 저, 박정용 사장 밑에서 일할 때 상급 근로자들 비리 들춰내다가 공장장에게 찍혀 쫓겨났어요. 박정용 사장께서는 제가 공장 사정을 잘 알고 있다고 생각하신 거죠."

"그런데 이상하네요. 비리 있는 사람을 내보내야지 왜 그쪽이 쫓거나요?"

"상급 근로자들 함부로 건드렸다간 다른 기술자들도 동반 퇴사해 버리거든요. 그러면 공장라인이 스톱되기 때문에 박정용 사장 능력이나 배짱으로는 그 기센 사람들을 어떻게 할 수 없었던 거죠. 그들 비리 때문에 공장이 밑 빠진 독이었을 겁니다. 아마 남편분께서 그동안 그 독에 물 많이 퍼부으셨을 거예요."

"어떻게 아세요, 그걸?"

"월급이 밀려 직원들이 아우성일 땐 꼭 사장님 남편분께서 다녀가셨어요. 무슨 조치를 하셨는지 다음 날이면 바로 월급이 나왔거든요. 하나만 보면 다 알 수 있는 거 아닙니까? 그리고 이런 얘기 제 입으로 하자니……."

"괜찮아요, 절대 비밀로 해드릴 테니 마음 놓고 말씀하세요."

"공장장은 개인적으로 친분 있는 사람이 가져온 물건을 3층에 있는 경리에게 보고하지 않고 공짜로 도금해 줘요. 그 숫자가 부지기수예요. 옆에서 같이 일하면서 다 봤어요. 당연히 뒷돈을 챙겼겠죠. 폐수 기사가 납품되는 화공약품 수량을 조작하는 건 누워서 떡 먹기예요. 약품 가짓수가 워낙 많으니까요. 단가도 5퍼센트 내지 10퍼센트 정도 비싸게 들여오는 건 누가 일일이 챙기지 않으면 그냥 넘어가요. 검은돈이 오가게 돼 있어요. 사장이 일일이 따지고 나서면 붙어 있을 사람 없어요. 도금 공장은 폐수 기사가 힘이 제일 세요. 함부로 못 건드려요. 수틀리면 가버려요. 폐수장은 하루도 가동 중지할 수 없고 기사 구하기가 하늘의 별 따기니까요."

"……."

"또 영업부장은 거래명세서를 조작해요. 도금 물량은 100개 가져와서 70개로 적은 명세서를 경리에게 넘기는 식으로요. 거래처에선 마다할 리 없죠. 한 달이면 그 숫자가 만만찮아요. 당연히 적당한 리베이트가 지불되었겠죠."

"기가 막히네요, 정말."

"제가 보다 못해 박정용 사장께 고자질해도 알았다고 하고는 그냥 서울로 횡 나가버리곤 했어요. 돌아오는 길에 반값에 물건만 잔뜩 끌어왔어요. 라인은 급히 돌아가고, 거래처에서는 물건 빨리 가져오라는 독촉 전화가 빗발치니 직원들 모두 각자 일에 바쁘기만 했지 누구하나 들어오고 나가는 물건 숫자를 꼼꼼히 챙기는 사람도, 그럴 경황도 없었어요. 근로자들이야 공장이 망하건 말건 월급만 타가면 되는 거 아닙니까? 그리고 2층 도장 공장에 근본적 문제가 있는 거 아세요?"

"근본적 문제라뇨?"

"스페이스가 좁아서 라인의 길이가 처음 시설할 때부터 정상보다 조금 짧았어요. 그런 라인에서는 도료를 얇게 분사해 굽는 시간을 길게 줘야 불량이 안 나요. 그런데 기사는 사장이 자리 비운 사이 초보 외국인을 대타로 부려먹어요. 그러다 보니 도료가 두껍게 분사돼 덜 구워져 납품되고, 납품된 물건 중 30퍼센트 이상이 바로 반품됐어요. 재처리하자면 약품비, 도료비, 전기세, 기름값, 인건비가 또 들어가요."

"당연한 얘기네요."

"이 바닥에서 도금, 도장 경력이 20년인 내 눈에는 공장이 안 망하고 돌아가는 게 늘 이상했어요. 알고 보니 뒤에 사장님 남편분이 계셨더라고요."

"무슨 말인지 다 알아들었어요."

"그럼, 일하다 나와서 이만 가보겠습니다."

돈이 버적버적 깨진 이유가 다 드러났다. 확실한 기술자도 아니고 성격적 무능에다 경영능력 없는 정용이 그 복마전에서 오랜 세월 밑 빠진 독에 물 붓다 감당이 안 되자 노름방을 전전하며 스트레스를 풀었고 수금한 돈마저 날려먹었을 건 불을 보듯 뻔했다. 그제야 막내 무용이의 말이 확 꽂혔다.

"형수요, 내가 왜 정용이 형하고 모질게 의절했는지 아세요? 시골에서 일 거들고 있을 때 수금해 오라고 보내놓으면 그 돈 가지고 노름방에 가 앉아 있더라고요. 그 버릇은 아무리 타이르고 말려도 못 고치데요."

이제 와서 정용이의 도박 버릇을 탓한들, 무조건적 형제애의 포로였던 남편을 원망한들 무슨 소용이 있겠는가! 돌이켜보니 공장은 IMF가 아니더라도 오래전부터 암 환자였다. IMF로 수금한 어음의 상당량이 부도 맞는 바람에 암의 크기가 드러났을 뿐.

일이 이 지경까지 왔는데도 고지식한 남편은 일거리 많이 가져와 버티는 수밖에 없다는 논조로 나왔다. 하지만 그건 자신의 잘못된 생각과 판단으로 저질러진 돌이킬 수 없는 과오 앞에서 자존심 강한 사람이 댓바람에 무너질 수 없어 부리는 오기고 생떼다.

앞이 캄캄절벽이었다. 잘못 건드렸다간 대책도 세우기 전에 더 큰 사단이 날 판이었다.

눈을 감고 조용히 아빠를 불렀다.

'아빠, 이제 모든 게 다 드러났어. 그런데 옴짝달싹할 수가 없어. 어떻게 해야 해?'

'윤지야, 이제부터는 네가 하고 싶은 대로 해!'

'그래도 될까?'

'응.'

'아빠가 도와줘야 해.'

'그래, 도와줄게.'

윤지는 첫 조치로 도장 라인을 내리기로 했다. 남편은 윤지의 독단적 결정에 쌍심지를 돋웠다.

"도장 라인을 내리겠다고?"

"그래요, 당신 엉터리 논조로 더 이상 날 설득할 생각 말아요. 그게 적자 줄일 수 있는 가장 확실한 방법이에요."

"쉬운 일이 아닐 텐데……. 다 알아서 하겠다, 이거지? 그런 독기가 있는 줄 몰랐어."

"그래요, 독해지지 않고는 우리가 거지 되는 건 시간 문제고 죄 없는 준이까지 거덜 나게 생겼어요. 이제부턴 무슨 결단을 더 내리든 내가 다 알아서 해요."

"알았어. 잘난 사람이니 잘해 봐, 잘해 보라고."

"빈정대지 말아요."

"알았어. 말아먹든 볶아먹든 나는 손 뗄게."

"난 아무 욕심 없어요. 준이를 살려놓고 이 늪에서 안 죽고 빠져나오는 것만이 목적이에요."

"거 참, 말 한번 갸륵하네. 오누이 끔찍한 정에 하늘이 감동하겠어."

"일을 이 지경으로 만들어놓고 끝까지 빈정대기예요?"

남편은 다음 날 공장에 나타나지 않았다. 만취한 상태로 한밤중에 들어와 거실 소파에서 쓰러져 자곤 했다.

라인 가동 중단을 통고하자 기다렸다는 듯 해당 근로자들이 집단으로 집으로 쳐들어와 진을 쳤다. 그들은 다짜고짜 남편의 이름을 부르며 퇴직금 정산을 요구했다. 마침 남편은 집에 없었다. 방에서 TV를 보던 엄마가 놀라서 튀어나왔다. 엄마는 부들부들 떨었다.

"도대체 무슨 일이요? 왜 이 난리들이요?"

대표가 나섰다.

"어르신, 놀라지 마십시오. 우리는 단지 우리의 권리를 찾기 위해 왔습니다."

"권리라니요?"

"예고 없이 갑자기 직장을 뺏으니 오래 부려먹은 저희들 퇴직금은 바로 챙겨주셔야지요."

아무것도 모르는 엄마는 벌벌 떨며 말했다.

"내 딸이 무슨 상관이오. 시동생 그놈은 어디 가고 착한 내 딸이 무슨 죄가 있다고? 우리는 지금까지 남한테 못할 짓 하고 산 적 없소. 살다 살다 무슨 이런 해괴한 일이 있단 말이오? 착한 내 딸 괴롭히면 천벌받소."

엄마가 소파에 주저앉았다.

"아무래도 남편분하고 얘기해야겠는데 왜 안 보이는 거죠? 이렇게 피한다고 될 일이 아닌데."

윤지가 나섰다.

"시간을 주세요. 자세한 내역을 파악하려면 법률적 검토가 필요해요."

대표가 다시 나섰다.

"재판을 하자는 얘긴데, 좋아요. 끝까지 가봅시다. 서로 의사 타진은 된 것 같으니 법정에서 봅시다. 우리도 알아서 조치부터 할 테니."

그 소리에 엄마가 질겁했다.

"재판이라니, 법정이라니? 그리고 조치라니! 이게 다 무슨 소리요?"

엄마가 실신해 소파에 드러눕자 근로자들도 주섬주섬 일어났다.

"어르신 건강이 안 좋으신 것 같아 일단 돌아갑니다."

그들이 돌아간 뒤, 한참 만에 정신을 차린 엄마는 무언가 큰일이 벌어졌다는 것을 알아차렸다.

"공장에 큰일 벌어진 게 분명한데 네가 나를 모질게 속이고 있어."

"엄마, 엄마는 그냥 가만히 있어. 엄마가 나서서 해결될 일이 아니야. 가만히 있는 게 도와주는 거야."

"내게도 예감이라는 게 있다. 재산이라는 거는 꽃피고 열매 맺는 유실수有實樹 같은 거다. 그저 꽃이나 보고 열매나 따서 나눠 먹는 거지 절대로 원 둥치를 건드려서는 안 된다. 박 서방이 자기 힘 안 들이고 쉽게 얻은 재산이라 원 둥치를 잘못 건드린 게 틀림없어. 억센 노동자들이 집에까지 쳐들어와 난동을 피우는 걸 보면. 도대체 어디까지 잘못됐는지 숨기지 말고 말 좀 해봐, 이것아!"

"엄마, 부탁이야. 제발 좀 가만히 있어."

"짐작건대 손쓰기 힘든 지경까지 왔나 보네. 일은 한번 잘못되면 걷잡을 수 없는 법, 이 일을 어찌할꼬? 나는 이미 힘이 없고 착하디착한 네가 이 험악한 일을 어떻게 감당한단 말이냐?"

엄마는 어지럼증을 견디지 못해 다시 소파에 드러누웠다.

"이제 와 생각하니 다 내 잘못이다. 셋째 아들이라 안심했고 학벌 좋은 사람이라 안심했고. 당초에 재산을 박 서방 이름으로 해주는 것도 아니었어. 다 내 잘못이다."

"이제 와서 박 서방한테 아무 소리 하지 마, 제발. 내가 다 알아서 할 테니. 알았지?"

"알았다, 알았다고 하는 수밖에. 아이고, 어지러워라."

다 알아서 하겠다고 했지만 윤지는 앞날이 아득했다. 도장 라인 대표가 말한 '조치'란 재산이나 거래처 미수금에 가압류를 하겠다는 뜻이었다. 그렇게 되면 당장 더 큰 어려움이 닥친다. 이튿날 윤지는 대표를 불렀다.

"판결 나면 바로 해결해 줄 테니 엉뚱한 조치 같은 건 말고 기다려 주세요. 조치 들어가면 회사가 더 어려워질 건 뻔하고 서로 좋을 게 없어요. 아시다시피 저는 법적 변제 의무 없는 빚까지 남편 퇴직금 털어 다 해결해 줬어요."

"그건 우리도 알고 있어요."

"도금 공장은 돌리고 있으니 내뺄 수도 없고요."

"하긴 그래요. 부르주아 지식인께서 우리 노동자들 피 묻은 돈 떼먹을 재간 있겠습니까? 여차하면 공장 점거해 난동 피울 겁니다. 좋아요, 봐드리지요."

회사 분위기가 흉흉해지자 도금 라인 근로자 다섯 명이 자진 퇴사해 다른 공장을 찾아 나섰다. 일을 할수록 적자가 누적돼 인건비 감당이 안 되는 판에 직원들의 자진 퇴사는 그나마 다행한 일이었다.

재판이 시작되었다. 열 명의 근로자들이 요구하는 금액이 5천만 원가량이었다. 판결 날 때까지 시간을 벌어놓고 윤지는 공장 이외의 전 재산을 다 처분하기로 했다. 빚이 대추나무에 연 걸리듯 걸린 공장이다. 연 20퍼센트를 상회하는 은행 이자와 운영비를 감당하려면 그 방법밖에 없었다.

남편이 3분의 1지분을 갖고 있는 한남동 레스토랑부터 정리하기로 했다. IMF 전에 20여억 원까지 호가했던 물건이다. 복덕방 두 곳에 시세를 문의했다. 한 곳은 11억 5천만 원, 다른 한 곳은 12억 원을 얘기했다. 더 받으려면 나라 경제가 더 풀려야 한다고 했다. 현재 시세를 3등분하니 얼추 남편의 빚 3억 8천만 원과 맞아떨어졌다. 남편의 동의가 필요했다.

"한남동 레스토랑 당신 지분, 동업자들에게 넘겨야겠어요. 동의해줘요."

남편은 울음 같은 한숨을 토해냈다.

"그 아까운 것을 넘긴다고? 도대체 얼마에?"

"지금 시세를 3등분하니 당신 빚과 맞아떨어져요."

"그럼 3억 8천에? 조금만 더 기다리면 내 지분이 최소한 5억은 될 텐데. 좀 더 버티지."

"그럴 재간이 없어요. 당장 하늘에서 돈뭉치가 코앞에 떨어지기 전에는. 제2금융권에 잡혀 있는 물건이라 이자 부담이 제일 커요. 빨리 정리해야 해요."

"그렇다고 흥정도 안 해보고 그냥 그 값에 갖다 바치겠다고?"

"답답한 쪽에서 흥정은 무슨? 공동 재산이니 은행 이자 연체되면 당연히 동업자들에게 귀찮은 일 생겨요. 그러기 전에 사정 얘기하고 지분 인수 요청하는 거죠. 동의해 주면 다행이에요."

"그 탄탄한 부자들이 동의 안 해줄 리 있어? 그런 헐값에 갖다 바치 겠다는데?"

"당신은 뭐든지 왜 그렇게 쉬워요? 헐값은 당신 생각이고 우리 입장이에요. 3분의 1지분 복덕방에 내놔 봐요. 팔 재주 있는지. 나는 꼭 흠 있는 딸, 총각한테 시집보내는 심정이라고요. 아슬아슬해요. 받아 주면 다행이에요. 욕심부릴 생각이면 직접 나서든지."

"……."

"왜 대답 안 해요? 창피하고 자존심 상하죠? 속상하죠? 그래서 못 나서겠죠? 모든 게 다 인과응보예요. 당신이 정용이에게 혼魂을 팔아 버린 결과라고요."

"콱 죽어버리고 싶다, 정말."

"나도 죽고 싶다고요. 애들이 그 레스토랑 얼마나 좋아했었는데. 애들 생각하면 가슴이 미어져요. 동업자들 만나러 가는 것도 창피하고 자존심 상해 죽겠고요."

동업자인 남편의 친구 황 검사는 그새 검사직을 그만두고 변호사 개업을 했는데 준이의 처남 신성길과 같은 빌딩에 사무실을 두고 있었다. 윤지는 두 사람에게 연락해 다음 날 그 빌딩 1층 커피숍에서 낮 11시에 만나기로 했다.

마음을 다잡고 약속 장소에 들어서자 그녀를 기다리고 있는 두 사람의 모습이 보였다. 둘 다 어리둥절한 표정이었다. 다가가 눈인사를 하고 앉았다. 황 변호사가 먼저 입을 열었다. 황 변호사는 윤지가 결혼할 때 선보는 자리까지 따라왔고 함 들어오던 날 함잡이였다.

"병용이가 아니고 윤지 씨가 만나자고 해서 무슨 일인가, 했어요. 용건이 뭡니까?"

남편과 각별한 사이인 두 사람에게 남편의 입장과 자존심을 생각해 정용이 얘기, 황당무계한 회사 내부 사정 얘긴 꺼낼 수 없었다.

"IMF에 중소기업들이 다 어렵잖아요. 수금한 어음은 자꾸 부도나고 빚도 많아 이자 감당이 안 돼요. 서둘러 재산을 처분해 회사를 살려야 할 처지가 되었습니다."

신성길이 말했다.

"병용이가 추가로 대출받을 때부터 사정이 어려운가 보다, 했어요. 한남동 레스토랑 병용이 지분 처분 문제로 보자고 하신 거지요?"

"그렇습니다, 형편이 어려워 바로 이자 연체 들어가게 됐습니다."

분위기가 썰렁해지며 잠시 침묵이 흘렀다. 윤지는 용기를 내서 말했다.

"그래서 남편의 지분을 은행 빚 3억 8천만 원과 상계하는 조건으로 인수해 주셨으면 합니다. 시세를 알아봤더니 그 시세는 있더라고요. 죄송합니다, 이런 어려운 문제를 가지고 와서."

무장 해제하고 나선 윤지의 딱한 모습을 보며 신성길이 말했다.

"그 물건 처분해 회사 살리겠다니 마음이 영 짠하네요. 그 레스토랑 3자 동업도 병용이가 황 변호사와 나를 엮어서 시작한 건데. 병용이가 빠져나가면 일이 영 이상해지는데, 어쩌다 이런 일이……. IMF가 원망스럽네요. 초등학교 때 병용이한테 용돈도 적잖이 얻어 썼고 병용이 집을 내 집처럼 드나들며 공밥 많이 얻어먹었어요. 집안 인심이 참 후했거든요."

신성길의 늘어진 얘기를 듣고 있던 황 변호사가 역정을 냈다.

"신성길 씨! 그런 한가한 소리 그만하고 문제의 핵심이나 얘기해요. 인수할 건지 말 건지."

"글쎄요."

"나는 속이 영 거북해요. 식욕 없는 사람이 한상 차려 받은 기분이고, 또 일이 난감하잖아요? 부동산은 인수 시점의 시세에 준할 수밖에 없는데, 지금 시세에 인수하자니 IMF에 딱한 친구 재산 싸게 주워 먹으려 드는 것 같고, 인수 안 하자니 달리 방법도 없고. 신성길 씨! 얘기 좀 해보시지요. 어떻게 해야 할지."

"달리 방법이 없다면서요?"

"그럼 인수에 동의하는 겁니까?"

신성길은 고개를 끄덕였다. 황 변호사가 윤지를 보며 말했다.

"그럼 그 조건에 인수하는 걸로 하고, 그런데 문제는 지분 인수는 매매 형식이 될 테니 양도소득세가 발생한다는 겁니다."

"알고 있습니다. 얼마가 될지 모르지만 알아서 처리할게요. IMF사태에 내놓는 재산인데 나라에서 너무하다는 생각이 들어요."

"법이 그렇습니다. 아마 3천만 원가량 될 것 같네요."

살점 다 내놓고도 뼈까지 그렇게 많이 갉혀야 하다니! 윤지는 자신이 너무 불쌍했다. 깊은 한숨을 토하고 말았다. 황 변호사가 신성길에게 제안했다.

"신성길 씨! 세금은 우리가 처리합시다. 그게 병용이에 대한 도리일 것 같아요."

"그럽시다, 반씩 나눕시다."

윤지는 그만 눈물을 보이고 말았다. 황 변호사가 지분 인수에 필요한 서류를 적어주며 말했다.

"세금고지서 나오면 갖다 주세요. 얼마가 됐건 우리가 처리할게요. 대학교 때 병용이가 4년 동안 내 하숙비 대다시피 했어요. 아플 때 병원비도 내줬고요. 신세 진 거 이런 식으로라도 갚게 되어 위안이 됩니다."

옆에 있던 신성길이 길게 숨을 내쉬었다.

"후유, 이제야 답답하던 가슴이 좀 뚫렸어요. 조금이라도 병용이를 도울 수 있어서. 윤지 씨! 힘냅시다. 살다 보면 좋은 일 있을 거예요."

"고맙습니다, 두 분 은혜 잊지 않을게요."

다음으로 해야 할 일은 쉬고 있는 도장 공장을 세놓는 일이었다. IMF 한복판인 데다 약점 있는 라인에 선뜻 세들 사람이 찾아질 것 같지 않았다. 윤지는 1억 5천만 원을 들여 시설한 라인을 시설 사용료 없이 보증금 2천만 원에 월세 180만 원에 내놨다. 과연 금방 임자가 나타났다. 노련한 기술자인 그는 라인을 둘러보더니 단박에 약점을 파악했다. 자기에게 보완책이 있다며 계약에 응했다.

그는 로봇 분사기를 이용해 거침없이 라인을 가동시켰다. 원가계산도 자기 손바닥 안에 있었다. 탈지 방법도 달랐고 기계 조작만 해놓으면 로봇이 똑같은 두께로 분사하니 인건비 절감은 물론이고 불량도 나지 않았다. 분사 로봇이 있다는 사실조차 모르고 사업을 한 정용이와는 차원이 다른 접근이었다.

약간의 숨통은 트였으나 여전히 갈 길이 멀었다. IMF가 깊어진 만큼 단가 낮추기 경쟁은 점점 더 치열했다. 부가가치세가 밀리기 시작했다. 구청 직원이 나와 분할로라도 내라고 했다. 사는 집 월세도 보증금에서 까나가고 있었다.

윤지의 명의로 된 T시 민속주점도 이자가 연체되기 시작했다. 값을 낮춰서라도 빨리 처분하는 게 방법이었다. 시내 요지에 자리잡고 있어 10억을 호가하던 물건이다. 아무리 부동산 가격이 하락했다고 해도 6억은 받을 수 있을 거라 생각했다. 평소 그 물건에 대해 잘 알고 있던 T시 중개사에게 처분해 달라고 전화를 했더니 부리나케 달려왔다.

"요즘은 현금 가진 사람이 왕이라는 건 아실 테죠? 아무리 좋은 물건이라도 사는 쪽 마음이지 파는 쪽 마음이 아닙니다."

"무슨 말인지 알아요. 그래도 10억까지 갔던 물건인데요."

"그렇게 말씀하시면 처음부터 얘기가 어려워지는데요. 사정이 딱하게 되셨더라고. 욕심부릴 형편이 아니시던데."

"사정이 딱하다니요?"

"이자가 연체되셨던데요."

"그걸 어떻게 아셨어요?"

"요즈음 현금 가진 사람들이 은행 부채 많은 알짜 물건을 찾아놓고 이자 연체 상황을 점검하고 있어요. 컴퓨터에 다 뜨거든요. 아는 은행 직원 통해 언제쯤 경매 부칠지 정보 입수도 하고 있고요."

"세상 인심이 기가 막히네요."

"현실을 몰라도 너무 모르시는구먼. 사모님 물건은 다행히 위치가 좋아 경매 전에 한번 작자 붙여 볼까, 하는 거지요."

"그럼, 얼마면 되겠어요?"

"죄송한 말씀입니다만, 5억에서 귀를 떼면……."

"5억도 안 된단 말씀이세요?"

"죄송합니다, 현실이 그렇습니다. 그래도 경매보다는 조금 더 건지는 겁니다. 나도 도와드리고 싶어요."

방법이 없다, 마음을 비우는 방법밖에는. 본의는 아니었지만 그동안 마음 비우는 연습하며 살아온 세월에 감사해야 할 일 아닌가! 4억 9천만 원에 알토란 같은 재산을 넘기고 말았다. 담보된 은행 빚 3억과 연체이자, 밀린 부가가치세, 세금 등을 해결했다. 그러고 나니 겨우 1억여 원이 수중에 떨어졌다.

퇴직금 재판이 종결되었다. 열 명의 근로자 중 지입차持入車 기사는 정식 직원으로 볼 수 없고, 중간에 다른 데로 갔다가 재입사한 두 명의 직원은 근무연수가 1년이 채 안 돼 퇴직금 지급 사유가 없으므로 나머지 일곱 명에게 각각 500만 원씩, 3천 5백만 원을 지급하라는 판결이 떨어졌다.

가지고 있던 돈으로 퇴직금을 지불하고 나니 겨우 두 달 치 운영비가 확보됐다. 재판 운운 소리에 불안해진 엄마는 윤지만 보면 이것저것 집요하게 캐물었다. 윤지가 대답을 피하자 애가 탄 엄마는 캐나다에 있는 아들에게 전화를 넣었다. 준이가 비행기로 오고 있었다.

"왜 이렇게 늦지? 캐나다가 멀긴 먼가 보다."

안절부절 아들을 기다리던 엄마는 더 못 버티고 쓰러졌다. 만사 제치고 부리나케 달려온 준이의 얼굴에는 수심이 가득했다.

"엄마는?"

"병원에 있다. 고혈압에 심장까지 안 좋단다. 정신도 왔다 갔다 하고. 셋째가 월차 내서 돌보고 있다."

"엄마 전화 받고 얼마나 놀랐는지 알아? 직원들이 누나를 감옥에 처넣기로 했다며? 누나, 감옥에 안 가도 되는 거야?"

"노인네 상상력이 좀 심했다. 2층 도장 라인을 내리는 통에 근로자들이 무더기로 집에 쳐들어 왔었어. 퇴직금 내놓으라고 소동을 피우며 재판하겠다고, 조치하겠다 하는 소리 듣고는 멋대로 상상했나 보네. 그 뒤로 자꾸 쓰러지고 토하고……."

"그래서 재판했어?"

"응, 판결 난 대로 다 해결해 주고 도장 라인은 세웠어. 문제가 어려운 게 아니고 답이 없었어. 자기 자신이 기술자가 아닌 이상 감당이 안 되는 사업이더라."

"잘못하다간 T시 내 물건도 날아가는 거 아니야?"

"놀라지 마. 이미 T시 민속주점하고 한남동 레스토랑 다 처분했어. 그래야 너한테 피해가 안 가겠더라."

"기가 막힌다. 그래놓고 매형은 지금 뭐 하고 있어?"

"술에 취해 팔자 타령 하고 있을 거다. 가진 자는 못 가진 자를 도와야 한다, 다 같이 잘살아야 한다, 유有는 유有에서만 나온다, 평생 그러더니 이 지경을 만들어 놨다. 퇴직금까지 진작 다 털어먹었다."

"퇴직금까지? 아이쿠, 퇴직금이 많았을 텐데……."

"한쪽 라인이라도 진작 내렸으면 손해를 줄일 수 있었는데 고집이 세서 죽어도 말을 안 듣더라. 그래서 더 어려웠다. 재산 다 없어졌는데도 아직 공장 건축비로 얻은 빚 2억하고 네 빚 3억이 남아 있지만 어떻게든 해결할게."

"누나도 참 병신이다. 진작 누나 마음대로 하고 말 것이지."

"그러게. 평생 바보로 살다가 갑자기 변신하기가 어렵더라."

"그나저나 참 딱하다. 차라리 공장 팔아버리면 어때? 팔아서 빚 싹 갚아버려. 공장 팔면 얼마 받을 수 있는데?"

"요새 공장 살 사람 없다. 어쨌든 경기 풀릴 때까지는 죽어도 더 버텨야 한다. 그래야 무슨 방법이든 난다. 사는 집 월세도 밀렸다. 보증금에서 까나가고 있다."

"아니, 월세라니?"

"실토할게. 사는 집 처음부터 월세였어. 너무 참담해서 너한테 말 못 했어. 엄마도 모르는 사실이니 비밀로 해줘."

"정말 기가 막힌다. 애들은 어떻게 지내고 있어?"

"친정이 이 모양이니 숨도 제대로 못 쉬고 사는 것 같더라. 애들이 보태라고 주는 돈은 코끼리 비스킷이다."

"엄마가 사정 알면 바로 돌아가시겠다. 사람이 생긴 대로 살아야지 뭐 하는 짓인지. 이런 식으로 전 재산 다 말아먹은 매형이 사람이야?"

"그러게 말이다. 가만있었으면 2등은 했을 텐데 1등 하려다 꼴등한 거지."

"누나는 돈 다 털어먹더니 도사 같은 소리 하네."

엄마를 보러 병원에 갔다. 엄마 얼굴이 석고 같았다. 눈을 감고 약한 숨소리만 토해내고 있었다. 간호하던 셋째가 작은 소리로 말했다.

"할머니가 자꾸 토해. 물도 못 넘겨. 의사 선생님이 식구들 멀리 가지 말래."

사람들 소리에 엄마가 가느다랗게 눈을 떴다. 준이를 보더니 안도하는 표정을 지었다.

"준아, 이 어미가 전생에 네 매형에게 큰 빚을 진 게 틀림없다. 저세상에 있는 네 아버지가 나타나 자꾸자꾸 얘기하신다. 누나를 구해야한다고. 공부 더 하겠다고 할 때 그냥 놔둘걸, 결혼부터 시킨 게 잘못이다. 전적으로 다 내 잘못이다. 준아, 너한테 약속받기 전에는 눈 못감는다. 준아, 알아들었지? 누나를, 누나를 부탁한다……."

그 말을 남기고 엄마는 영원히 눈을 감았다. 입원한 지 일주일 만이었고 여든 번째 생일을 두 달 앞으로 남겨 놓은 시점이었다. 다들 나무토막이 되었는지 아무도 울지 않았다. 울음은 덜 슬플 때나 나오는 건지도 몰랐다.

아무에게도 연락하지 않았다. 며느리는 형편이 여의치 않아 장례식에 참석지 못했다. 엄마의 유언대로 화장을 했다. 술이 떡이 돼서 화장장 의자에 널브러져 있던 남편은 화장이 끝날 무렵 비틀거리며 일어나 말없이 자리를 떴다. 화장실에 가나 보다 했다. 그러나 남편은 돌아오지 않았다. 전화는 끊겨 있었다. 엄마의 유분遺粉을 잔디묘원에 안장할 때까지 남편은 나타나지 않았다. 집에도 들어오지 않았다.

사흘 후 T시 둘째 형님으로부터 전화가 걸려왔다.

"제수씨, 접니다. 마음 가라앉히고 들으세요. 병용이가 선산 부모님 무덤 옆에서 숨져 있는 것을 발견해 병원으로 이송했습니다."

"죽었다는 말씀이세요?"

"네, 이미 사망한 상태에서 이송했습니다. 병용이 옆에 빈 소주병이 열 개가 넘게 있었어요."

"편지 같은 건 없었습니까?"

"없었어요. 서둘러 병원으로 오세요. K대 병원입니다."

"알겠습니다."

윤지네 식구들이 병원에 도착하자 부검이 시작됐다. 병원 측 소견은 심장마비로 인한 돌연사라고 했다. 과음 탓으로 보인다고 했다. 황당무계했다. 윤지는 남편을 시부모님 옆에 묻어 주었다. 쓸쓸하고 적막한 장례식이었다. 정용은 끝내 나타나지 않았다. 부모 재산 다 챙기고 형제 인연 일찌감치 끊은 막내 무용도 보이지 않았다. 그는 화병으로 몸겨누운 지 오래라고 했다. 살림집 한 채 놔두고 다른 재산 다 처분해 타이어 공장 하는 친구 어음 할인해 주었다가 IMF에 그 친구 공장이 도산하는 바람에 그 구렁이 알 같은 돈을 다 날렸다는 것이다. 큰형님은 배다른 자식 간의 재산 다툼으로 재산 다 털리고 꼬부라진 허리에 백발성성한 노인 신세로 한쪽에 앉아 우느라 정신없었다. 둘째형님은 돈 떼먹은 일이 떳떳치 못해선지, 윤지에게 어떻게 이런 일이 있는지 모르겠다는 짤막한 위로 한 마디만 건네고 일가친척들 사이에 몸을 숨겼다. 모두들 꿀 먹은 벙어리가 되어 윤지의 눈치만 살폈다.

남편은 살아생전 어느 형제에게도 자신의 고충이나 사정 얘기를 한 적도, 하려 든 적도 없었다. 남편의 잘못된 보시는 스스로 비명에 갈 운명을 자초했을 뿐, 다 같이 잘살아야 한다던 남편 식의 실험정신은 다 허구였다. 엄마의 사위에 대한 환상도 역시 허구였다.

사위에게 진 전생의 빚 갚으러 이생에 온 엄마, 엄마는 그 빚을 다 갚고 간 것일까?

엄마가 가자 바로 따라간 남편, 남편은 형제들로 인한 그 무거운 업장을 다 털고 간 것일까? 다음 생에는 엄마와 남편의 인연이 역할이 뒤바뀌어 이어지는 걸까?

28

구조조정과 간추려진 빚 덕분에 적자가 완화되기는 했지만, 아직도 사업을 흑자로 돌이킬 일은 아득하기만 했다. 하루 종일 경리일, 짬짬이 포장일, 때때로 배송일에 매달리다 집에 오면 서러움이 복받쳐 윤지는 울고 또 울었다.

준이는 아직 캐나다로 돌아가지 못하고 있었다. 아침 출근 때 공장에 따라 나와 포장 일도 거들고 배송할 물건들을 차에 실어주다가 애꿎은 줄담배를 피워댔다. 엄마의 간곡한 유언이 준이를 몹시 괴롭히고 있었던 것이다. 멍하니 하늘을 쳐다보다 뜬금없는 소리를 했다.

"가만히 보니 매형이 대학에서 정치학을 공부한 게 아니라 사회주의 공부를 했나 보네. 사회주의를 하든, 공산주의를 하든 혼자 할 것이지 끝내 무슨 권리로 아무 죄 없는 나까지 끌어들이고 갔단 말인지."

준이의 그 말이 윤지의 가슴에 비수로 꽂혔다. 준이가 얼른 담배를 비벼 껐다.

"하도 답답해서 해본 소리다. 공장에 나와 보니 언제 끝날지도 모르겠고, 혼자 해결할 수도 없는 일 끌어안고 고생하는 누나 꼴 차마 눈뜨고 볼 수가 없네. 누나는 늦게 박사까지 한 사람이 자기 인생이 억울하지도 않아? 진짜 천지강산에 이보다 더 억울할 데가 어디 있겠어?"

"준아, 그런 한가한 소리는 더 있다 해라."

"더 있고 자시고 할 것도 없다. 공장 해결 날 때까지 기다리다 누나 죽게 생겼다. 그 꼴은 안 보고 싶다. 잘못하다가는 담보된 내 재산도 온전하리란 보장 없다. 누나야, 이왕지사 솔직히 말해라. 언제까지 버티겠는지. 나를 기함시킬 일 언제쯤 생길 건지."

"솔직히 무슨 일이 언제 터질지 장담할 순 없어."

"무슨 일이 터지는데?"

"대량 불량 사태, 재수 없으면 어음부도, 갑작스러운 기계 고장, 그리고 폐수 문제까지. 폐수 관리 잘못되면 구청에서 단속반이 뜨고 바로 벌금이 수천만 원이다. 폐수 기사 구하기가 하늘에 별 따기다 보니 상전도 그런 상전이 없다."

"내가 보기에는 정용이도 누나도 도금 공장 사장 깜냥이 아니다. 깜냥 안 되니 직원한테 벌벌 떨다 돈이나 털어먹지. 누나랑 얽혀 있다가 나도 명대로 못살겠다. 얼른 해결해 주고 나도 마음 편히 사는 게 상책이겠다, 싶다."

"해결? 어떻게 해결을 해?"

"내 빚 3억하고 누나 공장 건물 건축비로 얻은 빚 2억, 합해서 5억 중에서 4억은 갚아줄게. 1억은 누나가 책임져라. 그거야 할 수 있겠지?"

"무슨 수로 4억을 갚아준다는 건데?"

"팔아야지, T시 상가를."

"말도 안 돼. 월세가 많이 나오는 집인데. 그리고 지금 팔면 제값 못 받는다."

"할 수 없다. 제값 받길 기다리다가 숨넘어가겠다. 절대로 나 혼자 편하게 살 팔자가 못 된다. 생각해 보니 엄마 유언도 그 뜻이었다. 이 참에 전세 놓은 T시 살림집하고 엄마 살던 변두리 아파트까지 다 처분할 거다. T시 건 싹 다 처분해서 4억 갚아주고 여기에 내 이름으로 조그만 아파트 하나 사놓고 갈게. 사는 집 월세도 보증금에서 까나간다니 쫓겨나면 어디서 살아? 거기서 살아, 형편 풀릴 때까지."

"준아, 어떻게 그렇게까지?"

"할 수 없다. 일은 이미 벌어진 거고 우선 살고 보자."

"올케 알면 펄펄 뛸 텐데. 당장 월세 안 들여놓으면 난리 날 테고."

"일 처리하고 남은 현금 은행에 넣어놓고 매달 떼서 주는 수밖에. 한 몇 년이야 넘어가겠지."

"그게 할 짓이니? 평생 두고두고 날 원망할 거면서."

"누나는 내 성격 모르는구나. 나는 한 번 봐줬으면 그기로 끝이지 원망 같은 건 안 한다. 따지고 보면 엄마가 번 재산인데 엄마 계속 모시지도 않은 주제에 여편네 큰소리치면 가만있지 않을 거다. 엄마의 간곡한 유언이었다고 털어놓을 거다. 대신 나중에 형편 풀리면 능력껏 갚아줘야 한다."

"그야 물론이지만 걱정이 태산이다. 앞일을 네가 어떻게 감당할지."

"그건 순전히 내 몫이다. 내 앞으로 떨어진 내 몫이란 말이다."

윤지는 울컥했다. 준이가 윤지 인생의 해결사가 되어줄 줄이야. 준이는 IMF 전에 20억을 호가하던 T시 상가를 12억에 처분하고 그 외재산들도 처분해 약속대로 빚 4억을 갚아주었다. 그리고 윤지 거처까지 마련해 준 뒤 캐나다로 돌아갔다.

준이를 잡아먹고서야 윤지는 죽음의 늪에서 벗어났다. 그 죄책감으로 가슴에는 구멍이 나 통증이 계속되었다.

1층 도금 공장도 세놓기로 했다. 빚이 간추려졌기 때문에 결단할수 있는 일이었다. 보증금 4천만 원에 월세 350만 원의 시세가 있었다. 공장이 대로변에 위치해 주차가 용이한 관계로 세입자가 쉽게 나타났다. 이 바닥에서 잔뼈가 굵은 부부 사업가였다. 기가 세고 당찬부인이 사장이었고, 남편은 A급 기술자였다. 새 사장이 오자 폐수 기사와 공장장, 영업부장은 직원 인계인수 문제 타진 전에 서로 짜기라도 한 듯 한꺼번에 자진 퇴사했다. 남아 있겠다는 직원 네 명과 외국인 근로자 두 명을 넘겨주었다.

세입자에게 공장 내 시설을 처분했다. 그 돈이 의외로 많았다. 보증금 받은 것으로 직원들 퇴직금을 해결할 수 있었고, 공장 내 시설 처분금과 보유하고 있던 현금을 보태 은행 빚 1억 원과 폐수장 시설비마지막 연차 상환금 8백50여만 원도 갚았다. 드디어 빚 한 푼 없는 상태가 되었다. 그 지긋지긋하던 이자 부담, 직원 관리 문제에서 완전히놓여난 것이다. 이제 공장 두 곳 월세 받아 아껴 쓰면 저축도 할 수 있게 됐다.

긴장이 풀려서일까, 몸 구석구석 안 아픈 곳이 없었다. 윤지는 하루 종일 누워 지냈다. 끔찍했던 지난 일들이 떠오를 때마다 온몸이 후끈거리며 얼굴에서부터 등줄기로 땀이 흘렀다. 병원에서는 화병이라며 신경안정제를 처방해 주었다.

조금씩 마음의 평정을 찾아가고 있던 어느 날, 갑자기 혈변이 비쳤다. 치질이 도진 것이려니 하면서도 한쪽 구석으로 죽을병에 걸려 있는 건 아닐까 두려웠다. 동네 병원에 들렀더니 의사가 나이도 있으니 종합검진을 받아보는 게 좋겠다고 했다. 며칠 후 나온 검진 결과 다른 데는 별 이상이 없고 대변에서 검출된 피가 치질 때문이 아닌 것 같으니 대장 내시경 검사를 하자고 했다. 장을 비워야 한다며 약을 주었다. 다음 날 항문으로 내시경을 삽입하던 의사가 곧바로 검사를 중단했다.

"대장에 이상이 있습니다. 빨리 큰 병원으로 가보셔야겠습니다. 발병된 지 꽤 된 것 같습니다."

의사가 써준 소견서를 들고 찾아간 대학병원에서 정밀 검사를 한 결과 윤지는 청천벽력 같은 얘기를 들었다. 대장암 2기 말이라는 것이다. 다행히 다른 장기로 전이된 것 같지는 않다고 했다. 담당의사가 일단 수술을 한 뒤 다음 얘기를 하자고 했다. 수술 날짜를 기다리면서 변을 보는데 변기에 하나 가득 피가 쏟아졌다. 윤지는 왈칵 겁이 나는 한편 자기 몸속 암덩어리들에게 고맙다는 생각이 들었다. 수술할 형편이 안 되는 것을 알고 용케도 이제껏 기다려 준 것이다.

울고불고하는 자식들의 소리가 수술실까지 따라왔지만 윤지는 정작 이상하게도 담담했다. 결코 하늘이 자신의 생명을 이런 식으로 거두어가지 않을 것이라는 확신과 오기가 있었다.

마취에서 깨어나니 코 줄, 소변 줄, 옆구리 줄, 몸 곳곳에 줄이 매달려 있었다. 몽롱했다. 집도의가 지켜보고 있었다.

"이윤지 씨, 수술은 잘되었습니다. 다행히 전이된 곳도 없고 암 덩어리의 위치가 가장 운 좋은 케이스였어요. 가래를 열심히 뱉고 불편한 데 있으면 간호사를 부르세요."

엄마가 이 꼴을 보지 않고 돌아가신 게 다행이라는 생각이 들었다. 저질러 놓을 줄만 알지 해결 능력 없는 남편도 다 알고 미리 가 준 거라는 생각이 들었다. 하늘은 인간의 생명을 때와 방법에 맞춰 알아서 주관하고 있다는 생각도 들었다. 이런 생각들이 하늘을 노하게 한 것일까, 기력 탈진으로 인한 저항력 결여 때문이었을까. 윤지는 수술 후 나흘 만에 또다시 생사의 갈림길에 놓였다. 갑자기 표현할 수 없을 만큼의 심한 진통이 시작되었다. 검사 결과 수술한 곳이 속에서 터져버렸다는 거였다. 꿰맨 실밥이 펄펄 살아 있는 복부를 다시 갈랐다. 재수술 과정에서 왼쪽 옆구리에 인공항문이 만들어져 대변 주머니라는 게 달렸다. 또다시 터질 경우 생명을 보장할 수 없기 때문에 자식들의 동의하에 이뤄진 조치라고 했다.

연거푸 두 번의 대수술을 받은 윤지는 사지를 핀으로 포박당한 한 마리의 실험실 개구리 형상이었다. 무의식적으로 일어나는 들숨 날숨으로 공기가 코로 들어갔다 나왔다 하는 것을 의식할 뿐, 몸을 움직일 수 없었다. 흐린 시야로 병문안 온 친구들의 모습이 어른거렸다. 혜선이, 신영이, 진주…….

담당의사의 말이 어렴풋이 들렸다.

"언제가 될지는 모르겠으나 복원수술이 가능한 케이스입니다. 용기를 가지십시오."

대변 주머니를 달고 옆구리로 대변을 보는 세월…….

괄약근이 없는 인공 항문은 제멋대로 변을 쏟아냈고 가스를 뿜어댔다. 좀 많이 먹으면 갑자기 변이 주머니 가득 쏟아져 언제 어디서든 급히 화장실로 달려가 비워야 했고 수시로 뿜어대는 가스로 옆구리에 붙어 있는 주머니가 풍선처럼 팽팽하게 부풀어 그때마다 바늘로 여러 군데 찔러 가스를 빼내야 했다. 가스 빠질 때 나는 심한 구린내 때문에 아무도 없는 곳에서 그 짓을 했다.

항암 치료로 인해 머리카락이 반 이상 빠져 버렸고 양팔의 혈관은 시커멓게 변해 여름에도 긴팔 옷을 입고 살았다. 사람을 만날 수도 없었고 만나기도 싫었다. 잠수함을 탄 긴 물밑 생활로 들어갔다. 소식을 들은 준이는 자기 얘기를 늘어놓을 공간을 잃어버렸다.

죄고 있던 모든 세상적 구속이 풀리자 세상의 반대편이 보였다. 육안肉眼이 닫히고 심안心眼이 열리는 신비를 체험했다. 밤에 자려고 누우면 준이의 대범함 뒤에 가려진 시커멓게 멍든 가슴이 어른거렸다.

'미안하다, 준아! 네 걱정에 이 누나의 가슴엔 피눈물이 고드름 되어 주렁주렁 달렸단다. 미안하고 또 미안하다.'

그렇게 3년 세월이 흘렀다.

29

준이가 캐나다 생활을 청산하고 귀국했다. 큰 여행가방 하나 달랑 들고 들어왔다. 부쩍 수척해진 모습이었다. 그리고 자꾸 기침을 했다.

"웬 기침을 그렇게 해?"

"천식이래. 추운 나라에 가서 살다 병만 얻어 왔네. 완치가 어렵다니 평생 병하고 같이 사는 거지, 뭐."

"쯧쯧, 그런데 왜 갑자기 돌아왔어?"

"다 끝났다. 이혼하기로 했어. 서류 정리하러 애들 엄마 곧 나올거다."

"들통났구나."

"그래, 그동안 잘 숨겼지. 죄짓고 못살겠데. 스트레스를 받으니 어지럽더라. 어지럼증이 점점 심해져 운전하다 여러 번 죽을 뻔했다. 숨겨둔 돈도 다 떨어질 판이라 털어놓지 않고 배길 방법도 없었고. 어느 날, 에라 모르겠다, 하고 실토해 버렸다."

"펄펄 뛰었을 텐데……."

"무시당했다고, 죽어버린다고 하더니 금방 다시 죽여버리겠다고 덤벼들더라고. 그래서 누나가 엄마 모시지 않았느냐고, 그동안 별난 노인네 모시느라 얼마나 힘들었겠느냐고, 엄마의 유언이었다는 얘기도 했어. 그래도 소용없더라고. 더 이상 믿고 살 수 없으니 이혼하자고, 그래서 그러자고 했지."

"미안하다. 나 때문에 이혼까지 당하게 됐네. 무슨 말을 어떻게 해야 할지 모르겠다."

"그건 내 팔자고 생각하기 나름이다. 애들도 다 컸고 마누라 비위 맞추는 것도 진력났어. 이제는 나도 자유롭고 싶다. 내 체질에 결혼은 구속이더라."

"재산 정리는 어떻게 하고?"

"살 집은 하나 있어야 한다고 했더니 지금 이 집은 가지라고 하대. 다행히 싸게 전세 놓고 간 압구정동 아파트가 많이 올랐더라고. 그래서 그냥 그것도 가지라고 했어. 애들 엄마가 갖고 있는 거랑 그거랑 몽땅 다 가지라고 했어. 대신 애들은 제 어미가 책임지기로 했고."

"아무튼 착하기는……."

"할 수 없다. 별난 엄마 감당 못해 누나한테 맡기고 내뺀 죄, 그 죄 아닌가 싶다. 이제부터는 누나가 밥 먹여 주고 공장 월세 받는 것 중에서 내 용돈도 대야 한다."

"그런 걱정은 말고, 씀씀이나 줄여."

"나는 컴퓨터 한 대만 있으면 된다. 조용히 책이나 보고 글이나 쓸 란다. 평생 소원이 그거였다."

"쓸 거리가 있긴 하고?"

"이것저것 신변잡기. 토론토에서 경마장 다닌 얘기, 셔틀버스 타고 카지노 갔던 얘기……."

"노름도 했어?"

"토론토에서는 경마나 카지노가 노름이 아니야. 건전한 레저지. 사람인 주제에 뭔가 숨통 트지 않고는 못 견디겠더라. 안 죽고 살아 있으면 된 거지. 그리 생각해, 나는. 그리고 너무 걱정 마. 이혼 수속 끝나고 신분 정리되면 일거리 찾아볼게."

결혼생활 청산하고 다시 대한민국 주민등록증을 받은 준이는 이곳에서의 생활에 빠른 속도로 적응해 나갔다. 한 달쯤 지나 친구가 경영하는 무역회사의 경리 파트로 취직도 했다. 그러나 준이 방 책상 앞에는 '얻었다고 좋아하지 마라. 원래 있었던 것이다. 잃었다고 슬퍼하지 마라. 원래 없었던 것이다'라고 씌어 있었다. 그 선문답禪問答을 보며 마음을 달래는 모양이었다.

대변 주머니를 달고 생활한 지 5년이 지났을 무렵, 윤지는 아랫배에 극심한 통증을 느꼈다. 난소에서 종양이 자라고 있었다. 대장암이 전이됐을지도 모른다는 생각에 윤지는 눈앞이 캄캄했다. 의사는 난소 종양이 물혹일 가능성이 크다면서 배를 연 김에 별일 아니면 차제에 항문 복원수술을 하자고 했다. 윤지는 이 길로 영영 저세상 사람이 되고 말지도 모른다는 생각에 준이와 자식들을 불러 공장의 모든 내용을 상세히 설명해 두었다.

수술실로 들어가기 전 자식들의 손을 붙잡고 못난 어미여서 미안하고, 잘 자라줘서 고맙다는 말을 남겼다. 수술실 분위기는 낯설지 않았다. 천장에는 둥그런 조명등이 켜져 있었고, 공기는 싸늘했다. 의사와 간호사들이 부산히 움직이는 가운데 집도의가 말했다.

"이윤지 씨, 마음 푹 놓고 심호흡을 하세요."

윤지는 깊게 숨을 들이쉬었다. 이 호흡이 이생에서의 마지막 호흡이 되지 않기를 바라며…….

"자, 이제 마취 들어갑니다. 아무 걱정 말고 한잠 푹 주무세요."

얼마나 지났을까? 윤지의 몽롱한 의식 속에 외할머니가 보였다. 강가에 제물祭物을 늘어놓고 촛불점쟁이와 함께 하늘에 빌고 있었다. 외할머니가 하늘나라에서 지켜주고 있었다는 생각이 들었다. 눈을 껌벅거리자 흰 가운의 의사 모습이 나타났다. 몸 구석구석에서 죽을 만큼의 통증과 갈증이 몰려왔다.

"선생님, 아파요. 아파 죽겠어요."

"알아요, 통증이 심할 거라는 거. 진통제 놔드렸으니 조금만 참으세요."

"선생님, 물, 시원한 얼음물 한 모금만……."

"안 돼요, 아직은. 젖은 거즈 드릴 테니 입에 물고 계세요."

의사의 지시로 간호사가 젖은 거즈를 윤지의 입에다 물렸다.

"수술은 잘됐습니다. 5년 만의 복원수술이라 장기 유착이 심해 장장 12시간 가까이 걸렸어요."

"그렇게나 오래요? 선생님, 그럼 저 이제 괜찮은 건가요?"

"다행히 난소의 혹은 물혹이었고 암도 전이된 곳 없이 깨끗했어요. 암은 5년 내에 재발이 없으면 완치된 것으로 봅니다. 음, 모레쯤 일반 병실로 옮길 거고, 거기서 사오 일 더 지켜보다 별 이상 없으면 퇴원하셔도 될 것 같습니다."

"알겠습니다. 살려주셔서 감사합니다, 선생님."

퇴원 후 적응 기간 동안 설사가 있었지만 곧 정상적인 상태가 되었다. 드디어 긴 물밑 생활에서 벗어났다. 인간의 생명력이 이토록 끈질긴 것이라니……. 살아 있다는 것이 놀랍다. 신기하고 행복하다. 모든 생명은 다 아픔이라는 생각이 들자 천지 만물이 사랑으로, 고마움으로 다가왔다.

무심한 세월은 하릴없이 흘러 나라 경제가 IMF 외환위기에서 완전 벗어났다. 덕분에 공장 두 곳의 월세를 올릴 수 있었다. 한창 기분이 좋아 있는데 준이가 새로운 사실을 알려주었다.

"누나야, 내 T시 상가 지금 얼만지 알아?"

"글쎄, 많이 올랐겠지."

"땅값만 60억이란다. 누나 공장 오른 거 열 배는 올랐다. 공장 월세 몇 푼 더 받는다고 좋아할 일이 아니다."

"미안하다, 정말 미안하다. 다른 재산들도 그냥 있었으면 엄청 올랐을 텐데."

"누나가 매형 만났을 때부터 우리는 이렇게 되도록 돼 있었어. 전생에 지은 복덕이 약해 복이 이것밖에 안 되는 거다."

"너, 말하는 거 보니 큰사람 됐네."

"엄마가 원하는 큰사람은 못 됐지만 평생 마음 다스리고 비우는 연습은 했다. 재산은 생물이라 자기가 직접 피땀 흘려 번 거 아니고는 말짱 헛것이더라. 그거 받아들이는 데 시간 참 많이 걸렸다. 이제 마음 다 접었다. 아니, 다 접혔다. 마음은 접는 게 아니고 접히는 거더라."

"언제 도사님까지 됐어?"

"도사는 무슨? 부담 주지 말고. 누나는 참 안 됐다. 황당무계한 매형 만나 마음고생 무던히도 했고, 죽을병 걸려 몸고생도 참 많이 했다. 내가 보기엔 살면서 좋았던 때라곤 한 번도 없었다. 살아 있는 게 기적이다."

"아닌데? 좋았던 때도 있었는데?"

"있었다고? 그게 언젠데?"

"대학 시절……. 좋았다기보단 그리운 시절이지. 그때가 많이 그리워. 그 시절로 돌아갈 수만 있다면 다시 열심히 공부하고 그림 그리고 또 연극도 하고, 그리고……."

거기서 윤지는 잠시 멈췄다. 순간, 준이가 무릎을 탁 치며 말했다.

"알아, 누나가 그 뒤에 할 말."

"알긴, 네가 뭘……?"

"누나, M이란 사람 사랑했지? 그 사람하고 다시 연애하고 싶어, 라고 할 거였잖아."

윤지는 소스라치게 놀랐다. 도둑질하는 순간 바로 목덜미를 잡힌 기분이었다.

"어, 어떻게 알았어……?"

"다 아는 수가 있답니다. 누나 그 시절, 방학 때 집에 내려와 매일 일기 쓰데. 이름도 없이 성만 이니셜로 쓴 M에 대한 이야기. 슬쩍 몇 줄 훔쳐봤지. 멋진 사람 같던데 M이면 문이야, 민이야? 아니면 혹시 맹이나 명이야?"

윤지는 대답 대신 두 손으로 얼굴을 가렸다.

"하하, 딱 들켰지? 부끄럼 타는 거 보니 아직 젊네. 만약 또다시 만나게 되면 그땐 함께 살아라."

"그런 일은 절대로 없을 거다."

"모른다, 사람 일은. 그런데 그 사람이랑은 왜 헤어졌어?"

"그건, 비밀."

"이 나이에 내게 비밀은 무슨?"

"하여튼……."

"누난 은근히 엉큼해."

준이가 슬그머니 일어나 제 방으로 들어가서 음악을 틀었다. 샹송 〈미라보 다리〉가 흘러나왔다.

'준아, 그 노랫말을 M이, 민현규라는 사람이 참 좋아했다.'

30

독신으로 살겠다던 셋째 지은이 결국 직장동료와 결혼했다. 지은의 나이 37세였다. 지은뿐만 아니라 다른 애들 모두 평범한 소시민으로 제 앞가림을 하며 잘살고 있었다. 윤지도 손자, 손녀 다섯을 거느린 할머니가 된 것이다.

어느덧 2006년. 아버지 가신 지 56년이었다. 결혼하던 해로부터는 40년. 엄마와 남편이 세상을 뜬 지는 7년이었다. 뒤돌아보니 하루아침이요, 한바탕 꿈이었다.

'아빠, 보고 싶어. 그리고 고마워, 여기까지 올 수 있게 도와줘서. 아빠, 지금 나 보고 있지?'

'그래. 윤지야, 이제 안심이다. 늦었다고 생각하지 말고 곧장 앞으로 가. 가다 보면 뛸 수도, 날 수도 있어.'

'알아, 늦었지만 학위논문 손봐서 책을 내보려고. 지금 그 준비 중

이야.'

'장하다, 내 딸. 항상 아빠 딸이라는 거 명심해야 한다.'

'응, 아빠.'

'그리고 남편 너무 원망하지 마. 그 사람 세상에 올 때 무거운 멍에를 짊어지고 왔어. 무너진 집안을 일으켜 보겠다는 책임감에 많이 시달렸어. 집안의 기둥이고 희망이었으니까.'

'알아, 아빠. 원망 같은 거 안 해. 지나고 보니 남편은 나를 탄탄하게 단련해 준 은인이었어. 마음 비우는 법을 가르쳐준 스승이었고.'

'아이고, 우리 윤지 큰사람 됐네. 이제 아빠가 걱정 다 놓게 됐어. 사랑한다, 윤지야!'

'아빠, 나도 무지무지 사랑해.'

'고맙다. 그리고 착한 준이 잘 부탁한다.'

'걱정 마, 아빠. 살아가면서 준이한테 진 빚 다 갚을 거야.'

'그래야지. 걔는 아비 정이라곤 받아보지 못한 불쌍한 아이다. 서로 아껴라.'

'응, 아빠.'

31

초대장이 날아왔다. 진주 남편 강 박사가 출판기념회를 한다는 소식이었다. 강남 R호텔 저녁 6시. 강 박사는 신경외과 전문의였다. 퇴임 후 그동안 발표한 연구 논문들을 책으로 묶었다는 것이다. 모처럼의 서울 외출이라 좀 흥분되었다. 윤지는 어버이날 자식들이 마련해준 투피스에 미국에 사는 수미가 보내준 귀걸이와 목걸이로 한껏 멋을 부렸다.

R호텔에 도착하니 강 박사와 진주가 축하객들과 일일이 악수를 나누고 있었다. 윤지가 다가가자 두 사람이 반가이 맞아주었다.

"축하드려요, 강 박사님."

"윤지 씨, 와줘서 고마워요."

진주가 두 손을 꼭 붙잡았다.

"오느라 수고했다. 이젠 옛 모습 찾아가네. 보기 좋다."

손님 맞이에 분주한 강 박사 내외를 뒤로한 채 윤지는 기념식장 안으로 발길을 옮겼다. 식장 입구에 서 있는 남자의 모습이 낯익다 하는데 그만 몸이 얼어붙었다. 그였다. 민현규! 불과 몇 발짝 앞에 그가 있었다. 꼭 33년 만이었다. 많은 세월이 흘렀는데도 그의 풍채에서 고결함과 은은함이 배어 나왔다. 아버지 생각이 났다. 세월이 흐른 뒤의 아버지 모습이 꼭 저러 하리라. 그가 고개를 돌렸다. 자기를 바라보고 있는 윤지와 눈이 마주쳤다. 그의 동공이 진동하는가 싶더니 윤지를 향해 성큼성큼 다가왔다.

"아니, 윤지 씨!"

"네, 현규 씨!"

"아, 이렇게 만나게 되다니! 여긴 어떻게?"

"강 박사님, 제 친구 부군이세요."

"이런 일이 있군요. 강 박은 나하고는 중학교 동기에다 단짝이랍니다."

정말 뜻밖이었다. 진주랑은 그래도 자주 연락하며 살아온 편인데 그 사실은 전혀 몰랐다.

"늘 궁금했고, 꼭 한 번 만나야겠다 생각했는데 결국 만났네요. 윤지 씨는 그대로네요."

"현규 씨도요."

"고마워요. 우리 이러고 있을 게 아니라 차라도 한잔합시다. 여기 스카이라운지 분위기 꽤 좋아요."

두 사람은 출판기념회장을 나와 엘리베이터 쪽으로 향했다. 엘리베이터 문이 열리자 윤지가 타기를 기다렸다. 그도 탔다. 올라가면서 그가 휴대폰을 껐다. 윤지도 끝까 망설이다가 자신에게 올 특별한 전화가 없을 듯해 그냥 두었다.

두 사람은 아무에게도 방해받지 않을 자리로 가 마주 앉았다. 남산 사보이 호텔에서 마셨던 칵테일과 똑같은 체리 빛 칵테일이 두 사람 앞에 놓였다. 어느덧 그의 나이 68세, 윤지는 63세였다.

"자, 우리들의 해후를 축하합시다."

두 사람은 잔을 가볍게 부딪쳤다. 찬천히 두어 모금씩 마시곤 내려놓았다. 윤지는 왠지 이 뜻밖의 만남이 몰고 올 파장이 두려웠다.

"잘 지낸 거죠?"

"네."

'네'라고 대답해 놓고 윤지는 소스라치게 놀랐다. 잘 지내다니? 그간의 세월을 잘 지냈다고 할 수 있는 걸까?

"현규 씨도 잘 지내셨죠?"

"나야 평생 생명 탄생 현장을 지켜왔죠. 지금은 수술은 안 하고 외래 보며 강의하고 있어요."

"봉사활동 하시는 거 인터넷에서 봤어요."

"윤지 씨가 내 근황에 관심을 두고 있었다니. 나를 영 잊지는 않았나 봐요."

윤지는 웃어주었다. 그는 잔을 마저 비우더니 이내 진지한 표정이 되었다.

"윤지 씨, 우린 언제가 됐건 꼭 한 번 만나게 돼 있었어요. 그것이 하늘의 뜻이고 하늘이 오늘 그 뜻을 이룬 겁니다. 어쨌건 우리 만남이 허락되었으니 오래 묵혀두었던 얘기, 꼭 물어보고 싶었던 얘기 좀 꺼내야겠어요."

"이제 와서 새삼 무슨 얘기를요?"

윤지는 긴장된 표정으로 그를 바라보았다.

"윤지 씨……."

그는 불러놓고 잠시 뜸을 들였다. 표정에 비장함이 서렸다. 윤지는 가슴이 두근거렸다.

"오랜만에 만나서 갑자기 이런 얘기 하는 거, 무례하다는 생각은 말아줬으면 해요. 바로 말할게요. 윤지 씬 예전에 내게 못 했던 얘기, 할 수 없었던 얘기, 지금이라도 털어내야 하는 얘기 분명히 갖고 있어요. 단언컨대 아니라면 거짓말인 거고. 내 말 맞죠?"

순간, 윤지는 심장이 멎는 듯했다. 충격을 수습하느라 한동안 눈을 감고 호흡을 가다듬어야 했다. 그는 계속해서 단호한 말투를 이어갔다.

"누구에게나 느낌이라는 게 있는 법인데, 윤지 씬 내가 자립할 때까지의 고생을 참아줄 수 없어 떠난 것도, 나보다 조건 좋은 남자를 택하기 위해 떠난 것도 아니었어요. 옛날에 윤지 씨가 했던 이해되지 않던 말들, 툭하면 울던 모습, 특히 떠나던 날 밤의 갑작스러운 유학 얘기, 그리고 그날 밤의 긴 흐느낌, 유학 포기하고 네 아이의 엄마가 된 윤지 씨와의 만남, 그 모든 일들을 퍼즐처럼 맞춰 보고 곱씹어 봤어요. 그랬더니 윤지 씨가 나를 떠난 데는 분명 말 못할 이유가 있었다는 생각이 들었어요. 그렇지 않고는 절대로 그런 식으로 떠날 사람이 아니었거든요. 생각이 거기에 미치자, 어떻게든 윤지 씨를 찾았어야 했지만 잘살고 있을 사람, 찾지 않는 게 도리다, 했어요. 만날 인연이 있다면 언젠가는 하늘이 윤지 씨를 만나게 해주시리라 믿고 살았어요. 오늘 우리가 만난 건 하늘의 뜻이니 절대로 피할 생각 같은 건 말아요."

그는 마치 이 순간을 벼르고 벼르며 살아온 사람처럼 거침없이 쏟아냈다.

'그래, 털어놓자. 피할 이유도, 말 못할 이유도 없다. 죽음의 문턱을 수없이 넘나들며 여기까지 온 마당에 못할 말이 뭐가 있단 말인가. 당당하게 털어놓자.'

윤지는 56년간 밀봉돼 있던, 하늘과 자신만이 아는 비밀 항아리의 뚜껑을 조심스럽게 열어젖혔다.

"우리 아버지 얘기부터 할게요. 자식은 부모의 업業에서 자유로울 수가 없잖아요."

말의 무게에 눌린 그는 눈을 감았다. 눈꺼풀을 파르르 떨고 있었다.

"6·25 때 돌아가신 제 아버지는 당시 변호사였어요. 독립운동가의 후예로 오로지 나라와 민족의 분열을 걱정하고 반대했던 애국지사였지요. 음악에 천부적 소질을 갖고 계셨던 아버지는 오페라 아리아도 즐겨 부르던 멋쟁이셨어요. 아버지는 죄 없는 양민들의 무료 변론을 자청하고 나섰고 친일분자들에게 유리한 변론은 일언지하에 거절했어요. 그래서 친일경찰들 눈엔 늘 가시였죠."

그는 심각해졌다.

"아버지는 6·25전쟁이 나기 몇 달 전, 어떤 사람의 모함으로 엉뚱한 사건에 연루되어 좌익 혐의로 재판을 받은 끝에 무죄로 풀려났어요. 그런데 전쟁이 터져 북쪽에서 밀고 내려오자 초기 후퇴 과정에서 과거에 의심 전력을 가진 사람들을 무차별적으로 끌고 가 재판 없이 즉결 처분에 넘기는 상황이 벌어졌지요. 그때 아버지는 빨갱이라는 누명을 쓰고 37세에 총살형으로 생을 마감하셨어요. 시신 수습도 못 했고요."

"아, 지금 이 얘기는……."

"그런데 아버지가 끌려가던 그날, 일곱 살이었던 저는 집 앞 골목에서 친구들과 고무줄놀이를 하고 있었어요. 아버지는 다른 데 숨어 있다가 하필 전날 밤 집으로 숨어드셨어요. 그 정보를 입수한 경찰들이 다음 날 집 앞 골목에 잠복했고, 그 골목에서 놀고 있던 제게 접근해 아주 달콤한 유도 심문으로 아버지의 행방을 물었어요. 저는 그만 아버지가 집 천장 다락방에서 주무시고 계신다고 가르쳐주고 만 거예요. 경찰들이 그 길로 쏜살같이 우리 집으로 달려가 아버지를 찾아내 바로 끌고 갔고, 끝내 그만 그렇게……. 그 다락방은 우리 식구들 말고는 아무도 모르는 곳이었거든요."

"그런 일이 있었군요."

"무섭고 두려워서 제가 그 다락방을 가르쳐줬다는 얘길 아무에게도 하지 못했어요. 엄마에게는 더구나 할 수 없었어요. 커가면서 알았지만 아버지는 9·28 수복까지 석 달만 잘 피했으면 그런 억울한 죽음은 당하지 않았을 거래요. 그 모든 것을 혼자만의 비밀로 꽁꽁 숨기고 살면서 내내 아버지가 잘못된 거, 엄마가 혼자된 거, 다 저 때문이었다는 죄책감에 시달렸어요. 꼭 한 번은 누군가에게 털어놓고 짐을 덜고 싫었지만 그럴 기회가 주어지지 않았어요. 아뇨, 기회가 주어졌던들 아마 못했을 거예요. 그런데 오늘 그만 이렇게 현규 씨에게 털어놓고 말았네요. 정말 이상한 일이에요."

"이상할 것 없어요. 하늘은 다 알고 있었던 거죠. 윤지 씨 얘기 들어야 할 사람은 바로 나고, 이제 그 때가 됐다는 것을요."

"진짜 그런 걸까요?"

"네, 확신해요. 하늘은 한 치의 오차도, 에누리도 없어요. 하늘은 때가 되면 그 뜻을 다 이루죠. 인간의 억울함이나 오해는 풀어주고 죄는 벌하고, 모든 것을 제자리로 돌려놓죠."

"그 믿음 놀랍네요. 좀 낯설기도 하고요."

"하고 싶은 얘기 더 해요."

"아버지에 대한 그리움은 죄책감과 맞물려 저와 한 몸이었어요. 현규 씨를 처음 만났을 때, 저는 모든 면에서 완벽하고 자신감 넘치는 현규 씨 앞에서 늘 자신이 없었어요. 그래서 현규 씨가 한 발짝 다가오면 두 발짝 내빼곤 했지요. 뿐만 아니라……."

윤지는 잠시 멈췄다.

"빨갱이에 대한 현규 씨의 원한이 골수에 사무쳤다는 것을 알았을 때, 억울한 누명을 쓰고 돌아가신 아버지 얘기를 그때의 저로서는 설명할 방법이 없었어요. 아버지 얘기는 현규 씨 앞에서 섣불리 꺼낼 수도, 무시하고 다가갈 수도, 뛰어넘을 수도 없는, 제 한계였어요. 얼마나 많은 갈등에 시달렸는지 몰라요. 그런데 그날 밤, 아버지 얘기를 하려고 조심스럽게 6·25란 말을 꺼내자 현규 씨가 바로……."

순간 그가 날 선 촉각으로 단숨에 윤지의 말을 끊었다. 빨갱이는 누구든 다 쏴 죽이고 싶다던, 갈기갈기 찢어놓고 싶다던 자신의 말을 기억해낸 것이다.

"윤지 씨! 그만, 그만요! 더는 아무 말 말아요. 나, 이제 다 알았어요. 모든 의문 한꺼번에 다 풀렸어요. 그날 밤 내 입장에서 쏟아놓은 말들이 윤지 씨 가슴을 찢어버렸네요. 나를 떠날 결정적 이유, 내가 만들어 줬네요. 그래서 그날 밤 그토록 많이 울었군요. 나는 자는 척하면서 다 들었어요. 열심히 듣다 깜빡하는 사이에 윤지 씨가 없어졌더라고요. 여태 그런 응어리를 어떻게 혼자 간직하고 살았어요? 가여워요. 나를 많이 원망했겠어요. 오늘 만난 건 확실히 하늘의 뜻이에요. 하늘이 윤지 씨의 응어리를 풀어주려고 우릴 만나게 했어요. 모든 것 알고 나니 나, 많이 미안하고 참담해요."

윤지의 눈에서 어느새 눈물이 후드득 떨어졌다.

"아니, 윤지 씨……. 그래요, 맘 놓고 울어요. 펑펑……."

윤지는 어깨를 들먹이며 울었다. 하염없이 눈물이 흘렀다.

"윤지 씨가 평생 혼자 꽁꽁 숨겨왔던 얘기, 용기 없인 할 수 없는 얘기를 털어놨으니, 나도 고백할게요. 나, 1·4후퇴 때 피난 오다 인민군 총에 엄마를 잃었어요. 열두 살 때예요."

"실은 학원 원장님께 진작 다 들었어요. 아버님께서 곧 재혼하셨다는 얘기, 새어머니가 낳은 여동생 얘기까지."

"그랬었군요. 그때 남으로 내려가려고 했지만 우리 식구는 피난민들로 아비규환이던 흥남부두에서 배를 타지 못했어요. 영하 30도를 오르내리는 추위에 육로를 통해 마지막 탈출 길에 나섰는데 다리가 시원찮은 엄마가 한참 뒤쳐졌더라고요. 엄마를 향해 빨리 오라고 손짓을 하는데 갑자기 총소리가 났어요. 뒤돌아보니 엄마가 인민군들이 쏜 총에 맞고 쓰러진 거예요. 쓰러져 있는 엄마에게 그들이 계속 총질을 해댔어요. 확인 사살을 한 거죠. 겁에 질린 아버지와 나는 죽을힘을 다해 도망쳤어요. 그 추위에 엄마의 시신은 어떻게 되었을까, 시신을 수습하지 못한 죄책감을 지금껏 안고 있어요."

"당연히 그러시겠죠. 우리 사연은 정말 똑같이 끔찍하고 슬퍼요. 하지만 이젠 잊으셔야 해요, 다……."

"그래요, 다 잊읍시다. 지나고 보니 이념은, 이념 갈등은 상처만 남긴 허구였어요."

윤지는 고개를 끄덕이며 그를 바라보았다.

"다른 얘기 좀 할게요. 사실은 미술학원에서 현규 씨를 처음 본 날, 외모가 우리 아버지하고 너무 닮아서 깜짝 놀랐어요. 그때 저는 아버지가 살아 돌아오신 것 같은 착각에 빠졌어요. 너무 반가워 울 뻔했어요."

"아! 이제야 알았어요. 처음 만나던 날 윤지 씨 눈망울이 그렁그렁했던 이유를요. 지금도 눈에 선해요, 그때 그 모습."

"어릴 때 저는 아버지 배 위에 엎드려 아버지가 불러주는 자장가를 들으며 잠들었고, 아침에는 어김없이 아버지가 부르는 오페라 아리아를 들으며 깨어나곤 했지요. 현규 씨 노래를 들을 때마다 아버지를 보고 있는 것 같아 얼마나 행복했는지요. 사실은 아버지 같은 남자를 만나는 게 꿈이었거든요."

"고마워요, 그런 줄도 모르고 원망의 마음만 가득했었어요. 사는 게 다 난센스예요. 진작에 사연을 알았더라면 더 열심히 불러줬을 텐데. 돌이킬 수 없는 세월이 야속하네요."

둘은 애잔한 눈빛으로 서로를 바라보았다. 그가 머뭇거리며 말했다.

"저어 부군은, 옛날 병원에서 지나치다 한 번 뵌 적 있어요. 무척 점잖고 강직해 보였어요. 와이프를 행복하게 해줄 분 같았어요. 잘 계시죠?"

윤지는 남편 얘기는 하고 싶지 않아 그냥 미소만 지었다.

"알았어요, 속내 안 털어놓는 건 여전하군요. 그런데 난, 아직 궁금한 게 더 있어요."

윤지는 또 긴장했다.

"유학은 왜 포기했어요?"

"포기한 게 아니라 진짜 갈 작정이었어요. 그런데 엄마가 죽기 살기로 유학을 막고 나서며 결혼을 강권했어요. 저는 한 번도 엄마를 넘어서 보지 못했어요. 아버지의 죽음이 내 책임이라는 생각 때문에요. 엄마에게 효도하는 착한 딸로 살아야 했죠. 이런 낡아빠진 얘기 우습죠?"

"아뇨. 지나고 보면 아무것도 아닌 일이 한땐 다 심각한 의미를 갖는 게 우리네 인생이에요. 윤지 씨, 그런데 어쩌죠? 난, 아직 미안한 마음 다 털어내지 않아요. 어떻게 해야 용서받을 수 있을까요?"

"용서라니요? 그런 말씀 마시고 진짜 제가 했던 말, 바보 같은 행동, 그런 거 싹 다 잊어주세요. 그런 사람 아니었다고 할래요. 왜냐하면 그때의 저는 지금의 제가 아니거든요."

"말 되네요. 윤지 씨의 밝고 당당한 모습, 속이 다 후련해요. 나, 이제 윤지 씨 생각 더 간절할 것 같아요. 이생에서의 우리 인연, 너무 슬퍼요. 좋은 인연으로 다음 생에 꼭 다시 만나요. 달힝아리 같은 윤시 씨."

"달항아리라고요?"

"네, 제가 윤지 씨더러 달 같다고 한 적 있지요? 그런데 지금의 윤지 씨는 달이라기보다 무언가를 가득 담을 수 있는 순백의 달항아리 같아요."

그가 너무도 정확한 데 윤지는 놀랐다. 그랬다, 그녀는 비워도 비워도 더 비워낼 게 없을 만큼 비워진 달항아리였다.

"어이, 민 박! 여기 있었군. 한참 찾았네. 휴대폰은 왜 꺼놓은 거야?"

돌아보니 강 박사와 진주가 서 있었다. 어리둥절한 표정으로 진주가 물었다.

"윤지야, 네가 여기 웬일이야? 대체 무슨 일이야? 민 박사님하고 아는 사이였어?"

윤지가 고개를 끄덕이자 강 박사가 말했다.

"분위기 보아하니 이 사람들 내 출판기념회에는 관심도 없고 딴 볼일 보고 있었구먼. 무슨 사연이 있나 봐. 민 박! 밀회라도 하고 있었던 거야?"

"미안하네, 그렇게 됐어."

진주가 계속 고개를 갸우뚱하며 말했다.

"민 박사님, 윤지를 어떻게 아세요? 언제부터 아셨어요?"

머쓱해진 그가 말했다.

"내 첫사랑이에요. 나를 버리고 간……. 마지막으로 본 지가 30년도 더 됐는데 오늘 자네 출판기념회 덕에 만났지 뭔가."

강 박사 내외가 놀란 표정을 지었다. 진주가 말했다.

"그럼, 그동안 한 번도 만난 적도 없었고 소식도 모르셨단 말씀이세요?"

"그렇다니까요. 이렇게 가까이 있을 줄은 꿈에도 몰랐어요. 많이 억울해요."

"기가 막혀. 윤지는 내가 목동 살 때 자주 왕래했었고 내가 권해서 잠실로 이사도 했었거든요. 서로 친한데 왜 여태 내가 두 사람 사이를 몰랐을까요?"

강 박사가 거들었다.

"그러게, 참 이상한 일도 있어. 자네가 언젠가 첫사랑 얘기를 털어놓은 적이 있었지. 떠난 이유가 도대체 이해가 안 돼 평생 수수께끼를 안고 산다고. 그런데 그 상대가 바로 윤지 씨였다니."

"참 잘됐네요. 두 사람 다 혼자된 뒤 다시 만날 운명이었나 보죠."

진주의 말에 윤지가 자기 귀를 의심했다. 더 놀란 것은 그였다. 그가 윤지를 보며 떨리는 목소리로 말했다.

"아니, 그럼 윤지 씨도?"

신이 난 건 진주였다.

"네, 한참 됐어요. 그러고 보니 두 사람 혼자된 게 아마도 거의 비슷한 때였겠네요. 서로 소식조차 없었다니 당연히 그 사실도 몰랐을 테고요."

"네, 아까 부군 안부까지 물었는데도 아무 말 않더라고요."

진주가 더 신이 나서 말했다.

"민 박사님, 윤지 애 대단한 친구예요. 늦게 공부 시작해 박사학위까지 받았어요. 대학에서 강의도 했고요. 그런데 IMF에 안 좋은 일을 당해 그 일 수습하느라 마음고생, 몸고생 엄청 했어요. 어려운 고비 많았는데 정말 잘 버텨냈지요. 학위논문을 정리한 책이 곧 나온대요."

진주가 거기서 멈추고 자기 남편 옷소매를 잡아끌었다.

"여보, 민 박사님께 할 얘기는 내일 하고 우리는 이제 그만 일어납시다."

강 박사가 진주에게 끌려나가다시피 사라지자 그가 벌떡 일어나 윤지에게 다가왔다. 놀라서 따라 일어서는 윤지를 그가 힘껏 당겨 안았다.

"아무 말 말아요. 나도 말로 다 할 수 없는 고통이 많았어요. 사는 게 다 그런 거잖아요? 돌고 돌아 원점인데 이젠 내가 안 보내요, 절대로! 이제부턴 다 내려놓고, 다 비우고 나만 의지해요. 내 마음 받아주는 거죠?"

윤지는 현규 품에서 아빠를 불렀다.

'아빠, 나 어떻게 해?'

'윤지야, 그 사람 네 모든 상처, 다 보듬어 아물게 해줄 사람이야. 늦게라도 네가 행복해야 아빠가 위로받을 수 있어. 그 사람, 네 숙명이야. 피할 수 없어!'

엄마도 숙명이었고 남편도 숙명이었다. 그리고 이제 그가 숙명으

298

로 다가오고 있었다. 말이 수줍어 비켜선 그 자리에서 둘의 가슴은 하

나로 뛰고 있었다. 그가 속삭였다.

　"늦었어요. 내려가 저녁 먹읍시다."

이 땅의 대다수 어머니들은 여자라는 운명에 발목 잡혀 자기 꿈을 접고 밑바닥의 삶을 살았다. 이명경 작가의 『달항아리』가 이토록 큰 공감을 불러일으키는 것은 이 땅의 어머니를 대변해 저자가 그 고통을 구체적으로 되살렸기 때문이다.

고통은 인간을 무릎 꿇리지 못한다
― 『달항아리』, 어머니 세대를 이해할 수 있는 열쇠

임요희(소설가)

이명경의 『달항아리』는 우리나라가 일제강점기, 6·25전쟁, 경제발전기, 외환위기를 통과하는 과정에서 이 땅의 어머니들이 겪어야 했던 크고 작은 어려움을 섬세한 필치로 그려내고 있다. 일흔 중반을 넘은 작가가 직접 통과한 세월이기에 묘사가 날것처럼 생생하다. 그 묘사가 메마른 우리의 감성을 촉촉하게 적신다.

1940년대생 윤지는 전쟁 통에 아버지를 잃고 홀어머니 밑에서 성장한다. 결혼을 통해 희망찬 내일을 꿈꿔 보지만 무능력한 데다 이기심으로 똘똘 뭉친 남편 때문에 극심한 경제적·정신적 어려움에 처한다. 또한 윤지는 남아 선호사상이 팽배한 시대에 아들을 낳기 위해 원하지 않는 임신과 출산에까지 시달렸으니 자기의 꿈은 펼쳐볼 기회조차 얻지 못한다. 그녀는 해방기에 출생한 여성이 겪어야 했던 거의 모든 고통을 온몸으로 통과한 셈이다.

윤지의 유년 시절을 괴롭힌 것은 부친의 빨갱이 딱지였다. 6·25전쟁이 터진 와중에 부친에게 부과됐던 빨갱이 누명이 자식에게까지 대물림된 것인데, 말도 안 되는 일이지만 70년이 지난 요즘에도 빨갱이, 좌파 운운하며 편 가르기를 하는 세상이고 보면 당시 빨갱이에 대한 편견이 어떠했는지 짐작이 가고도 남는다.

학교에 가도, 골목에 나가도 '이윤지'는 없었다. 빨갱이 딸, 과부의 딸이 있을 뿐이었다. 어린 마음에도 세상에 잘못 태어났다는 생각이 들었다. 어쩌다가 마주친 친구들은 어김없이 손가락질하며 쑥덕댔다.

"윤지, 쟤 아빠 빨갱이래. 총살당했대."

"우리 윤지랑 놀지 말자."

윤지는 그 소리를 안 들으려고 귀를 틀어막았다. 빨갱이가 뭔지 모르는 윤지는 빨갱이는 얼굴이 빨간 줄 알았다.

'우리 아버지는 얼굴이 빨갛지 않아! 그런데 왜 빨갱이래?'

아버지는 하얀 피부에 짙은 눈썹, 부리부리한 눈, 잘 자리 잡은 코에 광대뼈가 두드러진 잘생긴 호남형의 얼굴이었다. 왜 잘생긴 아버지를 빨갱이라고 놀려대는 건지 윤지는 알 수 없었다.

6·25전쟁 직전, 한반도는 둘로 갈라져 정치적·이념적 대치 상태에 놓여 있었다. 아버지가 빨갱이 누명을 쓰고 쫓길 때 아무것도 모르는 일곱 살 윤지는 경찰의 달콤한 유도심문에 넘어가 아버지가 숨은 곳을 가르쳐주고 만다.

302

그렇게 아버지가 경찰에게 끌려가는 장면은 그녀 일생의 트라우마로 남는다. 가족의 불행이 자기에게서 비롯되었다고 생각한 나머지 윤지는 어머니의 말이라면 무조건 따르는 착한 아이 콤플렉스에 갇힌다. 원하는 상대가 아님에도 어머니가 골라준 신랑감과 결혼식을 올린 것은 그녀 내면에 자리잡고 있는 죄책감과 무관하지 않다.

안타깝게도 윤지의 삶은 결혼을 통해 더 큰 어려움 속으로 내몰린다. 윤지의 남편은 새 가정을 꾸린 가장이었음에도 집에 돈 한 푼 가져다주지 않는 뻔뻔한 남자였다. 아무렇지 않게 자신의 월급을 전부 혼자 쓰고 마는데, 그 돈을 나쁜 데 쓴 게 아니라 딱한 친구 도와주고, 후배들 밥 사주고, 가난한 형제들 돕는 일에 사용했다는 명분으로 가장의 책무를 간단히 저버린다. 마치 부잣집 딸을 아내로 맞은 이유가 그런 식의 적선을 위한 것이라는 듯 생활비를 전적으로 처가에 의지하는 남편.

밖에서는 인간성 좋은 사람, 베푸는 사람으로 비추었을 것이지만 사실 윤지의 남편은 친구들 사이에서는 리더 역할을 하고 싶어 하고, 형제들 사이에서는 삼남이면서 장자권을 탐한, 허세 가득한 사내에 다름 아니다.

아내가 부모에게 받은 막대한 재산을 외환위기로 날려버리는 대목보다 가족의 생계를 나몰라라 하는 장면이 더 인상 깊었던 것은 그가 가부장제에 찌든 못난 한국 남성이었기 때문이다. 그것은 너무나 익숙한 우리들의 삼촌, 아버지, 이웃 남자의 모습에 다름 아니지 않는가.

윤지는 자존심 때문에 친정엄마에게 노골적으로 돈 달란 말은 못

하고 엄마가 용돈으로 쥐어 준 비상금을 가족의 생활비로 충당한다. 자신을 위해서는 돈 한 푼 쓸 수 없는 상황.

이 소설을 통해 우리 어머니들이 살아온 시대상을 알 수 있는 것은 덤이다. 1960년대 중반 콩나물 한 줌 가격이 5원이라는 것, 한 달 생활비가 2만 원이라는 것.

콩나물을 10원어치는 사야 네 식구가 먹는데 5원어치를 사다 무치니 한 접시밖에 안 됐다. 다른 반찬들도 상을 두 번 볼 수가 없어 한 상만 봐놓고 온 식구가 남편 올 때까지 기다리곤 했다.

엄마는 쌀 한 가마니를 사주고 따로 2만 원을 윤지 손에 쥐어주었다. 콩나물 한 주먹이 5원이니 2만 원은 거의 한 달 치 생활비다.

'셋방살이'가 흔하던 시절 '한 지붕 두 가족'의 삶은 고단하면서도 정겹다. 날 선 신자유주의적 경쟁의식이 고개를 들기 전, 우리네 부모님 세대에선 이웃과 함께 살아가야 한다는 정신이 강했다.

두 가구 여섯 식구가 같은 대문을 쓰며 별다른 마찰 없이 의좋게 지냈다. 다만 여름이 되면서 양철지붕이 달아올라 더위를 견디기 힘든 게 문제였다. 자주 씻기라도 해야 하는데 마당 한가운데 있는 수도가 목욕 시설의 전부였다. 형편상 매번 목욕탕에 갈 수도 없고 방법을 찾아야 했다. 두 집 남자가 상의 끝에 불을 끄고 집 전체를 캄캄하게 만든 다음 남자들이 먼저 수돗가로 나가 씻고 나서 신호를 보내면 여자들이 나와 씻는 걸로 하자고 결론을 냈다. 그 방법은 생각보다 괜찮아서 여름 내내 그렇게 샤워 문제를 해결했다.

윤지 가슴 저 밑바닥에는 하나의 그리움이 있다. 그것은 그리움이기도 하고 자책감이기도 하다. 대학 2학년 때 그녀 앞에 나타난 첫사랑 'M'. 오페라를 즐겨 부르고, 윤지를 철저하게 배려하는 모습에서 그녀는 아버지의 생환을 떠올린다. 2년간의 아름답고 순수했던 사랑은 결국 이념 문제가 걸림돌이 되어 윤지는 그를 떠나보내고 만다. 윤지는 삶이 자신을 배반할 때마다, 유학을 핑계로 그를 매정하게 내쳤던 자신을 떠올리며 자책감에 빠진다.

그런 상황에서 집에 돈 한 푼 안 가져다주고, 아내에 대한 배려라곤 눈곱만큼도 찾아볼 수 없는 남편은 꿈속에서도 세상 탓만 한다.

"더러운 세상! 힘 있는 놈들 세상이다 이거지. 없는 놈들은 다 죽어라, 이거 아니냐고! 그래, 잘 먹고 잘 살아라."

가장 힘없는 아내조차 배려하지 않는 남자가, 세상이 자기를 배려하지 않는다고 어리광을 부리며 술주정하는 꼴이란.

윤지는 묵묵히 상을 치운 뒤 방을 훔치고 이부자리를 깔아주었다. 수도가 본채 부엌에 있어 물을 길어다 설거지를 하는데 겨울이라 손이 뼛속까지 시렸다.

M 생각이 고개를 쳐들었다. 그녀를 세심하게 배려하던 그가 그리웠다. 그는 천당에서 지옥으로 바로 직행한 윤지의 모습을 상상도 못할 것이다. 프랑스에 가 있는 줄 알 것이다. 윤지는 그리움과 자책감으로 가슴이 터질 것 같았다. 자상한 아버지를 떠올리면 꼭 그렇게 가슴이 아팠는데……

유학도, M의 기억도 아득한 일이 되어버리고, 윤지에게는 그저 세 아이의 엄마로 살아갈 현실만이 남겨진다. 대기업에 다니는 남편, 부자 엄마를 둔 그녀였지만 삶은 더할 수 없이 곤궁했으니 식재료도 파장에 떨이하는 것들만 사다 먹었고, 아이들 옷도 자신이 처녀 때 입었던 옷들을 뜯어 마련했다. 그나마도 재봉틀이 없어 손으로 박음질해 바지도 만들고, 윗도리도 만들었다.

막막하기만 했던 윤지의 삶에 드디어 따스한 햇살이 비쳐드는 일이 찾아온다. 늦으나마 자신의 의지로 박사학위를 받고, 어엿하게 강단에 서게 된 것이다. 돈도, 남편도, 자식도 가져다줄 수 없는 게 행복이라는 것을 윤지는 마흔 넘어 깨닫는다. 엄마를 위해, 남편을 위해, 자식을 위해 자기 행복을 뒤로 미루어왔던 윤지가 늦었지만 자기 힘으로 자기 삶을 헤쳐나가는 모습은 퍽 감동적이다.

자아성취의 행복도 잠시, 매사 아내의 의견을 무시하고 독단적으로 결정하던 남편은 결국 형제에게 큰돈을 투자했다가 배신을 당하고, 설상가상 IMF 사태가 터져 일은 걷잡을 수 없게 흘러간다. 이제 와서 남편이 한다는 말이 그녀가 이룬 모든 것을 포기하고 다 망한 사업체를 맡아 수습해 달라는 것이다.

"위기에는 여자가 더 강한 법이야. 옆에서 무슨 일이든 열심히 도와줄 테니 합심해 회사 한번 살려보자고. 살면서 느낀 일이지만 당신에겐 내게는 없는 특별한 능력이 있더라고."

아내를 그렇게 무시하던 남편이 윤지에게 사정하는 날이 온 것이다. 윤지로선 한 번도 해보지 않은 사업체 운영이었지만 친정 재산의 상당 부분이 들어간 데다 가족 전체의 운명이 걸려 있어 할 수 없이 그 일을 떠안는다. 남편이 말아먹은 사업체를 뒷수습하면서 그녀가 재확인한 것은 남편이 생각보다 더 허술하고 무책임한 사람이었다는 사실이다.

그런 사람에게 삶을 저당 잡혀 꿈도, 사랑도, 미래도 모두 포기했으니 이보다 억울한 일이 있을까. 그런데 이 같은 삶이 과연 윤지에게만 해당되는 것일까. 이 땅의 대다수 어머니들은 여자라는 운명에 발목 잡혀 자기 꿈을 접고 밑바닥의 삶을 살았다. 이명경 작가의 『달항아리』가 이토록 큰 공감을 불러일으키는 것은 이 땅의 어머니를 대변해 저자가 그 고통을 구체적으로 되살렸기 때문이다.

크나큰 배반감을 안고 사태를 수습하는 중에 친정엄마는 충격을 받아 세상을 뜨고, 장모의 뒤를 따라 남편도 세상을 뜬다. 남동생 재산까지 끌어들이고서야 간신히 사태 수습을 하게 된 윤지. 친정의 막

대한 재산이 한 줌 재로 사라지는 것도 모자라 남동생 부부는 그 일로 이혼까지 하게 된다. 저자는 '업장'이라는 말로써 자신과 그들의 삶을 위로한다. 모든 사태가 업이니, 전생에서 서로가 서로에게 진 빚을 현생에서 갚아가는 '업장소멸'의 과정이었다는 것이다.

그렇게 모든 게 업장소멸로 마무리되는 가운데 그녀 앞에 운명처럼 M이 나타난다. 모든 게 제자리를 찾아간 상황이 도래한 것이다. 소설 제목이 된 '달항아리'는 M이 말해 준 그녀의 이미지였다.

"제가 윤지 씨더러 달 같다고 한 적 있지요? 그런데 지금의 윤지 씨는 달이라기보다 무언가를 가득 담을 수 있는 순백의 달항아리 같아요."

초로에 접어든 그녀는 어느덧 충만한 달에서, 비워도 비워도 더 비워낼 게 없을 만큼 비워진 달항아리가 되어 있었던 것이다. 이 장면을 통해 만날 사람은 만나게 되어 있고 겪을 일은 겪게 되어 있다는 운명론을 떠올리는 것은 어렵지 않다. 과연 우리의 인생이 운명이라는 거대한 수레바퀴에 구속된 것인지, 개인의 자유의지로 선택한 결과일지, 아니면 시대의 부산물일지 논하는 것은 전적으로 독자의 몫이다.

다만 저자는 주인공 윤지가 굳건한 의지와 바른 방법으로 자아를 성취하고 운명처럼 사랑을 되찾음으로써 고통은 인간을 무릎 꿇리지 못한다는 사실을 우리에게 말해 주고 있다. 『달항아리』는 나이 지긋한 장년 세대에게는 위로가, 젊은 세대에게는 어머니 세대를 이해할 수 있는 열쇠가 되어주는 책이다.